level.20

かくて星は落ち時が流れた

十文字 青

イラスト＝白井鋭利

Grimgar of Fantasy and Ash

Presented by Ao jyumonji / Illustration by Eiri shirai

Level. Twenty

光は上で、闇は下だった。

世界腫は二神を封じこめていた。
光明神ルミアリスと、暗黒神スカルヘルを。
ルミアリスだけじゃない。
スカルヘルもいる。
ヤツが来る。
ルミアリスに続いて、スカルヘルもこれから出てくる。
地上に現れる。そうなってしまったら。

「わたしを信じて、ハル」

メリイは両手を
おれのほうにのばした。

おれは迷わなかった。

彼女の手をとった。

紛れもない。

メリイの手だった。

「信じるよ」

おれはそう答えた。

「メリイ」

灰と幻想のグリムガル level.20

かくて星は落ち時が流れた

十文字 青

OVERLAP

イラスト／白井鋭利

1．間違いだけが人生なら

何があったのか。

知りたいか。

気持ちはわかる。

でも、その質問に答えるこっちの身にもなってくれ。

簡単じゃないんだ。事情は込み入っている。色々と、これ以上ないほどややこしい。おれだって何もかも理解しているわけじゃないんだ。何もかも、どころか。おれの経験や知識なんて、一握りの砂程度のものだろう。もしかしたら、一握りでも言いすぎで、一粒の砂と言ったほうがいいくらいかもしれない。

たかが一粒の砂にすぎないとしても、長い話になる。

初めから、つまり、おれが覚えている限りの、最初――〝目覚めよ《アウェイク》〟という誰かの声が聞こえて、目を覚ましたそのときから語るとなると、いくら時間があっても足りないだろう。おれには時間がないわけじゃないが、正直、話しづらいこともある。それに、話したくないことも。

途中からにしよう。

何にしても、おれがハルヒロと呼ばれていた頃の話だ。

あの頃はまだ、おれのことをハルヒロと呼んでくれる人たちがいた。

そうだ。

おれにもいたんだ。

大事な人たちが。

アラバキア王国暦だと、六六〇年の、たしか、一月──そう、一月二十二日。六六〇年は合っているはずだが、どうだろう。日付のほうはあまり自信がない。とにかく、いわゆるA暦六六〇年の、一月二十一日か、二十二日。あるいは、二十三日か。だいたいそのあたりだ。

あの頃のおれは一人じゃなかった。

おれには仲間がいた。

ランタ。

背はおれより少し低かったから、どちらかと言えば小柄な男だった。体は小さくても、爆発力と表現しても大袈裟《おおげさ》にならないような瞬発力が、あいつには備わっていた。あれは天性のものなのか。おそらく、違う。こつこつ努力するタイプの人間じゃなかったが、あいつは負けん気が強かった。誰かに高いところから見下ろされて、黙っているようなやつじゃない。やかましくて、とにかくしつこかった。どれだけへこまされても、へこたれない。何より、心が強かった。生命力に満ち溢《あふ》れていた。

おれはどうしてもランタのことが好きになれなかった。初対面からそりが合わなかったし、こんなやつとは一緒にやっていけないと何度も思った。喧嘩別《けんかわか》れしかけたことも、けっこう長い間、別行動をとっていたこともある。あいつはあいつで、煮えきらないおれが我慢ならなかっただろう。どこまでいっても、おれとあいつは水と油だった。

いまだにおれはあいつが嫌いだ。あいつの耳障りな声を思いだすと腹が立つ。あいつは癖っ毛で、髪が伸びると指に巻きつけ、ナイフでざくざく切った。あの仕種《しぐさ》がなんだかむかついた。さっき言ったように、あの頃、おれにはハルヒロという名があった。それなのに、あいつはわざと、パルピロだのパルピロリンだのと呼んだ。その手の愚にもつかない悪ふざけが、しゃくに障ってしょうがなかった。

あいつはおれにないものばかり持っていた。

おれはあいつがうらやましかったのか。違う。それだけは、断じて違う。あいつみたいになりたいと思ったことは一度もない。

でも、気がつくとおれは、あいつの後ろ姿を追いかけていた。

あいつは前へ前へと進みつづけた。振り返っておれを待ったりするようなやつじゃない。こっちがじっとしていたら、置いていかれてしまう。おれを、おれたちを、みんなを引っぱっていっている、という意識が、あいつにあったのかどうか。おれはあいつじゃないからわからないが、たいしてなかったんじゃないかと思う。

あいつは、ただあいつのまま生きた。

そういえば、あいつの顔には傷痕があった。額の右上から眉間を通って左耳の下に達する、かなり目立つ、大きな傷だ。そんな傷も自分の一部だと言わんばかりに、あいつは平然と顔を上げていた。ときに、おれにはあいつが眩《まぶ》しく映った。

それから、ユメ。

ユメがいなかったら、おれの旅は遥《はる》かに短いものとして終わり、誰かに顧みられることもなかっただろう。

おれが見知っている中で、彼女ほどしなやかで、すこやかな人は、今なおいない。もちろん、これはおれの個人的な見解だ。異論はあるだろう。でも、彼女を知らない者におれの意見を否定させはしない。おれは彼女のことが本当に好きだった。何があろうと、彼女を嫌いにはなれない。どうしたって嫌いになんてなるはずがない。

だから、ランタが彼女のことを、強く、深く愛したのは、よくわかる。彼女のような人を愛さないほうが、むしろ変だ。おれが彼女をそういう意味で愛さなかったのは、たぶん、彼女のことが好きすぎたからだろう。おれが彼女に抱いていた好意は、自分でこういう言い方をするのも何だが、とても純粋なものだった。たとえば、彼女を自分のものにしたい、というような考えがおれの頭に浮かんだことは、きっと一度もない。彼女もおれを大事に思ってくれていた。彼女からおれに向けられた信頼や慈しみの感情を疑ったことはない。

おれが彼女に何かを求める必要なんてなかった。頼むまでもなく、彼女はすべてをくれた。しかも、一貫して、無償で、だ。

ランタも彼女には見返りなんか求めていなかったと思う。ただ、強い自分でいるために、気兼ねなく弱音を吐ける相手、ようは甘えられる相手が欲しかったのかもしれない。ランタのような男にしてみれば、そんな相手はユメしかいなかったのだろう。

A暦六六〇年、おそらく一月二十二日あたり。

おれはランタ、ユメと行動をともにしていた。それから、ユメの師匠にあたる老練な狩人《かりゆうど》のイツクシマと、狼犬《おおかみいぬ》のポッチーも一緒だった。

イツクシマはおれたちより一世代どころか二世代上で、年の離れた兄というより親に近かったし、彼を仲間と呼ぶのはちょっと違う気がする。生存術に長《た》けた屈指の狩人で、思慮深い大人だった。

おれも、ランタも、ユメもそうだが、グリムガルで何年も過ごして、もう子供ではなかったし、ある面では大人になっていた。ただ、今にして思えば、大人になりきれてはいなかったんじゃないかとも感じる。

とくに、このおれは。

紆余曲折《うよきよくせつ》があって、おれは曲がりなりにもグループのリーダーを任されていた。そのおれが、もしかすると精神的に一番未熟だったんじゃないかと思えて仕方ない。それだけに、おれたちにとってイックシマの存在は大きかった。

イックシマは、あれはこうだとか、こういうときはどうするものだとか、いちいち言葉にすることはまずなかった。口よりも体を動かして背中で語るのが、あのいかにも狩人らしい狩人の流儀だった。そして当然のことながら、狼犬のポッチーも口をきかなかった。たしか、ポッチーは狼犬としてはかなりの高齢だったはずだ。そのせいもあってか、静かに座っていると森の賢者のようで、人間なんかよりずっと物の本質を理解していそうだった。人間の知性とはまた別の種類だとしても、ポッチーはかなり高度な智慧《ちえ》を身につけていたんじゃないかと、おれは本気で考えている。実際、小賢《こざか》しいばかりの人間よりも聡明《そうめい》な生き物は、いくらでもいるのだから。

A暦六六〇年一月二十二日あたり、おれたちはオルタナに帰ってきた。

あのオルタナに。

変わり果てたオルタナに。

ひどい有様だった。見る影もない、というのとはまた違う。瓦礫《がれき》の山になっていたとか、荒れ果ててどこもかしこも朽ちかけていたとか、そういうことじゃない。

いなかった。

人だ。

人がいなかった。

代わりに、世界腫が——あの黒い管みたいな存在が、うじゃうじゃしていた。世界腫、あれが何なのか、当時のおれたちはよくわかっていなかった。よく、じゃない。まったく知らなかった、と言ってもいいだろう。

違和感のようなものは抱いていたような気がする。明らかに、この世界のものではない、というような。まあ、そんなもの、グリムガルではめずらしくもないのだが。それにしても、世界腫は異質だった。

黒い。世界腫は、ひたすら黒い。ただただ真っ黒くて、光沢すらない。光を微塵《みじん》も受けつけない。そんな物質が自然界に存在するものだろうか。世界腫は柔軟で、伸縮するが、硬くもある。刃で斬りつけてもなかなか切断できない。傷さえつかない。動く。しかしながら、それが生きているとは思えない。生命らしきものを感じない。

この世界——あるルールがあって、それに基づいて形成された一つの世界——グリムガルとは相容《あいい》れない、命があるとも、ないとも言えないもの、言語で定義しがたい、ひとくくりにできない事物、何かそういった現象。

それが世界腫と呼ばれるものなのかもしれない。

あえて言葉で表現するなら、当時のおれは、漠然とそんなふうにとらえていた。

あのとき、おれたちは、いったん北区の高台にあるルミアリス神殿だった建物に腰を落ちつけた。それから、おれ一人で偵察に出た。

向かったのは西町の盗賊ギルドだ。こんな状況になっても、助言者《メンター》のエライザだけは、ひょっとしたらオルタナに残っているかもしれない。もしエライザまでいなくなっていたら、オルタナには人っ子一人いないということだろう。おれは確かめたかった。おれは盗賊だったし、単独での隠密《おんみつ》行動に慣れていた。そのほうが気楽でもあった。おれは仲間たちのことを大切に思っていた。あまりにも大切すぎた。誰一人失いたくない。もう失うわけにはいかなかった。

盗賊ギルドは無人だった。エライザはいなかった。おれはどう感じたのだったか。思いだせない。

それよりも、世界腫への認識をくつがえす、闇夜纏《まと》いとの遭遇が衝撃的すぎた。

闇夜纏いは、簡単に言えば、世界腫をまとった人型かそれに準ずる動物だ。

一体目の闇夜纏いは、寄り集まった世界腫が四足獣の体裁を整えたものに騎乗していて、光を発する剣と盾を持っていた。中身は人間のようだった。あの剣や盾がグリムガルで製造された金属製のものなら、光を反射することはあっても発光することはない。だから、一目で遺物《レリック》だとわかった。

グリムガルには、遺《のこ》された有形の物体、この遺物《レリック》と総称されるものが、古くから存在しているようだ。

果たして、遺物《レリック》とは何なのか。

今のおれは、もちろん知っている。

この世界ではなく、異界由来のもの、何らかの方法でグリムガルに渡ってきたか、流れついたか、送りこまれたのか。経緯はともあれ、とにもかくにも異界からグリムガルに辿《たど》りついてしまったものたち。

それが、遺物《レリック》の正体とも言えないような正体だ。

ある意味、おれたちもまた遺物《レリック》なのかもしれない。グリムガルにおいて、遺物《レリック》はありふれている。稀《き》少物《しょうぶつ》とは言えないが、ものによっては貴重だ。特殊な力、破格の性能を秘めた武具、道具のたぐいは、めったに見かけない。武威で他者を従わせようとする場合、そうした遺物《レリック》が絶大な威力を発揮することも十分ありうる。

有用な遺物《レリック》を持つ人間はそう多くない。かなり少なかったはずだ。

あの闇夜纏いの中身がそのうちの一人なのだとしたら、冷静に考えれば候補はかなり限定される。もっとも、当時のおれは冷静とは程遠かったし、二体目の闇夜纏いにも出くわして、パニックに陥った。

二体目は、金色の胴鎧《どうよろい》を着て、王冠を被《かぶ》り、杖《つえ》を持っていた。それらも遺物《レリック》だった。二体目の闇夜纏いは杖から稲妻を放ち、空を飛んだ。強力な遺物《レリック》だった。あのときは何が何やらさっぱりだったが、あとから考えると、二体目の闇夜纏いの中身は人間じゃない。あれはゴブリンだった。ゴブリンの王、グァガジンだ。

おれは死にものぐるいで逃げた。逃げることしかできなかった。とにかく無我夢中で逃げたという記憶しかない。もはやこれまでと観念した瞬間があったかどうか。それさえも定かじゃない。

間一髪のところだった。義勇兵団事務所とその隣の建物の間から何者かが顔を出した。人間だった。生きている人間。エライザだった。

きっと、おれが盗賊ギルドに行ったときは、たまたま留守にしていたのだろう。おれだってずぶの素人じゃないし、慎重に痕跡を探れば人が生活しているかどうかくらいわかったはずなのに、ちゃんと調べなかった。そう考えると、おれなりにショックを受けていたのかもしれない。彼女はオルタナに残っていた。見回りでもしていたのか。その途中で逃げ惑うおれを見つけたのだろう。おれは彼女に逃げ道を教えてもらい、なんとか危機を脱した。彼女の助けがなければ、おれは十中八九、いや、間違いなく二体の闇夜纏いにつかまっていたはずだ。A暦六六〇年の、たぶん一月二十二日、あの日、オルタナで、おれの人生は終わっていたに違いない。

かえって、そのほうがよかったんじゃないか。

そんなふうに考えたことはある。

一度か二度は。

いや、もっとだ。数えきれないほど考えた。

ただ、時間を遡ってあのときからやり直すことができたとしても、おれは絶対に生き延びようとするだろう。ランタのように気骨があるわけでもないくせに、生き意地が汚いとでもいうのか、生死の瀬戸際に立たされると、おれは無条件で生の道を選ぶ。どういうわけか、選んでしまう。

もし死にかけたことがまだないのなら、覚えておくといい。いつもというわけじゃないが、ときとして人の生き死にはとっさの判断で決まる。その場面に立たされたら、熟慮する余地なんかない。本性が出る。あくまでも生に執着する者はしぶとく生きて、そうでもない者は呆気《あっけ》なく命を落とす。

言い方を変えれば、死にそうな目に遭っても死なない者は、死ねないのだ。

死に損ないのおれは、おれとして生きるしかない。

そして、こんなおれにも命の終わりが訪れたら、それはおれにお似合いの死だろう。

幸いにもおれが、人間として死ねるのならば。

そのときが来るまで、おれはおれなのだという事実をあきらめて受け容《い》れ、いくら重くても引きずってゆくしかない。

おれはそこまで生きたいわけでもないのに生きようとして、路地の裏口から義勇兵団事務所に入った。裏口にしてもやたらと小さな出入口で、日常的に使われている様子はなかった。建物の奥の縦穴から地下に下りた。

そこは暗渠《あんきょ》なのだと、エライザは言っていた。

オルタナが防壁に囲まれた城塞都市になる前のことだ。まずアラバキア王国斥候部隊の駐屯地が築かれ、周辺に集落が形成されると、付近の川から生活用水を引くために水路が造られた。その後、人びとが井戸を掘り、川からの取水が次第にうまくいかなくなってきたこともあって、水路には汚水が流されるようになった。やがて一部は土砂で埋められ、一部は石材で覆い隠された。

暗渠は長らく忘れ去られていたらしい。一人の物好きな盗賊が再発見し、隠し通路として活用すべく整備した。

その盗賊はエライザやバルバラの師匠だった。だから、エライザとバルバラも作業を手伝わされた。盗賊たちは残っていた暗渠をあらかた見つけだし、職人の手を借りてあちこち補強したり、市内の数箇所から出入りできるように工夫したりした。

それらの経緯を淡々と、そのわりには妙に詳しく物語るエライザの声音を、いまだにおれは覚えている。おそらく彼女なりに昔を懐かしんでいたのだろう。彼女は現在に関心を持っていない。過去にしか心が向いていないようだった。それはなんとなく感じた。

エライザは人目につくことをことのほか嫌っていて、姿を現しても長い髪の毛と襟巻きで顔を隠していた。人付き合いがとてつもなく苦手のようで、群れたり馴《な》れあったりしない人だったが、自分の仕事や役目には誇りを持っていたんじゃないかと思う。人一倍、責任感が強い女性で、たぶん義務感というより使命感のようなものを持っていた。盗賊ギルドに対する義理立てや、忠誠心、それに愛着もあったのだろう。

けれども、助言者《メンター》エライザや彼女の同僚たちが教え育てた盗賊たちは、そのほとんどがすでに命を落としていた。彼女にしては仲がよさそうだったバルバラも先に逝ってしまった。おれが思うに、彼女は盗賊ギルドに身も心も捧《ささ》げていた。彼女がもっとも大切にしてきたその盗賊ギルドは瓦解し、もはや消滅しかけていた。彼女は生きる意味を見失っていたのかもしれない。

暗渠の隠し通路から地上に出ると、そこは辺境軍司令本部だった建物の中で、同じ北区内のルミアリス神殿までそう遠くなかった。坂道を上がった先に神殿が建っている。おれはエライザがずいぶん薄汚れていることに気づいた。彼女の髪はひどくごわついていたし、白いものが交じっていた。黒っぽい衣服は襤褸《ぼろ》同然で、だぶついていた。彼女は小さくなった。そうとう痩せていた。ろくに物を食べていないんじゃないかという印象を受けた。

エライザはルミアリス神殿の手前で踵《きびす》を返して去ろうとした。

むろん、おれは引き止めた。エライザのことが心配だった。彼女は緩やかに自死しようとしている。おれにはそうとしか思えなかった。でも、彼女は危地に陥ったおれを見かけて、放ってはおかなかった。おれは彼女のことをよく知っていたわけじゃないが、同じ盗賊で、恩師であるバルバラ先生の同僚だ。彼女を放置すべきじゃない。

「エライザさんも、おれたちと一緒に行きませんか」

おれがそう声をかけると、彼女は一応、「どこに行くの」と訊《き》いてくれた。痛ましいほどに抑揚を欠いている、本当に小さな声だった。彼女の声を耳にして、泣きたくなったことを覚えている。嘘《うそ》じゃない。泣けるものなら泣きたかった。おれがああいう場面で泣けるような人間だったら、何か違っていたかもしれない。

「考えます、これから……」

あのときおれは、そう答えたと思う。何かあてがあってオルタナに戻ったわけじゃない。何かあてが見つかるんじゃないかという薄ぼんやりした期待はあった。どうやら、案の定、と言うべきかもしれないが、期待外れだった。どうするか、これから考えないといけない。彼女も一緒に考えて欲しいという魂胆がなかったとは言わない。おそらくあった。

おれは助けが欲しかった。ランタがいて、ユメがいた。イツクシマもいた。狼犬《おおかみいぬ》のポッチーにすら、おれは助けられていた。それでもなお足りなかった。グリムガルで目を覚まして以来、おれは誰かに助けられ、支えられて生きてきた。自分一人で何かやってやろう。そんな気概があった例《ため》しはない。

エライザもおれを助けてくれた。彼女なりに、精一杯。ぽつり、ぽつりと絞りだすように、彼女が把握している限りの情報を教えてくれた。

十五日前、黒い世界腫がオルタナに押し寄せはじめたこと。

シノハラたちオリオンが、様子をうかがうべく南門から市外に出て消息を絶ったこと。その翌未明には、ジン・モーギスが北門を開けさせ、騎兵、歩兵を引き連れて脱出を図った。成否は不明だが、それから間もなくオルタナが世界腫に席巻《せっけん》されたこと。

あの闇夜纏いがオルタナをうろつきはじめたのは、いつからなのか。エライザも確かなことは言えないようだったが、初めて闇夜纏いを目にしたのは七日前らしい。

世界腫によってオルタナが壊滅してから、エライザは一度だけ市外に出た。彼女はダムローもまた世界腫に襲われたことを確認した。ゴブリン族はダムローもろとも世界腫に滅ぼされたようだ。リバーサイド鉄骨要塞までは足をのばさなかった。

自分はオルタナにとどまらないといけない。彼女はそう考えた。

「それが私の役目だから」と、彼女は何の感情もうかがわせない平板な声で言った。

おれはどうにかして彼女を説得するべきだったのだろうか。手を尽くしても難しかったとは思う。でも、努力してもよかったんじゃないのか。

「盗賊ギルドに食糧の備蓄がある。いくらか分けてあげる」

彼女はそう申し入れてきた。おれは断った。そんなもの、もらえるわけがない。食糧がある限り、彼女は生きながらえるかもしれないのだ。なくなってしまったら、どうなるのか。彼女は食べられそうなものを積極的に探し回るより、流れに任せて飢え死にすることを選びそうな気がした。それはいやだ。

彼女には少しでも長く生きていて欲しい。

仮に、彼女がそれを望んでいないとしても。

おれの手で彼女の寿命を縮めるようなことはしたくない。そんなことをするわけにはいかない。

たとえ彼女が、早く楽になりたい、一人きりで生きる虚《むな》しさや苦しみから解放されたいと願っていたとしても。

彼女の消極的な自殺に手を貸すことはできない。

どうか、これ以上の痛みを、おれに抱えさせないでくれ。

おれはエライザと別れて、仲間たちが待つルミアリス神殿に戻った。イックシマはポッチーを連れて外に出たとのことで不在だった。エライザと会ったことはランタとユメに伝えた。二人にその事実を伏せておくほど、おれは卑怯《ひきょう》になれなかった。もしくは、ただ単に空々しく嘘をつく度胸がなかった。

なぜ連れてこなかったのかと、ランタには責められそうな気がした。でも、何か思うところがあったのか、ランタは「そうか」と言っただけだった。

「またオルタナに来てもええしなあ」

ユメはそんなことを話していた。どんなときもユメは次のこと、明日のことに目を向けられる。おれを許して、慰めてくれる。そうか、とおれは思った。これで終わりというわけじゃない。そうだ、と思うことにした。またオルタナに戻ってくることだってできる。エライザのことが気になるのなら、様子を見にくればいい。時間が経《た》てば、彼女の心境にも変化が訪れるかもしれないわけだし。次の機会には、彼女をオルタナから連れだせるかもしれない。

イツクシマとポッチーも帰ってきて、おれたちは神殿で夜を明かした。

世界腫のみならず、闇夜纏《まと》いという危険すぎる存在がオルタナをうろついている。オルタナに滞在する理由はさしあたり見あたらない。話し合いの結果、リバーサイド鉄骨要塞に行ってみようということで、おれたちの意見は一致した。

日の出とともに神殿をあとにして、北西の防壁へと向かった。そのあたりの防壁は一部崩れ落ちていて、通り抜けることができる。オルタナに入ったときも、おれたちはそこを通った。

途中、視線のようなものを感じた。

見ると、二十メートルくらい離れた建物の屋根の上に、エライザが立っていた。べつに身を隠すつもりはないようだった。かといって、身振り手振りでおれたちに何らかの意思表示をするわけでもない。たまたまこのへんをぶらついていて、おれたちを見つけた、というのはさすがに考えづらい。同行するつもりはないと、彼女はおれを拒んだ。それでも、無関心ではいられなかったのか。

ユメがエライザに向かって手を振った。エライザは微動だにしなかった。ランタが舌打ちをして口を開きかけた。ランタらしく何か悪態をつこうとしたのかもしれないが、結局、何も言わなかった。

イツクシマとポッチーが歩きだして、おれたちもあとに続いた。

エライザはおよそ二十メートル以上の距離をあけておれたちを追いかけてきた。いや、追いかける、という言い方は適切じゃないだろう。彼女はおれたちを見守っていた。オルタナを出るまで、おれたちに何かあってはいけない。彼女はおれたちの身を案じてくれている。おれはそんなふうに感じたし、それは間違っていないと今でも思っている。

やがて防壁が崩れている箇所が見えてくると、エライザは姿を消した。自分の役目は終わりとばかりに立ち去ってしまったのか。そうじゃなかった。いつの間にか、彼女は防壁の上に移動していた。おれたちが通り抜けようとしている崩落部分の向こうに、彼女の立ち姿があった。つまり、さっきまで彼女はおれたちの後方にいたはずなのに、どうやってか先回りしていた。

エライザは盗賊ギルドの運営者で、盗賊たちを指導する役割も担っていた助言者《メンター》の一人だった。おれも助言者《メンター》ということになっていたが、それはあくまでも深刻な人材不足を補うための苦肉の策でしかない。おれと違って、彼女は本物だった。バルバラ先生もそうだったが、おれごときでは逆立ちしても勝てないような凄腕《すごうで》の盗賊だった。

おれたちが崩落部分に差しかかるまで、彼女はほとんど身じろぎもしなかった。防壁の上からただじっとおれたちを見下ろしていた。

我慢できなくなったように、ユメがまた手を振った。

「またなあ！」

そう呼びかけられて、エライザはようやく反応を示した。ユメに答えたんじゃない。エライザは振り返って仰ぎ見た。あのときおれは、何か声を発しただろうか。愕然《がくぜん》としたのは間違いない。

そこにやつがいたからだ。

闇夜纏いが。

金色の鎧《よろい》を身につけ、王冠を被《かぶ》り、杖《つえ》を持っている闇夜纏いだった。

あの闇夜纏いは、いつからそこに浮かんでいたのか。ずいぶん前からいたとは思えない。たぶんエライザが振り返る直前だろう。これはおれの推測だが、闇夜纏いは防壁のあちら側にいた。そこから音もなく浮上したんじゃないか。その気配をエライザは感じとったのだろう。

闇夜纏いが杖の先をエライザに向けた。杖が稲妻を放つよりも早く、エライザは闇夜纏いめがけて小刀のようなものを投げつけた。稲妻は、エライザじゃなく、その小刀に当たって炸裂《さくれつ》した。

「行って!」

エライザが叫んだ。おれは反射的に駆けだそうとした。彼女の意図するところは明確で、誤解しようがなかった。自分が闇夜纏いを引きつける。その間にオルタナを出て、できるだけ遠くへ逃げろと彼女はおれたちに指示していた。おれはとっさに従おうとした。

「あかん……!」

ユメはおれとは逆だった。崩れた防壁を登ろうとした。すかさずランタがユメの腕を摑《つか》んで制止した。

「ダメだ、ユメ!」

「まだ来る!」とイツクシマが言った。

彼はおれたちがやってきた方向を見やっていた。おれもそっちに目をやった。闇夜纏いは杖持ちだけじゃない。少なくとも、もう一体いる。そのもう一体だった。光る剣と盾を持ち、寄り集まって四つ足の獣と化した世界腫にまたがった闇夜纏いが、おれたちが今来た道を流れるように駆けてくる。

「走れ!」

イツクシマがおれたちを急《せ》きたてた。ユメはまだ納得していないようだったが、ランタとおれが二人がかりで無理やり彼女をオルタナから引きずり出した。イツクシマはおれたちとポッチーを先に行かせてから、防壁の崩落部分を通り抜けてきた。

どこかで稲妻が閃《ひらめ》いていた。エライザも、杖持ちの闇夜纏いも、おれには見えなかった。ただ、杖持ちの闇夜纏いが稲妻を放っているのなら、エライザはまだ無事のはずだ。おれはひたすら脚を動かした。わざわざ確かめなくても、ユメやランタ、イツクシマ、ポッチーが近くにいることはわかった。オルタナのすぐ北に森があって、おれたちはそこに逃げこもうとしていた。森に入ってしまえば一安心だとは思っていなかった。でも、他に手立てがない。走りながら、おれはしばしば振り向いた。そのたびに、追っ手がいなければいいと願った。願いは叶《かな》わなかった。

おれたちは追われていた。

世界腫の獣に乗った光る剣と盾を持つ闇夜纏いだけじゃない。やつは世界腫の大群を引き連れていた。まるで黒い大波のようだった。波といっても、あいにくここは海辺じゃない。あの黒い大波は、寄せては返す波とは違う。おれたちはどこまでも黒い大波に追いかけられて、いつかはつかまってしまう。のみこまれて溺れ死ぬだろう。

「一《いち》か八《ばち》かだ、ばらけるぞ！」

イツクシマが森の手前でおれたちに指示した。おれの記憶では、ユメも逆らわなかったと思う。おれたちはとっくに息が上がっていたし、まともに口がきけるような状態じゃなかったはずだ。判断力も低下していたに違いない。そのせいで、誰かに、こうしよう、と言われたら、そうするしかなかったのだろう。

果たして、本当にそうなのか、という疑念はある。

おれは自分の記憶を都合よく改竄《かいざん》してはいないだろうか？

たしかに、おれは黙ってイツクシマに従った。

あのときはそうするしかなかった。

ランタも、ユメですら、おれと同じだった。

だから、おれのせいじゃない。おれだけのせいじゃない。

おれはただ、そう思いたいだけなんじゃないか？

いずれにせよ、おれは北の森に駆けこんだ。気がついたときにはもう、おれは一人だった。ランタはユメから離れないだろう。きっとランタはユメを一人にはさせない。一緒にいれば、いざというとき、ユメのために自分が囮《おとり》になるなり何なりすることもできる。そばにいないと、何もできない。何の役にも立たない。おれもせめて、ユメの近くにいたほうがよかったんじゃないか？

たぶん、おれはそうするべきだった。でも、遅い。手遅れだ。

イツクシマは熟達した狩人《かりゅうど》で、ろくに眠らなくても平然としていた。疲れているようなそぶりをおれたちの前で見せることはめったになかった。やせ我慢していたのか。だとしても、すごい精神力だ。体力も尋常じゃない。年齢にしては。イツクシマはおれたちよりずっと年長だった。おそらく親子ほども年が離れていた。

オルタナから森まで駆けて、イツクシマは体力を使い果たしていたんじゃないか。しかし、限界だとは言えなかったに違いない。イツクシマは若いおれたちの足を引っぱりたくなかった。それで、ばらばらに逃げて追っ手を分散させようと言いだした。ひとかたまりになって逃げつづけたら一蓮托生《いちれんたくしょう》だ。それよりは、全員とはいかなくても何人か、誰か一人でも逃げきれたほうがいい。イツクシマのことだ。せめてユメだけは必ず生き残って欲しかっただろう。ただし、問題はそのユメだ。イツクシマ本人に懇願されたとしても、ユメが父親のように慕っているお師匠を見捨てるはずがない。だからじゃないのか。イツクシマは、ユメのために。

仲間のためなら、おれだってこの命なんか捨てられる。惜しんだりしない。

イツクシマは当然のことをした。

そんなこともおれは考えた。

べつにイツクシマだからできたことじゃない。おれがイツクシマでも、きっと同じことをした。

そういえば、ポッチーもそうとうな老犬だった。こう言っては何だが、老い先は決して長くなかっただろう。イツクシマはポッチーをずいぶんかわいがっていた。案外、イツクシマはポッチーと運命を共にすることを選んだのかもしれない。それはそれで、あの誰よりも狩人らしい狩人、イツクシマという男にふさわしい幕引きなんじゃないか。

おれは無意識のうちに盗賊の技術を駆使して足音を消していた。世界腫はそこかしこにいた。でも、おれを獲物と見なしている様子はなかった。脅威というほどの脅威を感じることもなく、おれは森を漂っていた。風に吹かれて舞う枯れ葉か、樹木の種子か何かのように。

目的地は決まっていた。もともとおれたちはリバーサイド鉄骨要塞に向かうつもりだった。そこに行けば、仲間たちと落ち合えるだろう。ただ、申し訳ない気持ちはあったし、悲しかったし、おれなりに自分自身を責めてもいたが、イツクシマとポッチーのことはすでにあきらめていた。あの狩人と狼犬《おおかみいぬ》に会うことは二度とない。けれども、ランタとユメに関しては望みがある。二人は無事だ。無事であって欲しい。二人が生きていてくれないと、イツクシマとポッチーも浮かばれない。おれも困る。どうしたらいいかわからなくなってしまう。

急ぎはしなかった。おれは万が一にも世界腫に察知されて敵視されないように、遠回りしてもいいからゆっくりと、着実に歩を進めた。世界腫はおれに迫ってこなかったが、おれから世界腫に近づきもしなかった。

何度か、回数は覚えていないが、闇夜纏いの姿を何回か目にした。遠目にではあった。それでもおれは、ひれ伏すように木陰で身を低くして、闇夜纏いが行きすぎて完全に見えなくなるのを待った。

一度だけ、光る剣と盾を持つ闇夜纏《まと》いじゃない、金色の鎧を着て、王冠を被り、杖を持っている闇夜纏いが、静かに飛んでいるのを目撃した。エライザはどうなったのだろう。おれがはっきりと彼女の安否を気遣ったのは、そのときだけだった。

日が落ちて暗くなるまで、おれは森から出なかった。

森をまっすぐ北に抜けると、デッドヘッド監視砦《かんしとりで》がある。ただ、北東方向に続いている森の中をそのまま進めば、風早荒野《かざはやこうや》に出られる。風早荒野には身を隠せる遮蔽物がろくにない。おれは怯《おび》えていたのだろうか。わからない。とにかく安全策を採ることにして、夜になってから風早荒野入りした。そして西へ、西へと向かった。

風早荒野にしてはめずらしく、風がほとんどなかった。ほぼ完全に晴れていて、またたかない星屑《ほしくず》が夜空にちりばめられていた。

月も出ていた。

赤々とした月が。

しかし、星明かりや月明かりは無力だった。地上は漆黒の闇に閉ざされていた。目が慣れても目隠しをされているかのようだった。どこまでも暗いのに、赤い月と星は気味が悪いほどくっきりと見えた。月や星のおかげで、方角だけはおおよそ摑めた。

ときどき世界腫とおぼしきものにつまずきかけたり、踏んづけたりした。初めのうちは慌てたが、とくに何も起こらないことがわかってきたので、途中からは頓着しなかった。

おれが警戒しないといけないのは、世界腫というよりも闇夜纏いだった。世界腫はだいたいの場合、何らかの物理的な刺激を与えても反応を示さない。

闇夜纏いは違う。あれは世界腫と深く関係しているし、世界腫の一種とも言えるのだろうが、やはり世界腫とは異なるものだった。中身が人間か人間に近い種族だからか、人間を目の敵にしているような節があった。

風早荒野は生きとし生けるものが死に絶えたかのように静まり返っていた。おれもなるべく音を立てないように移動していたから、油断すると自分が生きているのか死んでいるのかもわからなくなった。

あのときから、おれは死んでいるんじゃないか。

そんなふうに思うことがある。

すべては、死という長い眠りが見せている残酷な夢にすぎないんじゃないか。

空の彼方《かなた》が白みはじめると、おれはいくらか南下して、天竜山脈の山裾沿いに西進するルートをとった。オルタナからリバーサイド鉄骨要塞まで、直線距離だと四十五キロといったところか。山裾沿いだと遠回りすることになってしまうし、いくら急いでもリバーサイド鉄骨要塞に着くのは日が昇りきったあとだ。太陽の下、見晴らしがよすぎる風早荒野を一人で堂々と歩く度胸はおれにはなかった。結局、おれがリバーサイド鉄骨要塞に辿《たど》りついた頃には、だいぶ日が傾いていた。

義勇兵団がオークたちの南征軍から奪回し、主要な活動拠点にしていたリバーサイド鉄骨要塞で、実際に何があったのか。このときのおれはまったく知らなかった。もっとも、ひとけがないことだけは一目瞭然だった。

この防壁に囲われた堅固な要塞は、噴流大河《ジェットリバー》に面しているどころか、その一部が河にせり出していて、設備が万全なら河港としても機能する。防壁の内側には十四基もの塔がそびえ、それらは連絡橋で連結されていた。どうもいくつかの連絡橋が、それから門も、破壊されているようだった。防壁や塔の上におびただしい数の鳥が止まっていた。要塞の上空を飛び回っている鳥もいた。

おれは門の近くまで行ったものの、そこから中に入る気にはどうしてもなれなかった。悲嘆に暮れていたと言いたいところだが、そうじゃない。おれはほとほといやになっていた。ぜんぶが億劫《おっくう》で、何もしたくなかった。おれはオルタナを出てから何も食べていなかったし、水さえ飲んでいなかった。空腹だったはずで、喉も渇いていたに違いないのに、それよりもどうでもよさのほうが勝っていた。

おれは門から十メートル以上離れ、地べたに座って防壁に背を預けた。あまり楽な姿勢でもなかったから、そのうち片膝を立てて抱えこんだ。

防壁の上の鳥が脱糞《だっぷん》して、それが頭にかかった。

おれは、鳥の糞《ふん》か、と思っただけだった。

「ハールーくーん」

あの声が聞こえてきたときの、おれの気持ちがわかるだろうか。

おれは下を向いていたのだろう。でも、地面を見ていたわけじゃない。何も見ていなかったし、何も考えていなかった。おれは感受性や思考能力を持たない生き物に退行していた。そんなおれを、彼女の声が人間に引き戻してくれた。

ユメ。

ああ、ユメだ。

ユメの声がした。

それでも、おれがまずしたのは、目をきつくつぶって、さらに瞼《まぶた》を手で覆うことだった。声が聞こえたのだから、覆うなら目よりも耳のほうじゃないのか。それなのにおれは、目を閉じた上、手でふさいだ。おれは現実を目の当たりにすることに疲れていたが、おそらくユメの、仲間の声は聞きたかったのだろう。幻聴なんじゃないかという疑いは強く持っていた。でも万が一、本物だったら、聞き逃すわけにはいかない。

「ハールーくーん……！」

「オォイ、パルピロォッ、しょぼくれかえってやがンじゃねェーぞ、ボケッ……！」

おかげで聞きたくない声まで聞こえてきた。でも、おれの願望を叶えるものが幻聴だとするなら、ランタの声なんて聞こえてくるわけがない。だからむしろ、真実味が増した。

案の定、ユメとランタは片時も別行動をとることはなかったようだ。二人はおれより数時間遅れて、日没後間もなくリバーサイド鉄骨要塞に到着した。

おれの髪について固まった鳥の糞を、ユメが素手でとってくれたことを覚えている。ランタは口にこそ出さなかったが、大丈夫なのかコイツ、とでも言いたげな目つきでおれを見ていた。要塞の中にはまだ入っていないという趣旨の話をおれがすると、ランタはいよいよ不審げな態度を露《あら》わにした。

「イツクシマとポッチーがいるかいないかくらい、フツーは確認しとくだろ。どういう神経してンだよ。アホなのか？　アホか。アホなんだよな、パルピロ、オマエは」

おれは反論できなかった。何をどう言ったとしても、イツクシマとポッチーはもう来ないだろうと考えていることが見すかされそうで怖かった。

「けどなあ……」

ユメが防壁上にずらりと並んで止まっている鳥たちを指さして言った。

「あんなふうやったら、中には誰もいないかもしれんなあ」

「だとしても、確かめる程度のコトはするのがトーゼンじゃねェーのかって話をオレはしてンだっつーの。ココで何があったのか、自分の目で見りゃあ、おおよそのコトはわかるだろうしよ」

ランタが言い返して、ユメが文句をつけ、二人の間で言い争いが始まった。

これは完全にユメの人間性や口調のおかげなのだろうが、この二人が揉《も》めても仲よくじゃれ合っているようにしか見えない。二人が喧嘩《けんか》している場面が、ごく稀《まれ》にではあるものの、夢に出てくることがある。そんなときは、いっそ永遠に言い合いをつづけて欲しいとまで思う。

すでに日は落ちていて、あたりは刻一刻と暗くなっていった。おれたちの間でどんな話し合いが持たれたのか、詳しくは覚えていない。でも、要塞内の探索と調査は明るくなってからにしよう、ということに落ちついたのだろう。おれの記憶では、おれたち三人は要塞から少し離れたところで野宿をした。たしか、噴流大河《ジェットリバー》を見下ろせる場所だった。

ランタとユメも疲れていたようで、おれが見張りをしている間は熟睡していた。

おれも一度、眠った。長くは眠れなかった。

ユメが横向きで寝ていて、その背中にランタがしがみつくようにしていた。おれはあの夜の二人の寝姿をはっきりと思いだせる。

朝日が昇ってから、おれたちはリバーサイド鉄骨要塞の中に入った。見たところ、世界腫はいないようで、やはり無人らしかった。生者は一人もいなかったが、死者はその痕跡を留《とど》めていた。壊れた門から入ってすぐの前庭には、亡骸《なきがら》が——というよりも、遺体の残骸が散乱していた。この要塞に巣くっている鳥たちが食らったのだろう。死者たちの骨と装備だけが、ばらばらになって残されていた。

おれたちは覚えのある鎧《よろい》と盾を見つけた。トッキーズのリーダー、トキムネのものだった。おれは何かの間違いだと思いたかったが、「トキムネだな」とランタがあっさり認めた。ユメも否定しなかった。それから、ランタは一振りの剣を拾った。両手持ちしたほうが扱いやすそうな、大ぶりの剣だった。

「……ブリトニーも、かよ」

ブリトニーは義勇兵団事務所の元所長で、あんなことになってからは義勇兵団をとりまとめていた。彼は髪の毛を緑色に染め、何らかの方法で瞳の色を変えていた。変わり者だったが、面倒見のいい大先輩で、実力のある聖騎士だった。おれは緑色の毛髪がこびりついているしゃれこうべを発見したが、ランタにもユメにもあえて報告しなかった。ブリトニーとトキムネはここで死んだ。その事実を受け止めるだけでやっとだった。

彼ら二人だけじゃない。

いったい何人の義勇兵が犠牲になったのか。

遺体の状態が状態だけに、推計するのも簡単じゃないが、数人ではきかないだろう。

おそらく十人以上だ。

「全滅したってワケじゃなさそうだな」

ランタが自分に言い聞かせるように言った。その点はおれも同意できた。ここで全滅したにしては、遺体の数が少なかったからだ。

義勇兵たちは多数の死傷者を出して劣勢になった。そして、ある段階で、リバーサイド鉄骨要塞から退去しようとした。逃げださざるをえなくなったんじゃないか。

要塞というのは、防衛のための軍事施設だ。ブリトニーやトキムネは、その要塞の外じゃなくて、中で死んでいた。敵に、たぶん大量の世界腫に入りこまれた状況で、義勇兵たちは撤退を強いられたわけだ。想像するだに恐ろしい。どう考えても最悪だ。おれの頭には惨状しか浮かんでこなかった。

こう言っては何だが、ブリトニーはともかく、よりにもよってあのトキムネが死んだのだ。いざとなれば、危険をかえりみずに率先して仲間を救おうとするような男ではあった。それでいて、絶体絶命の窮地に追いこまれても、どうにかこうにか切り抜けてしまう。殺されても死なない男だと、おれはどこかで思っていた。天性の明るさを持っていて、ただ陽気なだけでもなく、あれで機を見るに敏だった。義勇兵としてリスクをとりまくってきたのに、トキムネは一人も仲間を失っていなかったのだ。どこまでいっても似非《えせ》リーダーでしかない、おれとは違う。何もかも違いすぎる。トキムネはおれの対極に位置していた。真のリーダーとは、トキムネのような男のことだ。

あのトキムネが死んだのなら、トッキーズは壊滅していてもおかしくない。

眼鏡をかけた元戦士の神官タダ。最上級のモチベーターで、ムードメーカーのアンナさん。眼帯ポニーテールのイヌイ。長身で抜群の身体能力を誇る女性魔法使いのミモリ。

トッキーズとは何かと縁があった。トキムネがあのとおりの男だし、トッキーズはとにかく陽気で、それぞれ個性的だが結束力がきわめて強く、ハマると尋常じゃない推進力を発揮する集団だった。おれみたいな辛気くさい人間からすると、トッキーズが醸しだす空気感は肌に合わなかったが、それも結局、やっかみ半分だ。トッキーズは間違いなく好ましい人たちだった。何だかんだ言って、ああいう連中はどんなときも生き残ってしまうのだろう。それでいいんじゃないかとも思える。トッキーズはいつも人生を楽しんでいた。生きるに値する人たちだった。

もしトキムネ以下トッキーズが死んでしまったのだとしたら、無情としか言いようがない。こんなでたらめな世界で、どうやって希望を持てばいい？

そもそも、希望なんてものはどこにも存在しないのかもしれない。

始まりの頃、マナトが死んでしまったときに、おれはそのことを理解するべきだったんじゃないか。この世界がいくらかでもまともなら、死ぬにしても順番というものがあって、最初の白羽の矢がマナトに立つことはなかったはずだ。なんでおれじゃなかったのか。初めに死ぬなら、おれあたりがちょうどいい。モグゾーにしたってそうだ。なぜよりにもよって、モグゾーが死ななければいけなかったのか。おれでよかったじゃないか。

グリムガルでは、惜しまれる人から順に死んでゆく。だとしたら、おれはなかなか死なないだろう。死ねない者は、死んでゆく者たちを見送らないといけない。

それはそれでつらい役回りだ。なあ、マナト。モグゾー。代われるのなら、代わって欲しいくらいだよ。

そんな罰当たりなことを考えるくせに、おれという人間には生死の境目を見極める才覚だけは備わっている。

ランタとユメは、義勇兵たちが退却した道、避難路を特定しようとしていた。当然、門からも外に出られるが、その門が破壊されているので、当時はそこから世界腫が殺到してきたと考えるのが妥当だろう。生き残った義勇兵たちは別の経路を使った可能性がある。トキムネやブリトニーは、敵を食い止めるために前庭で死闘を繰り広げたのかもしれない。つまり、仲間たちが逃げる時間を稼いだ。ランタとユメは互いに推測をぶつけあいながら、その別の経路とやらを探るつもりらしかった。

そして、おれはと言えば、ただランタとユメのあとをついて回っていた。一応、あちこちに視線を巡らせたり、死骸に目をやったりしていたが、頭はろくに動いていなかった。二人の話を聞いてはいた。でも、自分の意見はなかった。おれは昔から、黙っていると何か物思いにふけっているように見られがちだが、正直、そんなことはない。ちゃんと何か物を考えていたら、それを言葉にできるはずだ。言葉が出てこないということは、まともに考えていない。そのわりに、いや、もしかしたら、下手に考えていないせいなのかもしれないが、奇異な感じを察知できる。

ランタとユメは七番塔の地下にある隠し通路が当たりなのではないかと踏んでいるようで、そこに向かおうとしていた。というか、もう七番塔はすぐそこだった。

ユメが七番塔の出入口めがけて走りだして、ランタが「オイッ」とか何とか声をかけながらあとを追おうとした。

おれは上を見た。どうして、と訊《き》かれても、説明できない。ただ何かおれをそうさせるものがあったのだろう。

七番塔を含め、リバーサイド鉄骨要塞の塔はどれもこれも同じ造りで、ほとんど見分けがつかない。どっしりとした円柱形で、先の尖《とが》った帽子のような屋根が設けられている。鉄骨要塞という名は、たしか、塔や防壁の土台に、鉄の骨組みとコンクリートのような合成骨材が用いられていることに由来していたはずだ。防壁にしても塔にしても、土台以外は石積みの建造物でしかない。

七番塔のてっぺんに、それは立っていた。甲冑《かっちゅう》だ。一見して不吉な印象を受ける甲冑を着込んでいる。けれども、人間じゃない。それは甲冑以外にも、黒い、真っ黒な、やたらと長くて、地面を歩いたら引きずりそうな外套《がいとう》を身につけていたからだ。外套？　そうじゃない。違う。

あれは外套なんかじゃなくて、世界腫だ。

黒々とした世界腫が寄り集まって、甲冑にまとわりついているのだ。

「ユメ、ランタ！」

おれはすぐさま叫んだ。あの甲冑。おれは見覚えがあった。レンジだ。レンジが着ていた。遺物《レリック》だとか。剣鬼妖鎧《アラガルファルド》。あれは遺物《レリック》だ。レンジ。まさかレンジなのか。中にレンジが。レンジまでも死んでしまったのか。あのレンジが。

何にせよ、あれは闇夜纏《まと》いだ。

最初、おれは甲冑に目を奪われて、やつが左右の手でそれぞれ何か持っていることを、見逃していたわけじゃないとしても、注目してはいなかった。しかし、とても見過ごせるようなものじゃなかったから、一瞬後にはそれらが生き物だとわかった。

やつは右手に人間を、左手には犬のような獣をぶら下げていた。

おぞましい予想がおれの頭をよぎらなかったと言ったら嘘《うそ》になる。予想どころか、おれは確信してさえいた。しかし、おれはあえてそのことには言及しなかった。

「逃げろ！　闇夜纏いだ！　退避！　退避だ……！」

おれはわめき立てながら七番塔とは別の塔めがけて駆けた。ランタとユメもおれについてきた。その前後に闇夜纏いが七番塔のてっぺんから飛び降りた。やつの外套みたいな世界腫が黒い翼のように見えた。

おれたちは別の塔の陰に隠れた。なぜ三人ともそこで足を止めたのか。たぶん、いやに静かだったからだ。やつが着地した音さえ聞きとれなかった。

ランタが顔を出してすぐに引っこめた。ランタは声を出さずに口だけ動かし、いる、いる、と手振りを交えてユメとおれに伝えた。

どうしたらいいのか。おれには皆目見当がつかなかった。筋道を立てて考えようとすると、これはもうだめだろう、という悲観に押し潰されてしまいそうになる。やつはおれたちを追ってくるだろう。遅かれ早かれ、おれたちは見つかる。闇夜纏いの中身はレンジなのか。それはさておくとしても、闇夜纏いがあの遺物《レリツク》、剣鬼妖鎧《アラガルファルド》の力を使えるとしたら、とうてい対抗できない。何をしても無駄だ。だから、何もしない。ここでじっとしている。そんなわけにはいかない。

おれは左手の指を五本立てて、その掌《てのひら》を右手の人差し指と中指で叩《たた》き、七、という数字を示した。それから、右手の人差し指で下を示し、ぐっと前方に移動させてから上に向けた。七番塔の隠し通路を通って逃げよう。ランタとユメは、ただちにおれの提案を理解してうなずいた。

二人の了解をえておきながら、おれは戸惑っていた。いいのか。こんな策で、本当に大丈夫なのか。大丈夫なわけがない。逃げるしかないから、とにかく一番近くにある逃げ道らしきものから逃げよう。たったそれだけの思いつきでしかない。

ランタが身振りで、ユメが先頭、二番目はおれ、自分はしんがりにつく、と主張した。おれはそこまで土地鑑があるわけじゃないし、異存はなかった。ユメも納得した。

ユメが思いきりよく走りだした。おれはひたすらユメについていった。七番塔の出入口の手前まではすんなり行けて、拍子抜けしたことを覚えている。ところが、振り返るとランタに闇夜纏いが襲いかかろうとしていた。

おれがランタの立場なら、観念する。一秒でも二秒でも闇夜纏いを引きつけて、その間に仲間を逃がそうとするだろう。というか、現実問題、それ以外に手がなかったはずだ。ランタは違った。

ランタは急停止して、闇夜纏いの突撃を受け止めようとしたかに見えた。だが、一瞬後にはやや離れた場所にいた。暗黒騎士らしい変則的な身のこなしで、闇夜纏いの攻撃を避《よ》けただけじゃない。闇夜纏いはまんまと幻惑され、ランタを一度、見失った。そのときにはユメは出入口に駆けこんでいた。おれもユメに続いた。

「我流――」

ランタは刀を抜き放って、闇夜纏いに一撃加えた。刀は世界腫の外套に阻まれてしまったが、途端にランタが消え失《う》せた。むろん、本当に消えたわけじゃない。攻めたと同時に離脱するという矛盾した動きが、まるで消えたかのような錯覚を引き起こした。

独特で、人並み外れた強度の鍛錬と実戦経験によって、ランタは類《たぐ》い稀《まれ》な身体能力と剣技を開花させていた。昔のあいつを知っている身からすると、あんなふうに成長を遂げたことがどうにも信じがたい。おれには見る目がなかったのか。べつにあるとは思わないが、あいつが一線級の暗黒騎士に成り上がるなんて、誰が予想できただろう。まるでランタが何人もいて、乱れ飛ぶかの如《ごと》く闇夜纏いに殺到しているようだった。あそこまでしても闇夜纏いにダメージを与えることはできないだろうが、そもそもランタの狙いはそこにはない。闇夜纏いは翻弄されていた。ランタは打ちこんでは離れ、離れては打ちこみ、また離れて、目にもとまらぬ速度、摑《つか》みづらいタイミングでそれを繰り返しながら、七番塔に近づいていた。

ユメはランタを気にする様子もなく、七番塔に入っていった。ランタのことを心底信用しているから、余計な気遣いは無用だと知っている。果たしておれは、ユメのように人を信頼できるだろうか。とにかく、おれもユメに従った。

隠し通路というくらいだし、もともとは地下への階段自体が石壁で封鎖されていたというが、その石壁は打ち壊されていた。おかげで、瓦礫《がれき》を乗り越えるだけで通ることができた。階段で地下に下りると、おれくらいの身長なら屈《かが》まなくても入れる大きさの通路が口をあけていた。

通路の前ではさすがに少し待った。ランタが階段を駆け下りてきてから、おれたちは通路に突入した。

通路の中は真っ暗闇だった。しばらくの間は三人とも無言で、ひたすら闇の奥へ奥へと進んだ。

闇夜纏いが通路の中まで追いかけてきたら、という懸念は抱かなかったような気がする。何も見えないし、戦いようがないので、不安に思ってもしょうがない。こうなったら、少しでも先に進むしかないと、割りきっていたのかもしれない。

それとも、あのことについて、いつ切りだそう――闇夜纏いが左右の手にぶら下げていたものについて、いずれは話さないといけない。わかってはいても、できれば言葉にしたくないという思いがちらついて、何も考えられなかったのか。

どちらにしても、おれたちが闇夜纏いにつかまることはなかった。追いかけてきたとしても、途中で引き返したのだろう。おれたちは命拾いした。

おれとユメ、ランタの三人は。

通路の暗闇の中で話したことだけは、明確に覚えている。

「お師匠、だめやったあ」とユメが涙声で言った。

「ああ」

見たわけじゃないが、ランタはきっとユメの肩を抱いたんじゃないかと思う。

「そうだな。でもよ。ダメじゃねえ。ダメだったとか言うな。オレらが今こうしてンのは、イツクシマとポッチーのおかげなんだ。な?」

あんなに思いやりがある言い方ができる男だなんて知らなかった。ユメに対して、だからなのかもしれないが。誰にでもやさしくするやつじゃない。

あのとき、おれはユメに何か言ってあげられただろうか。ずっと黙りこくっていたわけじゃないと思うが、ランタに同意するようなことを口にした程度だろう。

何しろおれは、イツクシマとポッチーはもう生きてはいまいと考えていた。まさか生きていたなんて。イツクシマとポッチーはどうにかして危地を脱し、なんとリバーサイド鉄骨要塞までやって来ていた。しかも、おれたちよりも早く、だ。

でも、かえってそれが災いした。

リバーサイド鉄骨要塞にも、別の闇夜纏いがいたのだ。

もしおれが要塞に先着して中に入っていたら、やつはおれを餌食にしていたに違いない。その場合、ひょっとしたらイツクシマとポッチーは異変を察し、あとから到着したユメとランタとともに、この地を離れていたかもしれない。

イツクシマとポッチーはリバーサイド鉄骨要塞で死んだ。

おれの代わりに死んだんだ。

そうとしか、おれには思えなかった。

すまない。謝れるものなら謝りたかった。本当に申し訳ない。おれが悪い。おれのせいなんだ。

だけど、誰に謝ればいい？

イツクシマとポッチーはすでに亡い。死者に謝罪したところで、何の意味もない。

だったら、ユメやランタに？
そんなことはできないし、するべきでもない。
結局、謝ることはできなかった。
それでも、あれはおれのせいだと、いまだに思っている。
おれが死ねばよかった。
あの日、おれはリバーサイド鉄骨要塞で死ぬべきだったんだ。

2．いつか伝説になる二人

当時のおれは知りもしなかったが、グリムガルにこんな古伝がある。


そこには空と海しか存在しなかった。

あるとき、海の向こうから人のような姿をした名もなきものがやってきた。

名もなきものは海に幾千万の種を蒔《ま》いて去った。

幾千万の種は芽を出し、億兆の生命となって咲いた。

それらの生命が枯れると、その骸《むくろ》は海の底に積もり積もった。

こうして海から陸地が顔を出し、やがて大陸が形づくられた。

生命はこの大陸でも生命を産み育てて大いに殖えた。

人のような姿をした名もなきものが大陸に再来し、幾星霜、寝起きした。

名もなきものが見守る中、無数の生命が咲いては散り、先の人びとが生まれた。大陸は生命に溢《あふ》れ、彩られた。

しかし、空の上から原初の竜が舞い降り、名もなきものは追いたてられた。

名もなきものに代わって、竜が大陸を寝床とした。竜は土に埋もれるまで、昏々《こんこん》と眠りつづけた。地上は静かなる豊穣《ほうじょう》に満たされた。

大陸の平穏を破ったのは、空と海の彼方《かなた》から流れついた二柱の神々だった。

あまりの騒がしさに竜が目覚めると、二神が先の人びとを従えて相争っていた。

竜は寝床から這《は》い出し、二神を誅《ちゅう》するべく戦いを挑んだ。

竜と二神の壮烈な戦いは、先の人びとを巻きこんで長く続いた。

戦いが終わる気配を見せないので、先の人びとを憐《あわ》れんだ名もなきものが、天上の果てより赤い星を降らせた。

赤い星は竜に撃ち落とされたが、その欠片《かけら》は地下に根を張り、黒い腫れ物となった。黒い腫れ物は大陸にはびこった。

二神は腫れ物に埋もれて姿を隠し、竜はふたたび寝床にもぐりこんだ。

しかし、竜は赤い星を撃ち落とすのに力を使い果たしていたので、二度と目を覚ますことはなかった。

竜は寝床で朽ち果てた。


この言い伝えに人間族は登場しない。人間族は新参者だからだ。

もともとグリムガルにいた先の人びとは、エルフやドワーフ、ノーム、セントール、コボルドの祖なのだという。姿形があまりにも違いすぎて、彼らが同祖の種族というのは信じがたい話だが、いずれもこの地においては人間族の大先輩らしい。

そして、少なくともエルフとドワーフには、先の人びとや、原初の竜、二神、赤い星に関する伝承がある。

あとは、北辺《ほくへん》――極寒の北部一帯で暮らしている角を生やした有角人諸族、それから、ネヒの砂漠を住処《すみか》とするピラーツ人も、人間族よりグリムガル歴が長いようだ。先の人びとではない、すなわち、土着民ではない有角人諸族とピラーツ人も、二神の戦いを語り継いでいる。有角人諸族はグリムガルの赤い月を赤い星と同一視して恐れ、ピラーツ人は原初の竜を祖神として崇拝しているのだ。


隠し通路を使ってリバーサイド鉄骨要塞の外に出たおれとランタ、ユメは、東に進んでワンダーホールを目指した。

一言でいうと、ワンダーホールは天然の巨大トンネルだ。

この場合の、天然、というのは、単に人の手が加わっていないという意味でしかない。たしかに、人間族を含めた広義の人がそれを造ったと考えるのは無理がある。かといって、何らかの自然現象でこんな穴が形成されるものなのか。ワンダーホールの幅は百メートル以上と大きく、地上から地下に向かってゆく形状からしても、尋常ではない巨体を誇る生き物があけた穴のように見える。それに、果てしないと形容しても大袈裟《おおげさ》に感じないほど、途方もなく長大だ。まさしく人智《じんち》を超えている。

ワンダーホールの存在自体は、大昔から知られていたようだ。先の人びととの末裔《まつえい》たちは、竜の寝床、と呼んでいた。彼らはこの巨穴《きょけつ》を畏れ敬い、あえて近寄らなかったらしい。

古伝に曰《いわ》く、原初の竜が大陸を寝床として、土に埋もれるまで眠った。その後、二神が先の人びとを従えて争いはじめたので、原初の竜はその寝床から這い出した。寝床はどこにあったのか。ここだ。このワンダーホールこそ、原初の竜が寝ていた場所だと、先の人びとは見なしていたのだ。

アラバキア王国が天竜山脈の南に撤退する前から、人間族はワンダーホールの調査に乗りだしていたようだ。しかし、本格的に探索が進められたのは、オルタナができて以後、とりわけ義勇兵たちが活躍するようになってからだという。

おおかたの人間族は、鍾乳《しょうにゅう》洞《どう》や溶岩洞などの洞窟や、地割れ、渓谷等々が、次第に接続されていった結果、ワンダーホールと呼ばれる現在の姿になった、と考えていた。

でも、どうだろう。

原初の竜は実在したし、竜の寝床もあったんじゃないかと、おれは思っている。

ワンダーホールのすべてが竜の寝床かというと、それは違うかもしれない。けれども、竜の寝床がまずあって、時を経るごとにだんだんと広がっていったんじゃないか。

直接的な証拠はないが、傍証はなくもない。

ワンダーホールに到着したおれたちは、少なからず驚いた。

以前と変わらないワンダーホールがそこにあったからだ。

そもそも、ワンダーホールに近づくごとに、世界腫を見かけなくなった。ワンダーホールを中心とする半径一キロ以内には、世界腫はまったくいない。黒い切れ端さえも見あたらなかった。

ワンダーホールの奥へと続く斜面は草っ原で、メルルクという草食の大鶏モドキが気ままに暮らしている。ワンダーホール前の名物と言ってもいい長閑《のどか》な眺めにも、変化らしい変化はなかった。

「平和にも程ってモンがあんだろ……」

ランタが呆然《ぼうぜん》と呟《つぶや》いた。ユメは狩人《かりゅうど》らしく遠目から斜面の中腹に何か発見したようで、そこめがけて駆けていった。

イックシマとポッチーを失ったことで、ユメは当然、そうとうな痛手を受けていたはずだ。それなのに、ユメがものすごく落ちこんでいたという記憶は、おれにはない。しいて言えば、口数は普段より少なかっただろうか。まあ、せいぜいそのくらいだ。

むしろ、父親代わりのイックシマを亡くしたことで、ユメは一段と強くなったような気がする。ユメはのちに息子を産んで母親になるが、それも結局はユメ自身が選んだことで、どこまでも彼女の主体的な決断だったんじゃないか。

ユメは母親にならなければならなかった。自分の血を残すというよりも、おれたちの世代に続く子を産み育てなければならなかった。今にして思えばだが、ユメにはある種の使命感があったんじゃないか。もとより、生きとし生けるものには子孫繁栄の本能があって、そのための機能が生得的に備わっている。ユメはそれに従っただけなのかもしれないが、やはりイツクシマが死んでからの彼女は変わった。おれにはそう感じられてならない。

ユメが斜面の中腹で見つけたのは、焚《た》き火《び》をしたあとの灰と、その周辺でかなりの人数が寝起きした跡だった。ユメの見立てでは、ここで野営したのは十五人以上、おれも調べてみたが、彼女の意見に賛成だった。

「義勇兵だな」

ランタがそう結論づけた。

「生き残った連中がリバーサイド鉄骨要塞からここまで逃げてきて、野営した」

「一泊じゃないとユメは思うなあ。何日かいたのとちがう？　離れたところにトイレにしてた場所もあったし、骨なんかもまとめて捨てられてたからなあ」

「メルルクを狩って食ってたってコトかよ。どうしてか世界腫が寄りつかねェーこの場所で英気を養って、ヤツらは――ワンダーホールに入ってった……？」

どうやらワンダーホール前は安全地帯らしい。思っていたよりも生存者の人数は少なくないようだが、そうはいっても義勇兵たちはリバーサイド鉄骨要塞から命からがら逃げてきたはずだ。ここで何日か休んだとしてもおかしくはない。というか、彼らがここに腰を落ちつけたとしても、責められる謂《いわ》れはないだろう。

ところが、彼らはわざわざワンダーホールに入っていった。

なぜなのか。

おれたちはその問題について協議しながら、生存者たちの野営地跡で焚き火をした。仮初めだとしても、せっかく訪れた平穏を自分の手でぶち壊すようであまり気が進まなかったが、メルルクを一頭だけ殺し、捌《さば》いて食べた。仲間を殺されたワンダーホール前のメルルクたちは、しばらくの間、逃げ惑ったりけたたましく鳴きわめいたりしていた。もっとも、そのうちおとなしくなって平穏が戻ってきた。

おれたちはワンダーホールから一キロと離れていない水場を知っていたし、食糧も確保できた。急いで行動する必要はなかったから、おれたちは三日、いや、四日は、生存者たちの野営地跡に滞在したはずだ。

あの四日間を思い返すと、おれは心が落ちつき、満たされる。

おれたちは大切な者たちを何人も失った。過去は凄惨と言うほかなく、先行きはどこまでも暗かった。それにもかかわらず、あの四日間、おそらくおれは幸福でさえあった。見たくないものを見ないようにして、考えたくないことを考えないようにしていたのだろうか。必ずしもそうとは言いきれない。

おれたちは話しあった。それはもう、じっくりと語らったものだ。話題は尽きなかったし、おれたちの間でしか通じない会話がいくらでもあった。特定の事柄を徹底的に避けたということもなかったと思う。

たとえば、クザクのこと、セトラのこと、それからシホルのことについても、おれたちはざっくばらんに話した。

そして、メリイ、不死の王《ノーライフキング》のことも。

メリイは一度死に、彼女を文字どおりの死の淵《ふち》から救いだすために、おれはジェシーという謎めいた男の助言に従った。ジェシーはジェシーであって、ジェシーではなかった。彼の中にはジェシーではないものがいた。

つまり、不死の王《ノーライフキング》が。

定説では、A暦五五五年頃、不死の王《ノーライフキング》は崩御した、とされている。ここからしておかしい。不死の王《ノーライフキング》が死ぬとはどういうことなのか。死なないからこそ、不死の王《ノーライフキング》と呼ばれていたんじゃないのか。

事実、不死の王《ノーライフキング》は死んでなどいなかったのだ。

不死の王《ノーライフキング》は別人の中に潜み、今日まで——今もまだ、あの怪物は生きている。

ジェシーはおれをそそのかしたのか。そのことは倦《う》むほど考えたが、あの男は強制したわけじゃない。

『一度死んだおれみたいに、彼女は生き返る』

『代償はあるがな』

『彼女はおれの代わりに生き返ることになる』

『きみらだって、馬鹿じゃないはずだから、わかるだろ？』

『これは普通じゃない』

『人が生き返ったりはしないっていうのが常識だし、実際そのとおりだ』

これがジェシーの話したことだ。

とっておきの方法があるにはある、ただし、それは自然の摂理に反しているし、相応の代価を支払わなければならないと、ジェシーはおれに警告した。

おれが理性的だったら、断っていただろうか。

無理だった。

何度やり直しても、おれは同じことをする。死んでしまった、死なせてしまったメリイを、そのままにはできない。おれは彼女を失いたくなかった。失ったことを帳消しにできるなら、どれほど不利な取引にも応じたはずだ。

だから、おれの中に、ジェシーの提案を受け容《い》れたことに対する悔いはない。悔いてもしょうがないし、後悔して、自分を責め、自己憐憫《じこれんびん》に陥るよりは、現状をいくらかでもましなものにするため、何かできることはないのか、頭をしぼらないといけない。

それがせめてもの償いというものだろう。

償いきれるものではないとしても、やるしかない。

ワンダーホール前の生存者たちの野営地跡で、おれはそのこともランタとユメに話した。あのとき、おれは震えていたかもしれないが、言葉に詰まったり泣いたりしないで、ちゃんと言えたと思う。おれは焚き火のこちら側にいて、ランタとユメは向かい側に並んで座っていた。二人は自然と寄り添っていた。ランタは向かって左、ユメは右だった。ランタは右膝を立てて、その膝に右肘をのせていた。ユメは膝を崩していた。ランタの左腕とユメの右腕がふれあっていた。

「オマエがそう思うンなら、そうなんだろ」

ランタが静かに言うと、ユメは頰を少し膨らませて、「ばかっ」とランタを叱った。

「そんな言い方することないやろお。ハルくんのことやし、メリイちゃんのことなんやからなあ。それやったら、ぜえんぶ、ユメたちのことやんかあ」

「わかってンだよ、ンなコトは」

「わかってるんやったら、もっと別の言い方があるねやんかあ」

「言い方なんざ、どうでもいいだろうが。どうせオレらは一蓮托生《いちれんたくしょう》ってヤツなんだ。最後まで付き合うんだからよ。いいか、ハルヒロ」

パルピロじゃなくハルヒロとおれを呼び、しっかりと目を見て、ランタは言った。

「オレとオマエの間には、実際、色々あったよな。オレらの道は分かれちまったンじゃねェーかと思ったコトも、正直あったよ。でも、そうじゃなかったんだ。もう、このまま行くぞ。オレは決めた。オマエごときじゃァ、オレの背中を任せるのに力不足だがよ。グダグダ言っててもも始まらねえ。いいかげん腹をくくれ。せめてオマエらしく悪あがきして、どうにかこうにかこのオレについてきやがれ」

おれはうなずいたのだったか。軽口でも叩《たた》いたのか。よく覚えていないが、ランタにそんなふうに言われて、ずいぶん楽になったのは間違いない。ことによると、おれが先のことを考えられるようになったきっかけは、あれだったのかもしれない。

生き残った義勇兵たちは、なぜワンダーホール入りしたのか。

おれたちが導きだした結論は、光明を見いだすためじゃないか、ということだった。もし生存者たちに未来というものがあるのなら、それはワンダーホールの中か、その向こうにある。生存者たちは、可能性を摑《つか》むために前進した。

だとしたら、それは何なのか。

ありうるとしたら、ソウマじゃないのか。

義勇兵最強の呼び声が高いソウマとその仲間たちは、一連の戦いに参加していなかった。ソウマたちだけじゃない。ソウマが結成した暁連隊《DAYBREAKERS》の主要なメンバー、生ける伝説のアキラさんや、颱風《タイフーン》ロックスも同様だった。

ソウマは言わずと知れた類《たぐ》い稀《まれ》な剣士だ。いまだにおれは、彼の実力の程を測ることができない。彼が剣を振るうところを、山を砕き海を割るようなその斬撃の威力を目の当たりにしても、ただ彼がとにかく強いということしか、おれにはわからなかった。直《じか》に接すると人間らしいところが多分にある男なのに、どこまでも人間離れしていた。どのくらい人間から離れているのか。凡人には、それすら推し測る術《すべ》がない。あれが天才というものなのだろう。そんな月並みな表現しか頭に浮かばない。

不世出の天才ソウマがどうしても目立ってしまうが、他の面子《メンツ》も決して彼に引けをとらない。ケムリという体格に恵まれた聖騎士も桁違いの凄腕《すごうで》だし、人造人間ゼンマイを連れたピンゴは死霊術師《ネクロマンサー》で、かつ才気《さいき》横溢《おういつ》な魔法使いだ。エルフの剣舞師《ソードダンサー》リーリヤは、人間族には真似《まね》のできない卓越した剣技を使いこなす。呪医《シャーマン》のシマは元盗賊の治療者《ヒーラー》で、体術にもすぐれている。

ソウマのパーティはバランスがとれていて、かつ、圧倒的なのだ。

無意味な仮定だろうが、もしそんなソウマのパーティとアキラさんのパーティが果たし合いをしたら、どちらが勝つだろう。

本人はすでに盛りを過ぎていると自認していたようだが、アキラさんは気力、体力、経験を最高レベルで併せ持ち、傍目《はため》にはまさに絶頂期にあるかのように見えた。そのアキラさんに加えて、ドワーフの斧使《おのつか》いブランケン、長身の戦士カヨと、アキラさんのパーティは前衛に強力すぎる駒が揃《そろ》っていた。後衛も充実していて、ハーフエルフのタロウはまだ若いがすばらしい弓使いだし、魔法を使える神官のゴッホ、当代一とも噂《うわさ》される魔法使いミホがいた。アキラさんとミホは夫婦で、ソウマが台頭するまでは、この夫妻こそが最強の名をほしいままにしていたのだという。

それに、ロック率いる颱風《タイフーン》ロックスも、ソウマたちやアキラさんたちに負けず劣らずの個性派集団だ。禿頭《とくとう》の巨漢戦士カジタ。知略家の暗黒騎士モユギ。元狩人《かりゅうど》で天衣無縫の自然派戦士クロウ。職歴多彩で何をしでかすかわからないサカナミ。元聖騎士で神官という、ある意味、謎めいた転職歴を持つ五分刈りのツガ。一騎当千の強者揃《つわものぞろ》いといっても過言じゃない。戦力的には、まさしくソウマたちとアキラさんたちに次ぐ存在、ナンバースリーと評しても異論は出ないだろう。

人造人間ゼンマイを含めれば、十八人。ただの十八人じゃない。百人に、いや、何百人にも匹敵する十八人だ。

あるいは、この十八人が当初から参戦していたら、グリムガルの歴史はまったく異なる方向に流れていたんじゃないか。ソウマたちがいれば、南征軍を撃退できていたかもしれない。そうなると、オルタナがジン・モーギスに牛耳られることもなかった。不死の王《ノーライフキング》が復活することもなく、おれたちは義勇兵として暮らしながら、シホルを取り戻す方法を探っていたかもしれない。

おれだって、そんなことを真剣に考えているわけじゃないが、ついついそう思いたくなるような十八人だった。

それとも、過大評価なのか。

おれにとっては、過去だし——それも、一昔前どころじゃない、過ぎ去った時代の話だから、現実というよりはもはや幻想に近い。おれはかつて、ダルングガルという異界で火竜に出くわしたことがある。あの火炎の息を吐く恐ろしい竜は、山脈のようにでかかった。でも、本当はそこまでじゃなかったのかもしれない。おれの記憶の中で、火竜は何倍にも、何十倍にも膨れ上がって、実物とは似ても似つかない巨大な生き物と化しているのかもしれない。

しかし、仮にそうだとしても、当時の義勇兵たちにとって、あの十八人は大きな、大きすぎる存在だったと思う。

颱風《タイフーン》ロックスは一段、格が落ちるとしても、ソウマたちとアキラさんたちは完全に別格だった。半ば神格化されていた、といっても過言じゃない。神のように扱われるのにふさわしい英雄たちだった。

あの十八人は一連の戦いに加わっていなかった。

なぜか。

不在だったからだ。

ソウマはワンダーホール の探索を進めていた。ワンダーホール経由で、北辺《ほくへん》の近く、ホワイトロック大山系に囲まれた、いわゆる不死の天領《アンデッドDC》にまで入りこんでいた。その実績があったお陰で、不死の王《ノーライフキング》が復活する兆候がある、というふれこみでソウマが暁連隊《DAYBREAKERS》の結成を宣言した折も、一定の説得力があると義勇兵たちは考えた。ソウマはアキラさんたちや颱風《タイフーン》ロックスを仲間に引き入れて、ワンダーホールの調査を継続していた。

じつは、おれとおれの仲間たちや、イオのパーティも暁連隊《DAYBREAKERS》に所属していた。イオたちのことはよくわからないが、おれたちの場合はまあ、ひょんなことから、とでも言うしかない。黄昏世界《ダスクレルム》やらダルンガルやらに行ったり、パラノとかいう異界に迷いこんだり、グリムガルから離れていた時期も長いので、ソウマたちの行動をほとんど把握できなかった。おれたちと彼らとの間には、ほぼ常に特大の隔たりがあった。

とにかく、ワンダーホールだ。

彼らはワンダーホールを集中的に探索していた。

当時、おれは知らなかったが、一連の戦いの間、彼らはワンダーホール内にいたらしい。内、といっても、メルルクが棲《す》むワンダーホールの出入口から、何百キロも離れていた。彼らは不死の天領《アンデッドDC》に侵入して、帰ってくる途中だったようだ。戻ってきたくても、当然、一日、二日でどうにかなるような距離じゃない。しかし、ソウマ以下、暁連隊《DAYBREAKERS》の主要メンバーは、ワンダーホールの果てにいる。義勇兵たちはそのことを聞き知っていた。

ソウマたちと合流することができれば、活路を見いだせるかもしれない。少なくとも、ソウマたちの傘下に入って、庇護《ひご》を受けることはできるだろう。現状を打破するのは難しいとしても、ソウマたちと一緒に生き抜くことができれば、望みは繋《つな》がるはずだ。

おれたちがはっきりと決断したのは、出発の前夜だった。

薄々、どうするべきか、というより、そうするしかないと、おれもランタもわかっていた。きっとユメも同じだろう。

踏ん切りがつかなかったのか。いつまでもこうやって、三人で焚《た》き火《び》を囲んでいたい、という気持ちも、なくはなかったかもしれない。そうはいっても、おれたちは干し肉、燻《くん》製肉《せいにく》などの保存食を作ったり、水を汲《く》めるだけ汲んできたりして、準備を進めていた。

「行くか」

ランタはそう言ってから、ユメの背中に腕を回して自分のほうへ引き寄せた。ユメは小首を傾《かし》げて、何だろう、という顔をしていたが、ランタを押しのけようとはしなかった。

「ああ」

おれがうなずいてみせると、ランタもうなずいた。

「今夜はぐぅーっすり眠らんとやなあ」

ユメはそんなことを言った。おれたちの決意表明は、たったそれだけだった。

翌朝、おれたちはワンダーホールに入った。

出入口付近は、巨大な洞窟、トンネルというよりも、次第に下ってゆく渓谷のようだ。それで義勇兵たちは、その一帯を、谷穴、と称していた。谷穴には、スプリガン、デュルガー、ボギーといった小型の亜人が棲息《せいそく》していて、メルルクを狩ったり、互いに殺しあったりしていたものだが、そのときはまったく見かけなかった。虫と小さな獣のたぐいしかいない。谷穴は異様なほど静かだった。

いつからか、グレンデル、という新種がワンダーホールを席巻《せつけん》しているとの情報は、おれも聞かされてはいた。

広大なワンダーホールの内部には、異界との接点がいくつもある。義勇兵たちが新たな異界との接点を発見し、新天地へと進出することもあった。けれども、だいたいはその逆だ。異界の生物がグリムガルに入りこんでくる。グリムガルの住人は、見たことも聞いたこともないそれらの生物を、新種と見なす。必要に応じて、何らかの名前をつけることもある。

グレンデルもまた、彼らの自称じゃない。義勇兵が名づけたようだ。

その由来は定かじゃない。

ただ、おれたちはグリムガルで目覚めたとき、記憶を失っている——奪われる、と言うべきか、壊される、と言うべきなのか——とにかく、自分の名前くらいしか思いだせない状態だが、それ以外のすべてをすっかり忘却しているわけじゃない。おれたちは言葉を操れる。自然界全般や人間社会に関する知識、常識のようなものは保持している。ふとしたときに、どう考えてもグリムガルとは無関係な事物にまつわる記憶が蘇《よみがえ》ることもある。

グレンデルという語に、どんな由縁があるのか。おれは知らないが、初めて耳にしたとき、どことなく恐ろしいものを感じた。ひょっとしたら、前の世界にあったものなのか。前の世界で語られていた何かなのか。

いずれにせよ、義勇兵たちにとって、そして、ワンダーホールに割拠していた生き物たちにとっても、グレンデルは大きな脅威だった。谷穴の三亜人《さんあじん》だけじゃない。谷穴の先では、かつてムリアンという巨大蟻《きょだいあり》のような種族が大規模なコロニーを形成していた。入り組んだムリアンの巣穴はそのまま残っていたものの、ムリアン自体は姿を現さなかった。

ランタが言うには、三亜人とムリアンはグレンデルに大量虐殺されて、その後、いなくなったという。

グレンデルは殺した生き物を解体し、頭部や内臓、骨、歯などの部位を持ち去る。少なくともその一部は、食用にしているようだ。

谷穴やムリアンの巣穴には、しばらくの間、三亜人やムリアンの亡骸《なきがら》の残骸が散乱していたらしい。しかし、そのうちワンダーホールの虫や小動物に食われるなどして、見あたらなくなった。

三亜人とムリアンが絶滅したとは、さすがに思えない。彼らはグレンデルに恐れをなし、住処《すみか》を捨ててどこかに移り住んだのだろう。

話はオルタナがオークたち南征軍に攻め落とされたあとにまで遡る。

オルタナを脱したブリトニーら義勇兵の一団は、ワンダーホールを拠点にしようとした。リバーサイド鉄骨要塞も陥落していたので、他に行き場がなかったのだ。

それに、義勇兵たちにとって、ワンダーホールは主戦場の一つで、言ってみれば庭のようなものでもあった。危険はむろん多いが、ワンダーホール内で寝泊まりしたことがない義勇兵はもぐりだろう。異界から来た生き物の中には、食べられるものもいる。地下だけに水脈があるし、水も手に入る。さもなければ、ソウマたちといえども、距離にして数百キロどころか往復千キロ以上、期間にして数ヶ月に及ぶ遠征など遂行できるわけもない。住めば都かどうかはともかくとして、その気になれば十分暮らせるのがワンダーホールだ。そのはずだった。

ところが、間が悪いことに、新種グレンデルの勢力急拡大と、ちょうど時期が重なってしまった。

義勇兵団は谷穴とムリアンの巣穴の先、いわゆる悪魔の王国と呼ばれている地帯で、グレンデルと交戦したらしい。そのときの義勇兵団は、オルタナから落ち延びた辺境軍正規兵――あのジン・モーギスが辺境軍総帥を僭称《せんしょう》する前の、れっきとした辺境軍だ――を加えて、百人以上の戦力を擁していた。神官、聖騎士も多数いたので、ほとんど死者を出さずにグレンデルを撃退することに成功したようだ。勝ちはしたものの、グレンデルが容易ならない強敵だということを、彼らはまざまざと思い知らされた。

義勇兵団百人以上に対し、グレンデルは初め十人に満たなかった。

その十人足らずのグレンデルが粘りに粘っている間に、増援がやってきた。

最終的に、義勇兵団は三十人ほどのグレンデルと激しく戦い、どうにか撤退に追いこむことに成功した。

あとで義勇兵団が確認したグレンデルの屍《しかばね》は、たった五つにすぎなかった。

義勇兵たちのように魔法で負傷者を治療するわけでもないのに、グレンデルは三倍以上の敵と長時間交戦して、五人の死者しか出さなかったのだ。

個々の戦闘能力がきわめて高く、言語らしきもので互いに意思疎通し、集団戦にも長《た》けている。グレンデルは恐ろしく戦い慣れしていた。生粋の戦闘種族らしい。

だからといって、義勇兵団が引き下がったわけじゃないが、グレンデルは毎日のように、ときには日に何度も襲撃してきた。

連日の防戦で、義勇兵はともかく、相当数の正規兵が防戦で命を落としたようだ。

そのうちリバーサイド鉄骨要塞の奪回に乗り出すことになって、A暦六五九年十一月十五日、義勇兵団はワンダーホールをあとにした。

それから二ヶ月半ほど経《た》って、おれとランタ、ユメが足を踏み入れた悪魔の王国は、耳が痛くなるほどの静寂に支配されていた。

岩壁がきれいに削られていて、見事な建築物の様相を呈している。それらはぜんぶ、義勇兵たちが、バフォメット、と呼んでいた異界生物の手になるものだという。

バフォメットは山羊《やぎ》のような頭をした人型の生き物で、杖《つえ》を持っている。その杖と手で何でも作ってしまう。好戦的ではなく、義勇兵が手を出さなければ攻めかかってくることはない。彼らはワンダーホールの工芸家で、建築家だった。

バフォメットたちは、彼らが築き上げた住居を残して去っていた。

義勇兵団がグレンデルと一戦交えたときには、バフォメットはもう悪魔の王国にいなかったようだ。やはりグレンデルに仲間を殺戮《さつりく》され、逃げたのだろう。今頃どこか別の場所で工芸と建築に精を出しているのかもしれない。おれは、どうかそうであって欲しいとさえ思った。

悪魔の王国のしじまが、おれたちの息を止めにかかってくるかのように、あまりにも残酷だったからだ。

そこは、まったく月並みな表現だが、死を感じる沈黙に満たされていた。

ぼんやりとあちこちに灯《とも》っている黄緑色の光が、バフォメットたちの丹念な手仕事の成果よりも、重苦しい静けさを強調していた。

ワンダーホール内は場所によっては真っ暗だから、おれは角灯を持っていた。谷穴は振り仰ぐと空が見えるが、ムリアンの巣穴は明かりが必要だった。

悪魔の王国は違っていた。

おれは久しぶりだったから、前もこうだったか、つまり、黄緑色の光を発するものがもともとあったかどうか、考えた。たぶん、なかった。訊《き》くと、ランタとユメも初めて目にしたと答えた。

おれたちは光源を探した。

それは、おれの掌《てのひら》に収まるくらいの十二面体で、分厚い硝子《ガラス》か何かで出来ており、その中に発光している物体が封じこめられていた。黄緑色の光はよく見ると一定ではなく、微妙に強まったり弱まったりしていた。

数は、ちょっとわからない。それらは、通りの滑らかで冷たい石床や、通り沿いにバフォメットが造った柱の出っぱりや、部屋の中などに置いてあった。規則性は感じられず、置けそうなところに、適当に置いてある、という印象だった。

おれがそのうちの一個を手に持って、ためつすがめつ眺めていると、まずユメが顔をしかめた。すぐにおれも、違和感というか、不快感のようなものを覚えた。

「……オッ？」

ランタが左右の手で両耳をふさいだ。その仕種《しぐさ》を見て、そうか、とおれは思い至った。

悪魔の王国はムリアンの巣穴と比べても静かすぎて、耳が痛いほどだった。

そうではなくて、おれの聴覚は実際に異変を感じていたのかもしれない。音として感じとれないような音というか。音未満の音が聞こえていたんじゃないか。

それが高まっている。

耳鳴りともまた違うのだが、やや近いかもしれない。

その現象が、おれの中で十二面体に結びついた。おれが十二面体を手にとってから、それは起こったんじゃないか。

おれは床の隅に十二面体を置き直した。なんとなく、十二面体が置かれていたところに、寸分違わず同じ場所に戻したほうがよさそうな気がした。おれとしてはできるだけそうしたつもりだが、自信はなかった。

十二面体を置き直すと、果たして耳鳴りのような感覚は止《や》んだ。

おれたちは長々と話しあったりしなかった。

何かまずいことをしたのだ。理屈じゃない。これは直感だ。

そして、まずいことをしたら、ただではすまない。たいていは報いを受ける。

悪魔の王国は、何か意味ありげな意匠を凝らしてあるものの、実態は階層状の集合住宅だ。各部屋の天井はそう高くないが、四階か五階はある。どの部屋も通りに面していて、奥行きはそれほどでもなく、通り側には壁がない。

おれたちは、三階の十二面体が置かれていない部屋に身を潜めた。その部屋から見下ろすと、通りの床に置き直した十二面体が確認できた。ランタとユメには部屋の奥に引っこんでいてもらい、おれは例の十二面体が見える部屋の縁《へり》に位置取った。念のためというか、当然の用心として、おれは隠形《ステルス》していた。それでも見つかったらどうするか。心構えをして、複数の行動パターンを頭の中に描いておいた。

そんなには待たなかったと思う。

待っていたわけじゃないが。

来ないに越したことはないのだが、来るだろうと予想はしていた。おれは物事をいいほうには決して考えない。

やつが立てる物音は決して小さくなかった。やつは全身を金属の装甲で鎧《よろ》い、その上、何か硬い繊維を編んだ、簑《みの》のようなポンチョを着ていた。耳のような突起が二つある球体を頭に被《かぶ》っていて、その前面にはWとUを組み合わせたような覗《のぞ》き穴《あな》があいていた。覗き穴の向こうには格子が取りつけられている。針も通さないということはないが、覗き穴に剣先を突っこんでも、格子に防がれてしまう。

やつは武器を持っていた。長い柄《つか》の両端に剣身を備えていて、その剣身はどちらも直剣の形をしていた。柄と剣身は一体化していて、破壊しないと取り外せそうにない。かなり頑丈そうで、重量もありそうだった。

やつらは——グレンデルたちは、ぱっと見では区別がつかない。ただし、個体差はある。身長は、小柄なグレンデルでも一・八メートルはあり、大柄だと二メートルをゆうに超える。総じて人間よりも大きい。体格はオークに似ているだろうか。それから、頭に被った球体の突起物の数に、ばらつきがある。

ほとんどのグレンデルは突起が二つだ。それもあって、耳のように見える。

しかし、たまに突起が三つのグレンデルがいる。

突起が四つのグレンデルはもっと少なく、五つのグレンデルはさらに少ない。

おれの記憶では、突起が六つ、そして七つのグレンデルも、ごくごく少数だが、確認されていたはずだ。

あとは、ダブルブレードとも呼ぶべき武器の形状にも差がある。柄の長さは一メートルから一・五メートルで、両端に剣身がついている。その剣身が、直剣形だったり、鎌形だったり、十字形だったり、鏃《やじり》のような形をしていたり、稀《まれ》に球形だったりする。好みなのか、何か流派とか、部族による違いなのか、そのあたりは不明だが、グレンデルの武器は基本を踏襲しながら、そこまで豊富とは言えないまでも、バリエーションがある。

あのときのグレンデルは、身の丈がだいたい二メートル程度、武器の剣身は直剣形で、頭の突起は二つだった。まあ、標準的な、普通の、平均レベルのグレンデルだった、と言ってもいいだろう。

繰り返しになるが、おれは来るんじゃないかと思っていたし、想定の範囲内だったから、さほど動揺してはいなかった。

やつは向こうから、独特の金属音を鳴らしながら、通りを歩いてきた。

金属の装甲と金属の装甲とがこすれ合い、硬くて重い物が石床を叩《たた》く、ようするにそれだけの音だが、グレンデルが立てる音には間違いなく特徴があった。

おれは今でもあの音をはっきりと覚えているし、思いだせる。あの音を聞けば、その瞬間、あれだ、とわかる。あのとき以来、何度も、何度も聞いた音だからだ。その音はおれの脳にこびりついている。

あのグレンデルは、まっすぐ、おれが置き直した十二面体のところまで歩いていった。明らかにあの十二面体を目指していた。

それまでやつは右手で武器を持っていた。武器を左手に持ち替えたことから、右利きなのだろうとおれは推測した。やつはじゃららと音を鳴らしながら身を屈《かが》め、右手であの十二面体を拾い上げた。

例の耳鳴りに近い感覚がしはじめた。

十二面体はやつの掌の上だ。

つまり、こういうことなんじゃないか。

あの十二面体は、設置された場所から何者かによって動かされると、作動する。これは作動音で、警報のようなものだ。グレンデルはその警報を遠くからでも感知できる。さっきおれが十二面体を動かした。それで警報が鳴った。あのグレンデルは警報を聞きつけてやってきた。

グレンデルは十二面体を左手に、武器を右手に持ちかえると、そこらをうろつきだした。突起が二つある球体状の頭が、ゆったりと右に回ったり左に回ったり、上向きになったり、正面に戻ったりしていた。やつはあたりを見回しているようだった。捜しているのか。十二面体を動かして作動させた者を。すなわち、このおれを。

やつは通りを行ったり来たりするだけで、部屋には上がりこまなかった。そうかといって、安心はできない。おれは気を抜かなかった。ただ、恐怖はなかった。見つかることはあるまいと、自信を持っていたわけじゃない。どのみち微動だにしないで隠形《ステルス》を維持しているしかないのだ。そういうとき、おれはたぶん、ほとんど何も考えていない。色々考えてしまうと、凡人のおれが平静を保つのは難しくなる。乱れた心がミスを招くことを、経験的にわかっているのだと思う。経験。おれがあてにできるのは結局のところ、経験だけだ。経験はときに固定観念を生じさせ、誤りのもとになることもあるが、それでもせめて経験を道しるべにしないと、おれみたいな者は一歩も進めない。どこにも行けない。

どれくらいの間、やつはおれを捜索していただろう。十分とか十五分とか、おそらくそれくらいだろう。

やつは不意に通りの真ん中で足を止めると、十二面体を床に置いた。置き直したのか。

そうじゃなかった。

やつは右足の裏で十二面体を踏んだ。ただ踏んづけるというよりも、踵《かかと》で衝撃を加えるような踏み方だった。

やつが右足をどけると、十二面体が光らなくなっていた。やつに踏まれるまでは、たしかに黄緑色に光っていた。壊れたのか。潰れたりはしていないようだ。やつは光らなくなった十二面体をふたたび拾った。そして、行ってしまった。

やつが完全に見えなくなり、やつが立てる金属音が聞こえなくなってからも、おれは数分間、動かなかった。その間に、やつがしたことを整理した。

まず、おれが十二面体を動かしたせいで、警報が鳴った。その警報がやつを呼び寄せた。やつは警報を鳴らした十二面体を確認した。それはもとの場所にあった。しかし、警報は鳴ったわけだから、不審者を捜した。やつは不審者を、おれたちを、見つけることができなかった。やつは十二面体を踏んで消灯させ、それを持ち去った。

おれはランタ、ユメと相談した。

「十二面体は警報器のたぐいっつーコトか。むやみにさわらねェーほうがよさそうだな。つゥーか、あんなモン、気軽にさわンじゃねェーよ、タコ。パルピロめ。いかにもあやしィーじゃねェーか。わかンねェーのかよ、そンくらい。アホか。アホだよな。オマエは。昔ッから、アホなんだよ。まったく……」

ときどきランタは、わざとおれを口汚く罵って怒らせようとした。それはあいつなりのコミュニケーションのとり方だった。本人から聞いたわけじゃないが、あいつはいつも相手の本音を引きだそうとした。その本音がどんなものであれ、社交辞令やきれい事、体裁、虚飾、おためごかしよりはずっと価値がある。ランタはそんなふうに考えていたんじゃないかと思う。

ともあれ、十二面体が警報器なのだとしたら、グレンデルは敵を警戒している、ということだ。

そして、以前は警報器など配置していなかった。敵、しかも、出入口からワンダーホールに進入してくる新たな敵に、グレンデルたちは備えているのだろう。

それは朗報なのか。もしくは、その逆か。

判然としなかったが、引き返そうとは誰も言いださなかった。

おれたちは悪魔の王国の先へと進むことにした。もちろん、何かあったら、逃げることを最優先する。光魔法の使い手がいない以上、軽傷でさえ避けたいところだ。

どうして当時のおれたちが、一切、危険を冒さない、三人でただ生き延びる、という道を選ばなかったのか。そもそも、おれたちはその選択肢について考えもしなかった。それはなぜなのか。あとから考えると不思議に思わなくもないが、当時のおれたちにとってはむしろ自然だった。

生存以外、望むべくもないのなら、仕方なくそうする。でも、気持ちを奮い立たせて前進すれば、同胞と出会えるかもしれないのだ。よりよい明日を迎えられるかもしれない。人は、ただ生きるために生きるよりも、希望のために生きることを選ぶ。言い換えれば、希望さえあれば生きることも死ぬこともできる。希望なしで生きてゆくことはできず、死ぬしかない。人というのは、そういう生き物なんじゃないか。

希望があるうちは、人は人でいられる。

おれがそう信じたいだけなのかもしれないが。

悪魔の王国を抜けると、鍾乳洞《しょうにゅうどう》が何キロも続く。この鍾乳洞にも十二面体がちりばめられていて、天井から垂れ下がる鍾乳石や、地面から生えているかのような石筍《せきじゅん》を、黄緑色の光が照らしていた。思わず心を奪われてしまうその美しい光景を、じっくり見物している場合でもなかった。

鍾乳洞エリアに入って百メートルかそこらの地点に、ドーム状の物体があった。

それは十本以上、正確には、十二本――そう、十二本の骨組みに、半透明の壁が張られている、という構造だった。その内部には、やはり黄緑色の発光体があるようで、半透明の壁越しに、座っている人影みたいなものも見えた。

それは、おれたちが数えきれないほど目にすることになる、グレンデルのテントだった。そのテントの中にグレンデルが一人しかいないことは、外からでもわかった。

のちに知るのだが、テントには一人用のものもあれば、三、四人用のものもあり、もっと大きな、十人以上のグレンデルを収容できるものもある。しかしながら、形状はどれも一緒だ。骨組みは十二本で、壁材は半透明、ドーム型。テント内で、グレンデルはたいてい座っている。出入りを除けば、テント内で歩き回っているグレンデルを、おれは一度も見たことがない。どうやら、横臥《おうが》することもないようだ。眠らないということはないだろうが、おれが知る限り、グレンデルが体を横たえることはない。

ランタとユメを待機させて、おれは入念に偵察した。そのテントの先にも行った。一キロ以上進んでも、他のテントを確認することはできず、グレンデルの姿もなかった。

テントは一つで、グレンデルが一人。推測するに、あのグレンデルは悪魔の王国や鍾乳洞の十二面体、警報器が発動したら駆けつけて、敵がいないか確かめる。まあ、歩哨《ほしょう》のようなものだろう。だとしたら、彼はたった一人で、かなり広い地域を受け持っているということになる。

あのとき、おれたちは長々と議論しただろうか。そんな記憶はない。おれ自身、やつを仕留められるかどうか、偵察中に思案していた。戻ると、ランタとユメも同じことを考えていたようで、三人の論点は、やるとしたらどう仕掛けるか、というところにあった。

「三対一だ。これで勝てねェーんだったら、お話にならねえ」

「そのときは、焚《た》き火《び》生活かなあ？」

「グレンデルは外には出てこねェーっぽいしな。いざとなりゃ、出口まで逃げちまえばいいんだからよ。気楽なモンだぜ」

ランタが囮《おとり》になる。テントに近づき、あえてグレンデルに発見させ、相手がどう出るか、まずは様子を見る。おれはグレンデルに気づかれないように、背後をとれる位置に移動。ランタがグレンデルをテントから誘い出して応戦し、ユメも参戦。とても勝ち目がなさそうだったら、おれが攪乱《かくらん》して、逃走する。戦えそうなら、三人でやる。グレンデルの動き以外でも、何か異変があったら、そこは安全第一で退避する。

「こォーゆゥーのはよォ。何だかんだ言って、胸が躍るぜ」

決行前に、ランタがそんなことを言った。

「オレらは所詮、切った張ったが日常の義勇兵っつゥーコトか。救えねえ」

おれはどうだっただろう。血がたぎっていたとは思えない。おれはどうしても戦いが好きになれなかったし、今も嫌いだ。でも、意欲に燃えていたわけじゃないとしても、やる気にはなっていたし、ようするに同じ穴の狢《むじな》ということなのだろう。

おれは先行してテントを十メートルくらい行きすぎ、石筍の陰にしゃがんで配置についた。おれはダガーと、剣身が炎のような形をした短剣を持っていた。タカサギという男にやられて、おれは両手首に傷を負い、まだ癒えきってはいなかったはずだが、武器を使えないほどじゃなかった。おれはダガーだけ右手で握って構えた。最初から手の内を見せることはない。

盗賊のおれほどじゃないが、ランタも忍び足ができる。あいつは無銘の刀を持っていた。たしかタカサギが所有していたものだ。あいつはその刀をすでに抜いていた。足音をほぼ立てていないというだけで、隠れようとはしていない。あいつは堂々とグレンデルのテントに近づいていった。しかし、ユメはおれにも見つけられない。どこに隠れているのか。ランタがグレンデルと戦いはじめたら、奇襲的に助太刀するつもりだろう。

ユメは根っからの平和主義者で、殺伐としたところがまったくと言ってもいいほどなかった。それなのに、天性のものだろう非凡な戦闘のセンスがあって、運動神経もすばらしくよかった。

あの二人が後世に血を残したことを、おれは喜ばしく思っている。

ただあの二人に子孫がいるというだけで、おれにとってはこの上なく感慨深いのに、その遺伝子が優秀なのだ。

このグリムガルに未来というものがあるのであれば、二人の血はそれを切り開くための力になるかもしれない。

これは、どうかそうであって欲しいという、おれの身勝手な願望でしかないが。

ランタがテントまで約三メートルに迫ったとき、テントの中のグレンデルが動いた。

テントの中で、グレンデルは武器を抱えるようにし、片膝を立てて座っていた。ドーム状のテントを支える骨組みは十二本。半透明の壁が十二面。グレンデルは立ち上がりながら、ランタに近い面の壁を左手でさわった。

すると、半透明だったその壁が透明になった。というか、壁がなくなったのか。

やつはその部分からテント外に飛びだして、ランタに襲いかかった。

頭の突起は二つ。

ダブルブレードの剣身は直剣形。

身長はおよそ二メートル。

たぶん、悪魔の王国に十二面体を確認しに来たグレンデルだ。

やつは金属音を響かせながら踏みこみ、その武器を高速で、縦じゃない、横でもない、斜めに二回転させた。もしランタがじっとしていたら、一刀両断の憂き目に遭っていたに違いない。もちろん、ランタは黙って斬られたりはしなかった。

暗黒騎士の闘法——彼ら独自の戦闘術に、立鳥不濁跡《ミッシング》、というものがある。どうやら、人間が不自然に感じるタイミングで、人間が普段、使わない筋肉の使い方をすることによって、相手を幻惑する、というのがその要諦らしい。簡単に言えば、意表を衝《つ》くことで、相手の読みを外す。言うだけなら簡単だが、実際やるのは難しい。

ランタはまるでグレンデルの得物をすり抜けるようにして、ゆらりと左後方に移動した。すり抜けることなんて不可能だから、あくまでも、そんなふうに見えた、という話だ。

グレンデルは一瞬、ランタを見失ったようだ。でも、すぐにランタの現在地を見定めて、また詰め寄り、武器を斜めに二回転させた。だが、二度目も同じだった。ランタはまたグレンデルの得物をすり抜けて、ゆらりと、今度は右後方に移動した。

ランタはニヤリと笑った。何だ、通じるじゃねェーか、といったところか。

もっとも、攻め立てず、武器をゆったりと回しながら、ランタの様子をうかがうようなそぶりを見せたグレンデルは、やはり生半可じゃない。やつはランタに体を向けていたが、ときおり頭を振った。敵がランタ一人だとは思っていない。少なくとも、決めつけてはいないのだ。他にもいるんじゃないかと考えて探している。それでいて、せかせかしてはおらず、落ちつきが感じられた。

ユメはまだ仕掛けない。

おれも、まだだ。動くときじゃない。

ランタは刀を両手持ちして担ぐように構え、両膝を曲げて腰を落としている。かなりの猫背で、静止してはいない。全身が絶えず前後左右に揺れている。

次はどう出るのか。

「ぱ、ぱ、ぱ、ぱ、ぱ、ぱ、ぱ、ぱ」

ランタは上唇と下唇を連続でくっつけては離し、妙な音を立てた。おそらく、あの行為自体にはとくに意味はないだろう。でも、何かあるのではと、相手によっては勘ぐるかもしれない。

グレンデルは反応しなかった。ランタのちょっとした奇行程度では惑わされない。

「ヘッ……」

ランタは薄く笑った。次の瞬間、大きく右に跳んだ。——と思ったら、左にいる。さらに、右へ。違った。左だ。

グレンデルは武器をコンパクトに素早く振りだした。右方向だ。そこにランタが現れた。ランタは刀を斜めに振り下ろそうとしていた。グレンデルはランタの動きを見切って、武器で斬撃を防ごうとしたのか。

ところが、ランタはまたもや消え失《う》せた。いいや、消えたわけじゃない。ランタはいる。グレンデルの正面だ。低い。低い姿勢から、刀を突き上げた。ランタは、グレンデルの突起が二つある球形の兜《かぶと》と、簑《みの》のようなポンチョの合間、首を狙ったようだ。

グレンデルはとっさに上体を後傾させてランタの突き上げを躱《かわ》した。そこから体勢を立て直すのか。無理な姿勢でもランタを攻撃して、追い払おうとするのか。

そうじゃなかった。グレンデルは後ろに転がった。後転して起き上がってから、ランタめがけて武器を繰りだした。

ランタは歩くのとも、跳ぶのとも違う、何かこう、ぬるっとした歩法で後退し、グレンデルの武器をよけた。

グレンデルは追撃せず、ランタは距離をとって「フゥーッ……」と息を吐き、満面に笑みをたたえた。

「やるなァ。しッかし、その見た目で堅実派とは――」

ランタが無駄口をたたくと、グレンデルはすかさずノーモーションで突進した。ダブルブレードをぐるんぐるん振り回す。

「おッ。よッ。はッ……」

ランタは例の身のこなしで、グレンデルの得物をすり抜けるように左へ、右へ、後ろへと行ったり来たりした。グレンデルが攻めれば攻めるほど、それを見極める機会がランタに与えられる。スピードのあるランタなら、相手の動きさえ見えれば合わせられる。

そのうち両者の攻防の中で火花が散りはじめた。

ランタだ。ランタの刀がグレンデルをとらえている。

しかし、ランタの刀があたっても、グレンデルは小揺るぎもしない。ランタは猛風を受けた風車のようなダブルブレードをよけながら攻撃しているから、渾身《こんしん》の一撃をお見舞いするというわけにはいかないのだ。そうはいっても、あれほど効かないのか。グレンデルの兜、体中を覆う装甲、そして、簑みたいなポンチョ。防御性能が恐ろしく高い。

しかも、グレンデルはすばしっこい。むろん筋力がすごいのだろうが、動作を妨げないように工夫がされている防具なのだろう。

あの武器も、突き、薙《な》ぎに加えて、遠心力を利用した回転攻撃ができる。回転攻撃はどうしても隙ができがちだが、多少、相手の攻撃をもらったとしても、グレンデルは平気だ。防具がいいし、びくともしない。

照明を兼ねているのかもしれない十二面体の警報器や、半透明のテントなど、風変わりな道具を使っているし、おれたちからすると、外見もなかなか奇抜だ。けれども、ランタが言ったように、グレンデルの戦い方は堅実そのもので、質実剛健、穴がない。

そろそろユメが何かするだろうか。ユメが手を出さないということは、出しようがないのだ。この状況でユメが動くとしたら、ランタが危地に陥って、それをどうにかするためだろう。

今のところ、グレンデルの攻めは決め手を欠いている。そう表現するのは、グレンデルに対してやや厳しいか。あの変則的で、ある意味、超自然的な挙動を続けて行えるランタだから、グレンデルのダブルブレードを躱せる。おれではとうてい無理だ。ユメでもきっと、一対一では数十秒、しのげるかどうか。

ランタは異様なほど体力がある。とはいえ、人間だから限界というものがあるし、次第に体のキレは落ちてゆく。ついには足が動かなくなる。

それはグレンデルも同じはずだ。

しかし、たとえ先にグレンデルの体力が底をついても、おれたちに倒せるのか。

あの生き物を殺せるか。

どうやって?

おれは動くことにした。石筍《せきじゅん》の陰から出て、ランタと斬り合いを演じているグレンデルに、背後から肉薄する。ランタはすでにおれの動きを察知していたが、気づかないふりをしている。そのあたりは阿吽《あうん》の呼吸だ。おれはランタを知っていて、ランタもおれを知っていた。もしかしたら、お互いのことを誰よりも。当然、全部ではなくて、お互いの一部を、ということだが。でも、その一部は核のようなもので、それさえ知っていれば、大切なことは何だってわかってしまう。

だからあいつは、おれにあんなことをさせた。

やりたくなんてなかったが、おれはやるしかなかった。

おれ以外の誰に、あんなことができただろう?

おれがやってよかった、とはこれっぽっちも思っていない。

でも、やらなければならないのなら、それがあいつの望みなら、いいや、それがあいつの望みだったことをおれは、おれだけは、わかりすぎるほどわかっているから、やっぱりあれは、おれがやるしかなかったんだ。

ランタがグレンデルのダブルブレードをすり抜けるようにして、右方向に、まるで流れるがごとく移動しながら、上唇と下唇をくっつけては離した。

「ぱ、ぱ、ぱ、ぱ、ぱ、ぱ、ぱ、ぱ……」

あの珍妙な音が、ランタを追いかけるみたいに移動してゆく。

こんなときにふざけるにも程がある。

そうじゃない。

わざとだ。

音に導かれるようにして、あるいは、音に誘いこまれて、グレンデルがランタに攻めかかろうとした。

おれはもうあと一歩進めば、ダガーの刃先がグレンデルの背中に届く。そのタイミングで、ランタはあえてグレンデルの注意を引きつけたのだ。

グレンデルは、しかし、自分が釣られたことに気づいたらしい。ランタめがけて武器を振り回さず、身をひるがえそうとした。

後ろに何者かが、つまり、おれがいることを感じとったのか。

それでも、おれのほうが早かった。おれはグレンデルの背部にダガーを、突き立てはしなかった。やつは背中も装甲で鎧《よろ》っているだろうし、さらに金属繊維的なものでできた簑のようなポンチョまで着ている。無理だ。刺さらない。

おれはダガーを逆手持ちしてやつのポンチョに当てた。ザリザリザリッという手応えだった。ダガーをやつのポンチョに当てながら、おれはやつの左側に駆け抜けた。やつから離れる間際、おれはやつの右膝を蹴った。それで勢いをつけ、一気に飛び離れた。あわよくば、やつが体勢を崩してくれるかもしれない。そこまでいかなくても、ランタがやつに一撃加える隙を作ることくらいはできないか。

「ずェあァッ……！」

ランタはおれがグレンデルの右膝を蹴った直後、やつの突起付き球形兜の右側面、左側面を、刀でガガガッと乱打した。手だけで打っているのではなくて、しっかりと力を込めている。何なら、込めすぎているほどだ。

効いているのかどうか。わからないが、グレンデルは怯《ひる》む様子を見せた。とはいえ、やつの兜は斬り裂かれていないし、凹《へこ》んでさえいない。ずれたりもしていない。グレンデルは間もなく反撃に転じるだろう。

「んにょおおおおぉぉぉぉぉ……！」

そこでついにユメが動いた。

もっとも、おれに驚きはなかったし、ランタにしてもそうだろう。というか、ランタが強引にグレンデルの頭部を打ちすえたのは、布石だった。

ユメは横合いからグレンデルに、文字どおり飛びかかった。

飛び蹴りだ。

高かった。

その高さについては意外だった。

おれならたぶん、背中あたりを狙う。ユメは違った。おれよりもっと大胆だった。

ユメはグレンデルの横っ面に飛び蹴りを浴びせたのだ。

両足だった。

グレンデルはほとんど、もんどりを打つようにしてぶっ倒れた。

ユメとは言えば、なんと空中で身軽に一回転し、華麗に着地を決めた。

「にゃあ！」

「オォーヨッ！　パルッ！」

パルピロならまだともかく、パルとは何だ。文句をのみこんで駆けだしたことを、おれは懐かしく思いだす。

おれたちは一目散に逃げた。

それからの四十七日間、考えてみるとおれたちは、まともにやり合っても勝てないグレンデルから逃げ回ってばかりいた。おれたちは、それがちっぽけなものだとしても、勝利を摑《つか》み取ろうとしていたのか。ランタとユメのおかげで、打ちひしがれてはいなかった。

けれども、とどのつまり、何がしたかったのか。そう訊《き》かれると、返答に窮する。

でも、当時は心身ともにけっこうきつかったが、おれにとってあの四十七日間は、それほど悪くはない思い出だ。

結果的に、おれたちの悪あがきにも意味があった。

今のおれは、そのことを知っているから、そんなふうに感じるのかもしれない。

3. あなたたちと僕との違い

四十七日。

たまたまちゃんと数えていたから、忘れていないだけだ。

おれがその四十七日間を詳細に語ったところで、退屈なだけだろう。

何せ、おれたち三人は、四十七日かけてグレンデルと互角に戦えるようになったわけじゃないし、奇策を用いて一人か二人のグレンデルを殺したわけでもない。おれたちがグレンデルに対してやったことといったら、せいぜい嫌がらせでしかなかった。

おれたち三人がかりでも、グレンデル一人を倒せそうになかった。まあ、死力を尽くせば勝ち目はゼロじゃなかったかもしれないが、それはできない相談だった。

だとしたら、どうするか。

攻略法らしきものは考えた。ただ、誰かが何か思いついたとしても、じゃあ試してみようという段階にまで進むことはまずなかった。話しあっているうちに不備や欠点がぼろぼろ出てきて、これは実現性がなさそうだという結論に落ちついてしまう。

あの歩哨《ほしょう》らしいグレンデルを殺すのは難しい。だったら、どうにかして出し抜けないか。

おれたちはそのために、十二面体の警報器がどんな条件で作動するのか、とか、警報器が作動したらグレンデルは具体的にどんな行動をするのか、とか、色々調べてみた。

おれが試しに十二面体に強い衝撃を加えて消灯させ、それで悪魔の王国にやってきた歩哨グレンデルと戦う羽目になったのは、たしか八日目だったか。それも、展開は初戦とさして変わらなかった。おれたちは逃げた。あのときはワンダーホールを出て、生存者たちの野営地跡で一泊した。

歩哨グレンデルはテントに入らず、外で座っているようになった。やつは間違いなくおれたちを警戒していた。

おれ一人なら、歩哨グレンデルに見つからずに先に進むこともできた。おれは歩哨の目を盗んで単独で鍾乳《しょうにゅうどう》洞エリアを抜け、その先のボクセルと呼ばれる地帯にまで行った。

ボクセルというのが何を指す言葉なのか、あいにくおれにはわからないが、そこには大小の四角い石が大量にある。床も、壁も、その四角い石でできていた。

何らかの異界生物がそこらじゅうの岩を削ってその四角い石を作ったとか、それら自体が異界生物の死骸、残骸だとか、魔法か何かの作用だとか、諸説あるみたいだが、たしかなことはわからないようだ。

とにかく、義勇兵たちはそれらの石をキューブと称していた。ボクセルはキューブだらけだった。

ボクセルにも例の十二面体がちりばめられ、黄緑色の光を放っていた。それから、グレンデルのテントもあった。

おれはボクセルで、一人用小型テントが一つと、それより一回り大きなテントを一つ、確認した。一人用テントの中にはグレンデルが一人、一回り大きなテントの中には三人のグレンデルが座っていた。

おれはランタとユメがいる悪魔の王国の部屋に戻り、知りえた情報を二人に伝えた。その数日後だった。

十二面体が反応するようなことは何もしていないのに、悪魔の王国にグレンデルがやってきたのだ。

それも、一人じゃない。

グレンデルは三人連れだった。

三人のグレンデルは、悪魔の王国を隅から隅まで捜索しようとしていた。おれ一人でも隠れたままやり過ごせるかどうか。しょうがなく、おれたちが潜伏していた部屋にグレンデルが近づいてくる前に、おれたちは思いきって逃げだすことにした。おれたちは三人のグレンデルに追われたが、逃げきることができた。走力勝負ならおれたちに分があることがはっきりしたのは、収穫と言えば収穫だった。そうはいっても、盗賊のおれ、狩人《かりゅうど》のユメはもちろん、ランタでさえ軽装だし、三人とも足は速いほうだ。グレンデルたちはあれだけ重装備なのに決して遅くはなかったし、短時間でへばることもなかった。グレンデルが人間より鈍足だとは言えないことも明らかになった。

その後、用心のためにおれ一人で悪魔の王国まで行ってみると、テントが設置されていた。一人用のテントで、中にグレンデルが一人いた。

鍾乳洞まで足を延ばすと、一人用の小型テントがなくなっていて、代わりに一回り大きいテントがあった。テントの中には二人、すぐ外に一人のグレンデルが座っていた。

どうやら、グレンデルは警備の体制を変更したらしい。あまりいいことだとは思えなかった。とうとうグレンデルが本気でおれたちを排除しにかかっているのかもしれない。

だとしたら厄介だ。

でも、どうだろう。

おれたちは危機感を抱いてはいたが、心のどこかで、状況の変化を喜んではいないまでも、いくらかは楽しんでいたんじゃないか。

おれたちは何かしたかった。

戦っても勝てないグレンデルなんかより、最大の敵は無力感だった。

何もできない。できることがない。どうしようもない。そうじゃなければ、極論、何だってよかったのだ。

これまで曲がりなりにも居座っていられた悪魔の王国に、グレンデルが進出してきた。

どうにか対処しないといけない。どうしようか、どうしたらいいと頭を悩ませているだけでも、何かしている感はある。

おれたちがしていたのは、単なる悪あがきだった。

ワンダーホールの向こうに生存者たちがいる。顔見知りに、ひょっとしたら、肩を並べて戦ったことのある者たちに、再会できるかもしれない。

希望は持っていても、具体的な展望はないに等しかった。

おれたちはワンダーホールに入ってすぐのところで踏み止《とど》まっていたが、そこから先に進むための足がかりを摑んではいなかった。正直、進めるとは思っていなかったような気がする。おれたちは一人のグレンデルも殺せなかった。この先にグレンデルがうようよしているのなら、どう考えてもお手上げだ。

それでも、おれたちは悪魔の王国のグレンデルにちょっかいをかけた。

鍾乳洞からグレンデルの増援がやってくることもあった。

グレンデルはムリアンの巣穴にも十二面体の警報器を置くようになった。

おれはふたたびボクセルを偵察したりもした。

ボクセルのテントは、そして当然、グレンデルも、数が増えた。

いよいよやばくなると、おれたちはワンダーホールを出た。

人心地がついたら、また舞い戻った。

こうしているうちに、何か綻びが生じるかもしれない。ランタあたりがそんなことを言ったような覚えはあるが、あいつ自身、本気でそう信じていたのかどうか。

四十七日間。

おれたちはそんな日々を過ごしたわけだが、あれが仮に百日続いたとしても、似たようなことを繰り返していたかもしれない。

それが二百日だろうと、三百日だろうと、おれたちはやりつづけられたんじゃないか。数百日、何年にもわたって、ひたすら同じことをやっていられるのだとしたら、それはそれである意味、幸せだと言えはしないだろうか。

今にして思えば、だが。

こうなってしまった今だからこそ、そんなふうに思うのかもしれない。

四十七日目。

正確には、その前から兆候はあった。

グレンデルたちだ。

彼らの動きに異変が起こっていた。

四十五日目かそこらに、おれが単身、鍾乳洞を偵察すると、鍾乳洞の中型テントの外にグレンデルが一人で座っていた。一人だけだったから、妙だ、と思った覚えがある。

やつらはこれまで徐々に警戒を強めてきた。それがいきなり手薄になった。いったいこれはどういうわけだろう。

おれはボクセルにまでは行かなかった。なんとなく危険な気がしたからだ。

その翌日、四十六日目は、悪魔の王国のテントが無人だった。歩哨役のグレンデルがいなくなっていたのだ。鍾乳洞のテントにはグレンデルがいた。一人だけだった。

そして、四十七日目。

おれはランタ、ユメと一緒に三人で悪魔の王国に行った。

テントはやはり空で、グレンデルの姿は見あたらなかった。

それだけじゃない。

その足で向かった鍾乳洞の中型テントも放置されていた。

グレンデルがいなくなった。

おれはかえって不安に駆られた。ランタは興奮していた。

「コイツは絶対、何かあるぞ。つゥーか、ヤツらに何かあったに違いねえ。もしかしたら、先に進めちまうンじゃねェーか」

おれはなおも慎重というか弱腰で、優柔不断だった。

「いくらか進めたとしても、グレンデルが一人でもいれば、結局、その先には行けないわけだし……」

「そしたらなあ、行くだけ行ってみよかあ？　だめやったら、さぁーって帰ってきたらいいしなあ」

「ユメの言うとおりだぜ。行けるだけ行って、ヤバかったらソッコー戻る。決まりだな」

おれたちは鍾乳洞を通り抜けてボクセルを目指した。

ランタもユメも、鍾乳洞までは行ったことがあるものの、ボクセルは初めてだった。ものすごい数の大小の四角いキューブが積まれて出来ているようなボクセルは、美しい鍾乳洞と違って、奇観と言うべきだろう。ただ、おれは何度も目にしていたし、ランタとユメも、ボクセルのめずらしい眺めに見とれはしなかった。

おれたちはボクセルに入った途端、剣戟《けんげき》の響きを耳にした。

声も聞こえた。

人間の声らしかった。

「オイッ……！」

ランタにうながされるまでもなく、おれは走りだした。ランタとユメも、おれと競うように駆けた。おれはあのとき、我を忘れていたと思う。ボクセルでは、そこかしこでキューブが柱状に積み上げられていたり、山積したキューブが丘を形成していたりする。見晴らしはよくない。だから、何か見えたわけじゃないが、あれはたぶん人間の声で、しかも、聞き覚えがあった。知っている声だった。

おれたちはキューブの丘をいくつも越え、たくさんのキューブの柱と柱の間を駆け抜けて、またキューブの丘を登った。

いた。

丘の下に、人間たちが。

武装している。義勇兵だ。

義勇兵たちは戦闘中だった。相手はもちろん、グレンデルたちだ。

黄緑色に発光する十二面体のおかげで、かなりよく見えた。おれは一瞬で五人、識別できた。そこに誰と、誰と、誰と、誰と、誰がいて、グレンデルたちと戦っているのか、おれには一目でわかった。

眼鏡をかけた神官がいた。神官といっても、彼が持っているのは戦鎚《せんつい》だ。おれごときの膂力《りょりょく》ではとても振り回せないような、大きなハンマーだ。タダだった。トッキーズのタダが、グレンデルの頭にハンマーを叩《たた》きつけ、粉砕する瞬間を、まさにおれは目撃した。

それから、魔法使いもいた。魔法使いといっても、彼女が左右に手で握っているのは、立派な長剣だ。上背のある彼女が二本の剣をぶん回すさまは、豪快そのものだ。魔法使いなのに、彼女は恐れ気もなくグレンデルのダブルブレードを二振りの剣で迎え撃ち、押し返すまではいかないとしても、一歩も退《ひ》かない。ミモリ。ミモリンだ。

生きていた。

リバーサイド鉄骨要塞でトキムネの遺体を確認して、おれは半ば、いや、九割方、あきらめていた。あのトッキーズだ。タダも、ミモリも、他の面々も、トキムネもろとも戦って死ぬことを選ぶに決まっている。そう考えてしまうほど、トッキーズの絆《きずな》は強かった。

しかし、トキムネなら、我が身を犠牲にしてでも、大切な仲間たちが生き延びる道を切り開こうとするかもしれない。

トキムネが、友よ、先に進め、と命じたなら、トッキーズの愉快で勇敢な仲間たちは、涙をこらえて振り向かずに前進するだろう。

実際、トッキーズはそういう人たちだったのだ。

タダがグレンデルを一人、叩き潰した。

ミモリも別のグレンデルを向こうに回し、堂々と渡りあっている。

そうはいっても、タダはともかく、ミモリはやはり女性だ。体格に恵まれていて、剣士としての才能も確実にある。それでも、グレンデルを押しきれるとはさすがに考えづらい。いつまで互角に斬り合いつづけられるか。

もっとも、ミモリが粘る必要はなかった。おれは丘を登りきり、タダがグレンデルを粉砕した場面を目にして、ミモリが別のグレンデルと剣を交えているところを見た。たまたまだったのだろう。おれは戦闘の一局面を目の当たりにしたにすぎなかった。局面というものは移る。絶えず変化する。

ミモリが相手取っていたグレンデルに、誰かが「ヘェーイ……！」と威勢のいい雄叫《おたけ》びを上げて体当たりした。体というか、盾だ。盾ごとぶつかっていって、グレンデルをよろめかせた。

「キッカァーッ……！」

ランタが嬉々《きき》として彼の名を叫んだ。正しくは、キッカァーじゃない。キッカワだが、物の弾みでそういう発音になってしまったのだろう。

盾によるぶちかましを成功させると、キッカワはすぐさま後退した。ミモリも攻めかからなかった。そのグレンデルにとどめを刺したのは別の人物だった。

「でぇぇぇぇぇぇあぁぁっ……！」

髪を短く刈っている戦士が、巨大な肉切り包丁のごとき大剣を、グレンデルにぶちこんだ。突進していって、あれだけ大きな剣を力任せに振り下ろす。言うは易《やす》く行うは難《かた》しだ。尋常ならざる筋力と並外れた胆力の持ち主でないと、とうてい不可能だろう。それに、経験。戦闘経験の蓄積なしには、ここぞというときに力を発揮することはできない。

だから、ロンのようなタイプの戦士は、あの戦い方を身につけるまでに、命を落としてしまう。

たとえば、おれの仲間、モグゾーのように。

パワーファイターは荊《いばら》の道だ。回り道はできず、荊だらけでとてつもなく険しい道を、ひたすらまっすぐ愚直に進むしかない。

ロンはその道を突き進んで、一つの高みに到達していた。タダも神官の身ではありながら、あるいは同類かもしれない。

けれども、ロンとほぼ同時に、また別のグレンデルの右腕を斬り飛ばし、即座に球形の兜《かぶと》を被《かぶ》った頭部をあっさり刎《は》ねてしまったあの戦士は、また種類が違う。

体つきはロンやタダを上回っているし、腕力を含めた身体能力はずば抜けている。

剛か、柔か。そのどちらかで言えば、剛だ。

しかしながら、剛一辺倒ではない。すさまじい力感に、しなやかさが共存している。速くもあるが、緩急があって、滞りがまるでない。静止していてもゆったりと流れているようで、たとえようもなく苛烈なのに、鷹揚《おうよう》でもある。抗《あらが》いがたく、従うしかない、どこか雄大な自然現象を思わせる。

彼が知的な男だということを、おれは知っている。

性格的に、なかなかややこしい、面倒な部分もあったようだ。

開けっぴろげではなく、狷介《けんかい》な男にも見えた。

一方で、彼は、無為自然というか、あるがままに任せているかのような、老成し、達観した眼差《まなざ》しで、他者を眺めていた。

彼の剣は、相手をのみこむ激しさと、型に嵌《は》まらない、臨機応変の域を超えた、勝敗にすらこだわっていないかのような、融通無碍《ゆうずうむげ》を兼ね備えていた。

銀色の髪は、おれが前に会ったときよりものびていた。

あの鎧《よろい》、遺物《レリツク》、剣鬼妖鎧《アラガルファルド》を、当然のことながら、彼は身につけていなかった。

闇夜纏《まと》いがあの遺物《レリック》を着ていたせいで、おれはてっきり、彼もトキムネやブリトニーと一緒に、あそこで死んだものと勘違いしていた。それどころか、リバーサイド鉄骨要塞にいた闇夜纏いの中身は彼だとさえ、思いこんでいた。

レンジとは、同じ日にグリムガルで目覚めた、言わば同期なのだが、仲間と呼べるような間柄じゃなかったし、友人でもなかった。

だいたい、彼は最初から特別だった。何の変哲もない、中の中どころか、よくて下の中、まあ、下の下だったおれでも、彼はモノが違うとわかった。

彼が駆け上がってゆく姿を想像するのは、誰にとってもたやすかっただろう。事実、そのとおりになった。彼は空を飛ぶ鳥で、おれは地を這《は》う虫だった。偶然、同期でもなければ、目を合わせる機会もない。住む世界が違う。本来は交わることなどないはずなのに、おれたちはどちらも偶然、グリムガルにいた。

レンジは胸当てのようなものこそ着けていたが、防具は最低限だった。得物は変わらない。イシュ・ドグランというオークが持っていた、片刃の大剣をずっと愛用している。彼なら、錆《さ》びて曲がった剣でもグレンデルたちを撫《な》で斬りにしてしまうんじゃないか。

レンジたちはこのボクセルで、何人のグレンデルと遭遇したのだろう。おれが丘に登ってからも、タダが一人粉砕し、ロンが一人ぶった斬り、レンジも一人斬り倒した。他にも、休息するときすら横にならないグレンデルが何人か、倒れ伏していた。

立っているグレンデルは、あと一人だけだった。

レンジは最後の一人に向き直って、イシュ・ドグランの剣を構えた。構えといっても、剣を片手持ちし、腕はまっすぐ伸ばした状態で、切っ先をグレンデルに向けていた。肩幅より広いスタンスをとって、膝を曲げてさえいない。ほぼ棒立ちに近かった。

あのとき、ランタが食い入るようにレンジを見つめていたのを、おれはよく覚えている。なんてやつだと、おれは思った。ランタはレンジを見て、学ぼうとしていたのだ。盗めるものが一つでもあるなら、盗んでやろうと。レンジを参考にしようなんて、馬鹿げている。馬が走るのを亀が見て、どうすればあんなふうに走れるだろうと考えるようなものだ。何をどうしたところで、亀が馬のように走ることはできないのに。

「UUUUUUEEEEEHHHHHHH……」

グレンデルが低い唸《うな》り声《ごえ》を発して、得物をぐるぐる回転させはじめた。

そのグレンデルは、レンジより頭一つぶん近く大きかった。それに、兜の突起が二つじゃなかった。三つだった。ダブルブレードの剣身は棘《とげ》つきの鉄球のような形をしていたから、剣身と呼ぶべきではないかもしれない。いずれにしても、突起が二つのグレンデルよりも格上なのだ。

先に仕掛けたのはグレンデルだった。ただ、おれには、ゆるやかに距離を詰めて、もともと回転させている武器をレンジに当てにゆくような動きにしか見えなかった。

あれくらいなら、簡単に躱《かわ》せそうだ。

レンジも横にすすっと移動して、グレンデルの得物から逃れた。

グレンデルはそこで止まることなく、同じようにレンジに迫った。

レンジもまた、同じような回避行動をとった。

二人はいくつもの円を描くように動いた。グレンデルは武器を回しつづけ、レンジは攻めなかった。

おれたちは――ランタとユメだけじゃなく、他の義勇兵たちも、声を出さず、ほとんど身じろぎもしなかった。皆、固唾をのんで見守っていた。

おれにも次第にわかってきた。グレンデルが8の字を描くように振り回している武器は、きっと一撃必殺の威力を秘めている。柄《つか》が長いし、間合いは広い。その間合いに入りこんだら、即座にあの武器が襲いかかってくる。ふれただけで即死する兵器が接近してくるようなものだ。しかも、グレンデルはもう孤立無援なのに、泰然自若としているように見えた。歩幅は狭くないが、明らかにゆとりがある足どりだった。いつテンポを上げて急襲してくるか、わかったものではない。

おれがあんなふうに攻められたら、とても平静ではいられないだろう。このままではまずい。何かしないと。どうしてもそう考えてしまう。

「レンジ！」

誰かがレンジに呼びかけた。あの義勇兵。黒縁の眼鏡をかけている。魔法使いだ。アダチ。彼もおれの同期で、レンジの仲間だ。

「手を出すな」

レンジはアダチに言ったのだろう。アダチは眼鏡を手で押さえただけで、何も言い返さなかった。

グレンデルが一段と圧力を強めたのは、その直後だった。おれにはグレンデルの歩幅がいきなり倍になったように見えた。横移動するレンジの速度も、それに合わせて上がった。グレンデルは、そこからさらに、武器の振り回し方を変えたのか。武器がかなり遠くまで届くようになった。

レンジは跳び下がった。さすがに慌てたのか。そうじゃなかった。レンジは下がったと思ったら、前に出た。イシュ・ドグランの剣を両手持ちして、突きを放った。

「オォッ……」

ランタが短く感嘆の声を上げた。

レンジがどこを突いたのか。おれにはわからなかった。でも、どうやら、すさまじい速さで振り回されるグレンデルの武器をかいくぐって、やつの手を狙ったらしい。その結果、武器の回転が急停止した。

レンジはグレンデルの脇を駆け抜け、すれ違いざまにその首を刎ね飛ばした。

ないということでは、必ずしもなかったに違いない。とてつもなく高い目標だとしても、絶対に実現不可能だとは思わない。それに向かって力をつけてやる。ランタはそんなふうに考えられる男だった。

「行こっ！」

ユメにうながされて、おれたちはキューブの丘を下りていった。

「あああああぁぁっ……！」

最初におれたちの名を呼んだのはキッカワだった。

「ハルヒロじゃん！　ランタじゃん！　ユメもいるじゃん！　ハルヒロじゃん、ランタじゃん、ユメじゃん、うおおおおおおぉぉ……！　ハルヒロォッ！　ランタァッ！　ユメェッ！　ウワァーオーゥッ！　やったぁ！　生きてたんじゃん！　バンザァーイッ！　会えたじゃん、最高じゃん……！」

キッカワは泣いていた。ミモリが突進してきて、おれを力いっぱい抱擁した。彼女はどうしてか、こんなおれを慕ってくれていた。おれは彼女の気持ちには応えられなかったから、その点については拒絶するしかなかった。でも、あのとき、おれは彼女に抱きしめられたまま、じっとしていた。彼女はおれなんかより力が強く、痛みさえ感じたが、おれは文句を言わなかった。

「……アレなら、オレも」

ランタが呟《つぶや》いた。自分にも真似《まね》できる。今、できる、

「よかった……よかったデスヨネー。コンチクショーですケドモォ？　よかったデスヨ。何はトモアーレ……」

トッキーズのムードメーカーにして旗印、小柄な神官アンナさんも泣いていた。タダには背中を叩《たた》かれた記憶がある。一瞬、息が止まるほどの叩き方だった。眼帯のイヌイは何やら謎めいたことを言っていた。彼の言動はたいてい意味不明で奇怪だということしか覚えていない。でもたしか、ポニーテールにしている髪の毛が、三分の一ほど白髪になっていた。彼なりに心労があったのだろう。

ユメはアンナさん、それから、チーム・レンジの神官チビとも、抱きあって再会を喜んでいた。チビという女性は極端に寡黙で、おれはいまだに彼女がどういう人だったのか、まったくと言ってもいいほど知らない。ただ、ああいう形で合流してからは、彼女が感情を表に出す場面に何度か接した。彼女は思いを口にしないだけで、とても細やかな気遣いができる人だった。あんなに体が小さいのに、飛び抜けて有能な治療者《ヒーラー》で、目端の利く、驚異的な何でも屋だった。彼女は誰よりもレンジに忠実で、そのことをレンジもわかっていたし、彼女のことを信頼しきっていたのだろう。もしレンジが彼女に絶大な信頼を置いていなければ、ああはならなかったはずだ。

ランタはロンと楽しげに話していた。そもそも気性からして二人は馬が合いそうだし、実際、これ以降の共闘を通じて、ランタとロンは兄弟のような仲になっていった。

ロンはレンジの仲間で、信頼関係もあったと思うし、戦友ではあっただろうが、心を許し合える間柄ではなかったようだ。人一倍潔癖なレンジは、身近な者との情緒的な繋《つな》がりを拒んでいた。ロンのような男にとっては不満だったに違いないが、共に戦い、背中を庇《かば》い合う相手として、レンジはあまりにも魅力的すぎる。この時期、ロンはようやくランタという友をえた。彼にとって、それはいいことだったんじゃないかと思う。

アダチとは、ミモリがおれを解放してくれたあとに、事務的というか、実際的な話をした。彼ほど緻密にして整理された頭脳を持つ人間は、そうそういない。彼はおれの説明を聞くと、おれたちの四十七日間が決して無駄な悪あがきじゃなかったことを端的に教えてくれた。

リバーサイド鉄骨要塞から逃げのびた生き残りの義勇兵たちは、おれたちが推測したとおり、ソウマたちとの合流に希望を見いだし、ワンダーホールに入った。前進するには、グレンデルたちを排除しなければならず、彼らは当初、悪戦苦闘を強いられた。それでも、チーム・レンジ、トキムネを失いながらもその看板を下ろすことはなかったトッキーズ、荒野天使隊《ワイルドエンジェルズ》のカジコら六名、凶戦士隊《バーサーカーズ》と鉄拳隊《アイアンナックル》の生き残り四名と、そうそうたる面子《メンツ》が揃《そろ》っていた。チビ、タダ、アンナさん、荒野天使隊《ワイルドエンジェルズ》のココノ、そして元凶戦士隊《バーサーカーズ》のワドと、五人もの神官を抱えていたことも、彼らに幸いした。彼らは粘り強く戦うことができたし、そのうちグレンデルとの戦闘に習熟してきた。

彼らは少しずつ、少しずつ進んで、義勇兵たちがジャンク1と呼ぶ地点まで到達した。

そこは、ワンダーホールのメインルートとサブルートの分岐点だ。

サブルートといっても、こちらはこちらで長大で、地上に当てはめると、風早荒野《かざはやこうや》の冠山をかなり大回りして何度か分岐しつつ、ふたたびメインルートに戻ってくるらしい。この戻ってきたサブルートとメインルートが出会う場所が、ジャンク2と称されている。

このジャンク1が難所だった。

グレンデルたちはジャンク1付近を要塞化していて、戦力を集中させていたのだ。

レンジたちはジャンク1のグレンデル要塞を攻略しようとしたが、荒野天使隊《ワイルドエンジェルズ》の一人、元凶戦士隊《バーサーカーズ》、元鉄拳隊《アイアンナックル》の三人が死亡するなど、大きな被害を出してしまった。結局、要塞を落とすことはできなかったが、なんとかメインルート側に抜けた。さらに前進し、要塞からの追撃を何度か撃退するうちに、彼らはあることに気づいた。

彼らは強者揃《つわものぞろ》いとはいえ、大軍とはとうてい言えない戦力で、ジャンク1のグレンデル要塞を、攻め落とすことはできなかったものの、突破した。

また、突破後の追っ手は何波にも及んだが、一度にせいぜい十人、だいたい五、六人のグレンデルが追いかけてくるだけだった。

少数であろうと、グレンデルが手強《てごわ》いことに変わりはない。

難なく、とはいかなかったが、いずれも撃退できた。

もしかすると、グレンデルの総数は、あまり多くないんじゃないか。

少なくとも、湧いて出るがごとく殖えまくる、多産のゴブリンのような種族ではなさそうだ。

グレンデルは個々がすぐれた戦闘者で、粒ぞろいと言ってもいい。

ただ、肉食の猛獣と違って、生まれながらの捕食者であるというよりは、それぞれが戦いに熟達している。経験を積み、技術を研鑽《けんさん》しなければ、あんなふうには戦えない。

兜《かぶと》の突起の数からは、彼らがある種の階級制を有していることが想像される。

訓練された兵士たちが、上官の命令の下、組織的に敵を撃滅する。彼らは少数精鋭を旨としているんじゃないのか。

ジャンク1を抜けたレンジたちは、見たこともない怪物に出くわしたり、道に迷いかけたり、小規模なグレンデル追撃部隊が奇襲してきたり、といった種々のアクシデントに見舞われながらも、比較的順調にジャンク2まで進むことができた。このジャンク2に、グレンデルたちはジャンク1を上回る規模の堅固な要塞を築き上げていた。

どうやら、ジャンク1でメインルートから分岐し、ジャンク2に戻ってくるサブルートは、グレンデルたちにがっちりと押さえられているようだ。未確認だが、サブルートのどこかに、グレンデルたちの故郷、言わば「グレンデル異界」との接点が存在するのだろう。グレンデルたちはそこからワンダーホールに侵入して、勢力を拡大させた。

レンジたちはジャンク1要塞でも手こずったわけだし、ジャンク2要塞はとうてい落とせそうになかった。

これ以上、メインルートを進むことができないとしたら、引き返すのか。ワンダーホールを出るには、またジャンク1要塞を突破しなければならない。

進退が窮まったわけではないとしても、レンジたちは停滞を余儀なくされた。

何者かがジャンク2要塞を攻めはじめなければ、結局、来た道を戻って、ある程度の犠牲を覚悟の上、ジャンク1要塞を抜くしかなかったかもしれない。

「——まさか、ソウマたちが？」

おれが尋ねると、アダチは勿体《もったい》ぶることもなく、あっさり「そのとおり」と肯定した。

「もともと僕らはソウマを捜しに行った。そのソウマのほうからやってきてくれた。幸運だったと言えばそうなるけど、僕らが運を引き寄せたとも言えるだろうね。運が寄ってきたら、あとは手をのばして摑《つか》むだけだ。僕らはそうした。ソウマたちに加勢して、ジャンク2要塞からグレンデルたちを撤退させた。ソウマたちは、悔しいけど、僕らとは次元が違った。ソウマのパーティと、アキラさん、それに、颱風《タイフーン》ロックスだ。現時点における最高戦力とでも言うしかない。グレンデルたちも賢かったよ。壊滅する前に後退しはじめた。七つ突起の指揮官らしいグレンデルは、あのソウマと一騎討ちを演じてみせた。もちろん、ソウマが勝ったけどね」

義勇兵たちはこうしてジャンク2要塞を占拠したが、保持しようとするのは得策じゃないという結論に達した。

まず、グレンデルの要塞は、謎めいた金属や、半透明の素材、黄緑色の発光体など、彼らが持ちこんだものと考えられる素材で造られていた。その修繕が問題だった。開閉できる門、防壁の一部などが戦闘でいちじるしく損傷しており、そのままでは使い物にならない。直すには、資材がいる。何だかんだ調達して修理するとなると、そうとう手間がかかる。実質的には不可能に近い。

それに、グレンデルの総数はそこまで多くなさそうだが、とはいえジャンク2要塞には百五十人以上、おそらく二百人程度の戦力が配備されていた。義勇兵たちがこれを守ろうとした場合、どうしても手薄な箇所ができてしまう。第一、何のために守るのか。守る価値、意義があるのかどうかも疑問だ。

じつは、ソウマたちには拠点があった。

ワンダーホールの中じゃない。

外だ。

ワンダーホールは長大無辺だが、地上と行き来できる出入口はたった六つしか発見されていない。

うち一つが、ジャンク2からメインルートを百五十キロほど進んだ地点にある。

その出入口から地上に出ると、風早荒野の西端を流れる噴流大河《ジェットリバー》の対岸で、一帯の地形はかなり複雑だし、危険な野獣の棲息地《せいそくち》だが、木材や水は確保できる。オークや不死族《アンデッド》などの手も及んでいないので、ソウマたちは条件のいい場所に複数の小屋を建て、これを村と称した。暁連隊《DAYBREAKERS》の村だから、暁村だ。塩漬け、酢漬けなどの保存食の貯蔵庫を建てたり、有効活用できる自生植物の種を蒔《ま》いて小さな農園のようなものを作っていたり、井戸を掘る計画《プラン》もあったりするらしい。

レンジたちはその暁村に案内された。

そこには掘っ立て小屋がいくつかあるだけで、村と呼ぶにはあまりにも粗末だし、集落ですらなかった。そもそも、普段は人が住んでいないのだ。住む者がいない建物は、わずかな期間で荒れ果て、簡単に朽ちてしまう。それでも、手入れをすれば屋根の下で眠れるし、煮炊きができ、暖もとれるかまどがある。半地下の貯蔵庫には、潤沢とは言えないまでも、すぐに食べ尽くしてしまうことはない量の食べ物がある。小屋を増やしたいなら、建てればいい。たいていの義勇兵は力仕事を厭《いと》わないし、手先が器用な者であればどんな生活用具も自前で作る。

義勇兵は本来、兵士というよりも探索者で、冒険者なのだ。何もかも揃っていないと困り果てるようなメンタリティーではやっていけないし、なければないで、工夫して不足を補うことには慣れている。

おれたちはオルタナを失った。

身の置き所がなくなったのなら、自分たちで見いだして、つくりだせばいい。

そうすれば、そこはおれたちの居場所になる。

おれたちにとっての、守るべき場所になる。

義勇兵たちは暁村で互いに情報交換し、今後について話しあった。

ソウマたちは主に、ワンダーホール経由で不死の天領《アンデッドDC》に入りこみ、不死族《アンデッド》の動向をうかがいつつ、彼らの秘密を探っていたようだ。

グリムガルには、先の人びとと、と呼ばれる原人種がいて、そのあとでオークやゴブリン、それから人間のような種族が、どういう形にか流入してきた。

しかし、不死族《アンデッド》は違う。彼らは不死の王《ノーライフキング》によって生みだされた種族のようだ。

不死族《アンデッド》は頭部を破壊されると活動を停止するが、頭部以外は再利用できる。たとえば、片腕を失った不死族《アンデッド》が、活動停止した不死族《アンデッド》から腕をもぎとって、くっつける。人間なら当然、そんなことをしても無駄だ。ところが、活動停止した不死族《アンデッド》の腕は、まだ活動している不死族《アンデッド》に癒着する。極端な話、不死族《アンデッド》同士で頭部を取り替えっこしたら、体が入れ替わったまま、どちらも活動しつづけられるのだ。

不死の王《ノーライフキング》は、そんな生き物を——生き物と呼んでいいのかどうかわからないようなものを、生みだした。

それだけの力を持っていながら、不死の王《ノーライフキング》は死んだという。

いいや、死んでなどいない、何らかの理由によって、不死の天領《アンデッドDC》、エヴァーレストの居城で眠りについていているだけだ——という噂《うわさ》は、長らく囁《ささや》かれていたようだ。

おれはすでに、不死の王《ノーライフキング》が死んでいなかったことを知っていたわけだが、やつがジェシーやメリイの体に入りこんで生きながらえていたのだとしたら、なぜ、という疑問は浮かんでくる。

不死の王《ノーライフキング》は不死族《アンデッド》を生みだした。

でも、不死の王《ノーライフキング》は死んだとされた。

それ以降、不死族《アンデッド》は生みだされなかったのか。

おれ自身、不死族《アンデッド》をたくさん、殺した——という表現が適切じゃないとしたら、破壊して、活動停止させた。

不死族《アンデッド》の王が不死族《アンデッド》を生みだすなら、不死族《アンデッド》は減少の一途を辿《たど》らなければおかしい。けれども、そうはなっていなかった。

不死の王《ノーライフキング》が死んだとされたあとも不死族《アンデッド》は生みだされつづけた。

彼《か》の王の死後、遺体を放置すると、まるでゾンビのように動きだすようになった。

それは不死の王《ノーライフキング》の呪いだと、おれたちは考えていた。メリイの中の不死の王《ノーライフキング》が目覚めてから起こらなくなったようだが、あの現象はいったい何だったのか。

不死の王《ノーライフキング》と不死族《アンデッド》の周辺には、謎が多い。

人間にとって、生と死は常に重要な、最重要で、あらゆる思考や思想の根源かもしれない問題だが、考えれば考えるほど、不死の王《ノーライフキング》と不死族《アンデッド》はおれたちを揺さぶってやまない。

おれたちに与えられた、有限の生。

その終わりとしての、死。

死は、誰も避けることのできない、いつか必ず行きつく終着点だ。

そのはずだ。

生まれたからには、おれたちは死ぬしかない。これはもうしょうがないことだ。生きるというのは、否応《いやおう》なく死へと一直線に向かうことなのだから。死にたくない、生きたい、生きつづけたいと願うのは自由だとしても、叶《かな》うことは絶対にない。おれたちにできるのは、今を生きることだけだ。生きて、今、生きて、生きて、おれたちは出会い、別れて、遅かれ早かれ、終わりを迎える。

別れたくなんか、ない。

もちろんだ。

今、目に焼きついている彼女の笑顔が、二度と見ることができないなんて、納得できない。ずっとそばにいたい。できることなら、永遠に。

終わって欲しくなんかない。

分かちがたい生と死を、本当はどうしても分かちたい。

生を死から切り離したい。

くだらないか？

これは幼稚な望みなのか？

現実を知らない、愚か者の戯言《たわごと》だと思うか？

でも、永遠が現実だったら？

生と死を分かつ方法があるのだとしたら？

おれたちが厳然として動かしがたいと信じているルールが、普遍的なものなんかじゃなくて、じつは限定的なものでしかなく、そのルールとやらが適用されないケースもあって、どういう条件でその例外が成立するのか、解明できるとしたら、どうだろう？

たとえば、人間はどんなに長くても百年かそこらしか生きられないが、寿命を倍にできる薬を目の前に差しだされ、何らかのリスクがあるのならその説明を受けて、実際に薬を飲んだ者と会い、その効果の程を確かめ、さあ、どうしますか、と訊《き》かれたら？

断るか？

断乎《だんこ》として拒否できるか？

その薬を飲んだら、二百年どころか、三百年生きられるとしたら？　寿命が四百年、五百年に延びるとしたら？　そんな人生は長すぎて、倦《う》みそうか？

飲まなければせいぜい百年だが、飲んだら千年、いや、未来永劫《みらいえいごう》、死ぬことはない、と言われたら？

長くて百年か、永久か、どちらかを選択可能だとして、それでも後者をとることは決してないと、言いきれるか？

もしも、だ。

生と死を分かち、別々に扱うことで、おれ自身の命がどうとかじゃなく、これは仮に、だが、別れた友とまた会えるとしたら？

死んでしまった者が戻ってくるとしたら、どうだ？

失ったものを、失いたくなかった、決して失うべきじゃなかったものを、取り戻せるとしたら？

不死の王《ノーライフキング》と不死族《アンデッド》を巡る謎を解き明かすことで、生と死を分かつことが、ひょっとしたらできるかもしれない。

ソウマたちがそんなことを考えているというのは、正直、おれにとっては意外だった。何かこう、もっと超然としている人たちだと、勝手に決めつけていたのかもしれない。

おれはマナトやモグゾーを失って、メリイを死なせてしまった。メリイまで失うわけにはいかなくて、結果的に不死の王《ノーライフキング》を身近に招き寄せ、その復活を目の当たりにすることになった。弱い凡庸なおれだから、こんなことになってしまった。おれはそう思っていた。

しかし、もしソウマがおれの立場でも、同じ過ちを犯していたかもしれない。ソウマのような人でさえ弱さを持ち、おれみたいに平凡な部分も、なくはないのかもしれない。

とにかく、レンジたちは暁村で英気を養い、先々のことにも考えを巡らせた。長くワンダーホール内を移動していたせいで、地上の状況を知りえなかったソウマたちも、色々と思うところがあったに違いない。それに、不死の王《ノーライフキング》の復活、世界腫の活動激化による、実際的な影響もあった。

ソウマたちは、不死の天領《アンデッドDC》で複数の遺物《レリック》を入手、というよりも、不死族《アンデッド》から奪取していたようだ。

どういうわけか、世界腫は遺物《レリック》に激しく反応する。遺物《レリック》を敵視しているのか。遺物《レリック》を取りこんだ世界腫が闇夜纏《まと》いなら、単純にはそうとは言いきれない。だが、間違いなく、世界腫は遺物《レリック》があるところに集まってくる。

ソウマたちが遺物《レリック》を持ったまま、ワンダーホールを出て暁村に向かうと、世界腫があちこちから押し寄せてきたらしい。程なくチーム・レンジのアダチがソウマたちの所持している遺物《レリック》が原因だと察して、彼らはいったんワンダーホールに引き返した。そして、遺物《レリック》を置いてからふたたび外に出てみると、世界腫は近づいてこなかった。そんな一幕もあったようだ。

リバーサイド鉄骨要塞でも、レンジはアダチの助言に従い、剣鬼妖鎧《アラガルファルド》を脱ぎ捨てた。それでレンジは助かったのだ。

つまり、ワンダーホールの外では、遺物《レリック》が使用できない、ということを意味する。

ソウマはもともと、魔鎧歪王丸《まがいわいおうまる》と名づけた遺物《レリック》の甲冑《かっちゅう》を愛用していた。

アキラさんも、致命の短剣《ファタルシス》という遺物《レリック》を所有していたようだ。

他にも、彼らはこれまで義勇兵としての活動を通して、いくつもの遺物《レリック》を手に入れ、利用法を発見し、役立てていた。

それらが地上では使えないのだ。

遺物《レリック》によっては、決定的な差を生むこともある。地上では、どうしても戦力の低下が避けられない。

世界腫をなんとかできないか。

不死の王《ノーライフキング》の動向も気になる。

もともと不死の王《ノーライフキング》の盟友だった、オークはどう動くのか。不死の王《ノーライフキング》によって生みだされたという不死族《アンデッド》は、やはり不死の王《ノーライフキング》の下に結集するのか。

自由都市ヴェーレのような、中立的な勢力はどうだろう。

鉄血王国のドワーフ、そして、彼らのもとに身を寄せていたエルフたちが全滅したとは、さすがに考えにくい。生き残ったドワーフとエルフたちは、今頃どうしているのか。

義勇兵たちは、どうするべきなのだろう。

暁村という根拠地、新たな故郷になりうる場所はあるとしても、義勇兵の数は心許《こころもと》ないほど少ない。

果たして、他に生き残りはいないのか。まだ地上のどこかで生き延び、同胞の助けを待っている者が、ひょっとしたらいないとも限らない。今となっては、たとえそれが一人や二人でしかなくても、貴重な人材だ。

ソウマやレンジたちは暁村を出てワンダーホールに戻った。ジャンク2要塞はグレンデルたちに再占拠されていたが、通り抜けるだけなら比較的楽だった。義勇兵たちがジャンク1要塞に到達すると、グレンデルの動きに混乱が見られた。ジャンク1要塞のグレンデルたちは、メインルート南方面、すなわち、メルルクたちがいる出入口のほうに向かって、小部隊を移動させていた。

グレンデルたちは、何かと――誰かと、交戦しているんじゃないか。

義勇兵たちはそんなふうに考えた。もしそうだとしたら、レンジたちのようにワンダーホールに辿りついた生存者かもしれない。

義勇兵たちはジャンク1要塞を攻略し、ここで二手に分かれた。ソウマたちはジャンク1要塞に残り、その先のサブルートを調査しながら新手を防ぐ。チーム・レンジとトッキーズはメインルートを南進して出入口を目指し、生存者を探す。

つまり、おれたちの悪あがきは、義勇兵たちへのシグナルになったわけだ。

まあ、おれたちが何もしなくても、義勇兵たちはいずれやって来たかもしれない。でも、仮におれたちが疲れ果ててワンダーホールに見切りをつけ、どこか別の場所に向かって旅立っていたら、どうなっていたか。おれたちは義勇兵たちに会えなかっただろう。どこぞで野垂れ死にしていた可能性もある。あるいは、闇夜纏いに見つかって、殺されていたかもしれない。

一人のグレンデルすら排除できなかったおれたちが、ワンダーホールから去らずに四十七日間、どうにかこうにか踏み止《とど》まった。

その結果がこれだった。

チーム・レンジ、トッキーズと再会できた。

レンジたちやトッキーズと一緒に、おれたちはいったんワンダーホールを出た。メルルクたちには気の毒だった。何匹ものメルルクがおれたちにつかまえられ、調理されて、羽と骨以外はすっかり食べられてしまった。

そもそもはレンジたちが残した野営地跡で、おれたちは一泊だけしかしなかったのか、二泊はしたのだったか。はっきりとした記憶はないが、見張りをしないで日が昇るまで眠ったことは覚えている。夜、一度も目を覚ますことなく眠るなんて、本当に、とてもめずらしいことだった。

朝、起きると、レンジが上半身裸になって、一人で黙々と剣を振っていた。

振るといっても、ゆったりと動かしているだけで、遠目から見たらちょっとした奇行かもしれない。しかし、剣士じゃないおれにさえ、レンジがその視線の先に何を見ているのか、わかるような気がした。レンジはあんなに強くなってもまだ、自分自身より遥《はる》かに強い相手を打ち倒そうとしていた。その強い相手のイメージを、レンジは明確に持っているようだった。レンジは己の剣一本で、その相手とひたすら戦っていた。

おれに見られていることに気づいているはずなのに、レンジはかまわず剣を操りつづけた。おれも飽くことなく、集中してレンジを眺めていた。

気がつくと、ランタも起きていて、おれの隣にしゃがんでいた。

「強ェーヤツってのはよォ。まったく……」

「ランタ。おまえはやらなくていいの」

「アイツと同じコトして、追いつけると思うのかよ、ヴァーカ。まァ……十五年だな」

「何が？」

「十五年以内に、アイツに追いついてやるぜ。オレなりの方法でな。十五年……今のオレだと、それくらいいか。五年経《た》ったら、五年以内って言えるかもしレンねェーワケだし」

十五年とは言わない。

でも、せめて五年後はどうだったのか、知りたかったよ。

ランタが急成長を遂げても、レンジはもっと先に進んでいて、二人の差はかえって広がっていたかもしれない。おれならそう考えてしまう。追いかける背中は所詮、遠ざかる一方だと。

けれども、そうじゃないランタには、違う未来があったかもしれない。

おれは見たかった。

見られたら、どんなによかったか。

これは繰り言だが、そう思わずにいられない。

そのあと、おれたちはジャンク1要塞でソウマたちと合流し、ジャンク2要塞経由で、いよいよ暁村入りした。建物らしい建物はない。掘っ立て小屋がいくつかあるだけなのに、ここで旅は終わりでいいんじゃないかと、おれはふと思ったものだ。髪や体を洗ったのはずいぶん久しぶりだった。不潔だとか汚いとか臭いとか、そんなことはとっくに気にしなくなっていたが、しばらくの間はきれいになった女性を直視できなかったし、そばにも寄れなかった。

「オッ、マエッ……ヤッベェーほど、美人だなッ……」

ランタがユメにそんなことを言って、これは誇張でも何でもなく、涙を流していた。たしかにユメは、ずいぶん美しい女性だった。公平を期すなら、ユメも、と言ったほうがいいのかもしれない。

暁村には、ソウマの仲間、シマ、エルフのリーリヤ、おれたちよりかなり年長だったが、アキラさんの妻のミホ、カヨ、それから、トッキーズのミモリ、アンナさん、チーム・レンジのチビ、荒野天使隊《ワイルドエンジェルズ》のカジコ、マコ、アズサ、ココノ、ヤエと、ユメを含めて十三人の女性がいて、おれには彼女たち全員が神秘的なまでに美しく見えた。ある種の恐怖すら感じるほどだった。おれは彼女たちとできるだけ口を利かないようにして、ユメさえもなるべく避けた。ランタにはからかわれたが、「まァーな？　わかンなくもねェーよ。ちょっとだけな」とも言われた。

「オレはユメ一筋だけどよォ。生き物としての……オスとしての性《さが》ってヤツなのかね。もう、こうなりゃ誰でもいいから……とかって妄想しちまうコトも、あったりなかったりするからな。ンな場合じゃねェーってのも、重々承知の上なンだがよォ」

どうなのだろう。

果たして、ランタが言ったようなことだったのか。おれにはよくわからない。

当時はおれもまだ若い人間の男性だったし、肉体が健康な状態であれば、一般的な欲求、欲望のようなものを覚えることは当然あったに違いない。でも、おれはなんだか、その人間として、動物としての欲望自体を、途方もなく恐れていたような気がする。

もしメリイがそばにいたら、少し事情は違っていたかもしれない。しかし、彼女はおれの手の届かない場所にいた。

おれは彼女が恋しかったか。

彼女のことを、想《おも》ってはいた。彼女に会いたかった。

だが、今の彼女は彼女じゃない。

彼女の中には不死の王《ノーライフキング》がいる。

本体は、彼女なのか、不死の王《ノーライフキング》なのか。

おれが彼女にその運命を背負わせた。

不死の王《ノーライフキング》が復活したことがこの状況を招いたのだとしたら、おれが元凶だ。

何があろうと、おれは許されない。

ランタやユメにはすべて打ち明けたが、二人はおれを責めなかった。重大という言葉では足りない罪を犯しておきながら、おれは裁かれていない。

暁村で、おれは言いつけられるまま労働をした。村の設備を充実させたり、物資を調達したり、加工したり、やることはいくらでもあった。

言われたことをただやるのが、おれには向いていた。おれは不平を言わなかったし、実際、不満はなかった。おれはつくづく思った。たまたま、グループのリーダーという役回りを引き受けることになって、自分なりに務めを果たそうとしたが、おれには適性が微塵《みじん》もない。単純作業をこつこつとこなすのが、おれには何よりも似つかわしい。自由意志すらおれには重荷だった。指示されて、従う。それがおれの天性だ。

暁村では、これからどうする、何をするという議論が活発に交わされた。おれは何か訊《き》かれればもちろん答えたが、意見を述べたことは一度もなかった。意見らしきものが浮かんでこなかった。

おれは考えたくなかった。

自分の頭で考えて、何か名案が出てくるとはまったく思えなかった。

暁村で、おれはもっとも劣っていた。

皆、おれより優秀だった。

おれはもとから欠乏気味の自信を完全に喪失して、とことんまで落ちこんでいた。

労働さえしていれば、落ちこんでいてもさして問題なかったので、思うぞんぶん落ちこむことができた、という言い方もできる。

不健全だという自覚はあった。

誰も彼も、やり方はそれぞれだが、前を向いている。

おれもそうしなきゃいけない。

わかってはいた。

おれは多くを望む人間じゃない。

多くを望み、欲することが、おれにはできない。

おれは小さな人間だ。野心を持てるような器がおれにはない。

気の置けない仲間と、寿命が尽きるまで、生きる。
おれの望みはそれだけだった。
それだけ、とはもはや言えない。
おれがしでかした過ちのせいで、それはあまりにも大それた望みになっていた。
それが自分の望みだと認めることすら、おれには怖かった。

4．変わりゆく世界に変わらぬもの

クザクとセトラのことを話さなきゃいけない。

おれは当時、あの二人のことは、できるだけ意識の外に追いやろうとしていた。

むろん、完全には無理だった。

クザクはジャンボというオークに斬り殺され、セトラは逆上して仇《かたき》をとろうとしたが、返り討ちにされた。二人を蘇《よみがえ》らせたのは不死の王《ノーライフキング》だ。不死の王《ノーライフキング》が、その血を――厳密には、血と呼べるようなものではないのかもしれないが、そうとしか呼びようがない――言ってみれば、不死の血を、二人に分け与えた。

突き詰めれば、おれのせいで、二人は死という尋常な終わりを迎えることができなかった。あんなふうに、人間とは異なる何か別のものに成り果ててしまった。

二人の末路、とは言うまい。

死んでしまったにもかかわらず、二人の時間はそこで停止しなかった。あのとき二人の命数は尽きたのに、無理やり嵩《かさ》増しされてしまった。

不死の王《ノーライフキング》は二人に第二の生を与えたのかもしれないが、おれの知る二人はもうどこにもいない。こうなってしまった以上、二人は死んだものと考えるべきだ。開き直って、そこまで思いきってしまえれば、まだ気持ちの整理がついたかもしれない。

おれはどっちつかずだった。

たしかに、二人はおれの目の前で死んだ。

あれはもう、クザクとセトラじゃない。

でも、生前の二人と似ても似つかぬものだと見なすには、二人とも変わっていない。少なくとも外見は、クザクはクザクで、セトラはセトラだった。

そうであったとしても、中身はあくまで別物だと思ったほうがいい。

けれども、本当にそうなのか。

おれには断定できなかった。判断を下したくなかった。

だから消極的に、二人に関して思考しないようにすることで、留保していた。

どうしてそんなおれが、クザクとセトラのことをわざわざ話すのか。

話さなきゃならないのか。

いつしか義勇兵たちは、彼ら自身のことを、暁、と呼ぶようになっていた。

その暁たちは、全員がずっと暁村にいたわけじゃない。不死の天領《アンデッドDC》に遠征する案もあるにはあったが、そうとうな長旅になるので、実施するとしたら情勢と時期をよく見定めなければならないだろう。そこで当面は、暁村の建設、生活環境の整備、設備の拡充を優先するという方針が、暁たちのほぼ総意として決まっていたが、それでもたいていの場合、常時、十人かそこらはワンダーホールに出張していた。

ワンダーホールというのは、グレンデルの台頭に象徴されるように、絶えず変化しつづける。ときには一気に激変することもある。間を空けて、久しぶりに入ってみたら、とんでもないことになっていた、という事態は避けたい。

遺物《レリック》を地上に持ち出せないので、ワンダーホール内で保管するくらいなら、持ち歩いて使える物なら使ったほうがいい、という実際的な理由もなくはなかった。

さらに身も蓋もない事情としては、おれのように労働が性に合っている者はむしろ少数派で、我が身や仲間を危険にさらしてでも探索や戦闘に明け暮れていたほうが、生きている実感を味わえる、という人間のほうが、暁の中には多かったのだ。

ランタには何度か出張への同行を求められたが、おれは断った。大半の暁たちは、おれを放っておいてくれた。それに対してありがたいとも、とくには思わなかった。黙々と作業する日々をひたすら繰り返すうちに、気持ちがだんだん上向きになるといったことも、べつになかった。おれはきっと、一喜一憂したくなかったのだろう。喜ぶのも、悲しむのも、やめにしたかった。何も感じない状態が一番ましだった。

ただ、否応《いやおう》なく心を揺り動かされた出来事もある。

レンジやロンたちと出張に行ったランタが帰ってきて、ひとしきり彼らと騒いでいたと思ったら、「ちょっと話がある」と声をかけられ、暁村の外れまで連れだされた。夜中というほどではないが、宵の口じゃなかった。満月に近い赤い月が出ていた。

話がある、と言っていたわりに、ランタはなかなか切りだそうとしなかった。

「何だよ」

しょうがなくおれが訊くと、ランタは笑った。

「連れションでもすっか」

「は？　なんで？」

「冗談だよ。テメェーなんかと、連れションしてやるモンかよ」

「したくないし……」

「あのなァ」

「うん」

「どうも、よォ。できたかもしンねえ」

「できた――って、何が？」

「だから」

「……だから？」

「ユメと……」

「ユメ？」

「そのォ、オレの……」

「ユメと……おまえの？」

「わかンだろ。皆まで言わせンじゃねェーよ、ヴァカ」

「ユメと、おまえの――え……」

おれは馬鹿かもしれないが、そこまで言われて察することができないほど間が抜けてはいなかったのだろう。

「マジか」

「マジじゃなきゃ言わねェーだろ。ンなコト」

「まあ……」

「ギャグだとして、笑えると思うか？」

「笑えないな」

「だろ」

「そっか。……その話、他には？」

「女連中には、ユメがな。色々、何だ、あンだろ。相談とか」

「あぁ。なるほど……」

「オレはユメから教えられて……オマエにしか言ってねェーよ。何つゥーか、微妙だろ。よくわかンねェーケド。絶対、大丈夫っつゥーアレでもなかったりするみてェーだしよ。時期的に？　知らンケド。オレにはどうにもできねェーワケだけどな。無事にアレするのをアレするしかねェーワケじゃんか」

「アレばっかりでよくわからないよ」

「わかれよ、ソコは。とにかく、そォーゆゥーコトだからよ。まだアレだけど、順調だと、アレだ。九月とか、そのくらいか。まだ先だけどな。心構えはしとけよ」

「おれに何の心構えがいるんだか……」

「いきなりアレだと、さすがにアレだろうが。おったまげるだろ。いくらボクネンジンのオマエでもよォ」

「それは……うん。だな……」

「オレの話は以上だ」

どう受け止めたらいいのか、おれにはわからなかったし、途方に暮れた。途方に暮れたということは、無関心ではいられなかったのだ。あのときのおれは、たぶん、ランタにはなんだかぼんやりしているように見えたんじゃないか。でも、実際はそうとう動揺していた。混乱してさえいた。ランタとユメの関係からすると、そういうことが起こったとしてもおかしくはなかった。暁村には他にも、男女で、何だろう、つまり、恋人同士というか、そういった親密な間柄にある者たちがいた。たとえば、アキラさんとミホは自他共に認める夫婦だった。同性同士なら可能性はないが、異性同士であれば子供ができるかもしれない。その可能性がおれの頭をよぎったことも一度や二度はあるはずだ。しかし、それが現実になりうるとは、どうもおれは思っていなかったらしい。

ランタとユメの間に子供ができた。二人の子供が生まれるかもしれない。

そのうちユメが子供を産んで、母親になる。

驚きは当然、あった。喜びのような感情が微塵《みじん》も湧いてこなかったわけじゃない。でも、それより圧倒的に不安だった。

ランタが言うとおり、子供が無事に生まれてくる保証はない。具体的に、どんなリスクがあるとか、何が問題になりうるとか、おれには見当もつかなかった。けれども、暁村のような場所でちゃんと出産が行われ、子供が育つ、なんてことがありうるのか。

おれが心配してもしょうがない。それは間違いなくそうだった。だから、おれは以前と変わらず労働に明け暮れたが、心のどこかがそわそわしていた。ユメが気になって、しばしば遠くから彼女の様子をうかがった。

やっぱり、ランタにあのことを告げられてから、おれは変わりはじめたのだと思う。

たとえおれが変わらなくても、周りは変わってゆくのだという事実を思い知らされた。

ユメの腹がみるみる大きくなってゆくと、おれは眠りに就く前、祈りたくなった。

しかし、信仰心がないおれみたいな人間が、何に対して祈ればいいのか。

当のユメは、腹が大きい以外、けろりとしていた。むしろ、周りが気を揉《も》むのをおもしろがっていたくらいだから、本当にたいしたものだと言うしかない。その明るさは、おれだけじゃなく、暁村全体を強く照らし、あたためた。

ランタが言っていた、子供が生まれるという、九月に入って間もなくだった。

おれは小屋というより、三角錐《さんかくすい》を倒したような形の小さなねぐらを作り、そこに一人で眠っていた。その夜、おれは完全に寝入っていたのだろう。小声で何回か名を呼ばれて、どこかで聞いた覚えのある声だとも思わずに、ああ、とか、うん、と返事をした。何か夢を見ていたのかもしれない。夢の中で誰かに呼びかけられて、応答した。きっとそんな感覚だったのだろう。

「ハルヒロ。……ハルヒロ。——ね、ハルヒロったら。起きてよ、ハルヒロ。いや、ぐっすり眠ってるとこ、起こすのは気が引けるっていうか、悪いなぁとは思ってるんだけどね。せっかく会いに来たんだし、話したいしさ。ハルヒロ。……ハルヒロってば——」

おれは体のどこかをさわられた。

たしか、足だ。

右の足首を握られた。

それで、おれは目覚めた。夢で呼びかけられているわけじゃないと理解し、右足首を摑《つか》んでいる何者かの手を振りほどこうとした。

ところが、その何者かはすこぶる力が強かった。右足首をがっちりと固定されて、おれの右脚はろくに動かなかった。

おれはその何者かを左足で蹴ろうとした。すると、何者かはすぐさま右足首を放した。

「しーっ。しーっ。暴れないで。静かに。俺は話をしに来たんだからさ。わかんないかな、ハルヒロ。今、俺、その気になれば、ハルヒロのこと、殺《や》っちゃえたんだよ。だけど殺らなかったでしょ？　だからね、落ちついて。あ、もしかして、気づいてない？　俺だよ。俺。クザク。ひょっとして、忘れちゃった？　そんなわけないよね？」

「……クザク……だって？」

「声でわかるでしょ。てか、俺がもしクザクじゃないとして、そんな、何だろ、なりすまし？　みたいなことする意味、なくない？　あるのかな？　どうだろ。ないと思うんだよね。ないでしょ」

　おれはねぐらから出た。おれのねぐらは、暁村の中心部に集まっている、小屋やかまどから離れた場所にある。周りには誰もいなかった。

　おれと、やたらと背の高い男しか。

　暗くて顔の造作までは見てとれなかったが、確信を持てる程度には識別できた。

　それはクザクだった。

　死んだクザク。死んだのに生き返った。不死の王《ノーライフキング》が蘇《よみがえ》らせた。クザクだった。

　その不死の王《ノーライフキング》は、メリイの姿をしている。あるいは、今となってはメリイも不死の王《ノーライフキング》の一部なのかもしれない。だいたい、不死の王《ノーライフキング》が自発的にクザクとセトラを蘇生《そせい》させるだろうか。理由がない。メリイの意思が働いている。そう考えるのが自然だ。

かつておれが死んだメリイを生き返らせてしまったように、メリイも死んだクザクとセトラを見捨てられず、おれと同じ過ちを犯した。

そうした事柄、受け容《い》れがたい事実、おれをかき乱す何もかもが、クザクという形をとって、おれの前に現れた。

「……話したいって。何を」

「ここじゃ何だからさ。見つかったら、たぶんだけど、やばいかもでしょ。おっかない人たちがうようよしてるっぽいし。来て、来て。あ、罠《わな》とかじゃないから。俺、余裕でハルヒロ、殺せたしさ。でも、殺さなかったでしょ？　まぁ、殺しちゃおうかな、とも思ってるんだけどどね。これ、あえて言うんだけど。やっぱ、ハルヒロとは本音ベースで向きあいたいし。何だろ。誠意？　俺なりの？　ハルヒロのこと殺して、俺たちと同じふうになってもらうのもいいかなって。そうなったら絶対、おもしろいと思うんだよね」

「……何、言ってるんだ、クザク。おまえ……」

「俺と、セトラサンと、メリイサン。それから、ハルヒロで、楽しくやらないって話。楽しそうだと思わない？　だって、俺らって基本、死なないし。すごくない？　今でも十分、楽しいっちゃ楽しいんだけど、ハルヒロも一緒だったら、もっと最高かなって。俺、ハルヒロのこと好きだしさ。大好きだし」

「……それは――おまえが……クザク、おまえが、そんな……ふうに……」

「こんなふうに？　あぁ。一回死んじゃって、生き返って――ってこと？」

「……そうだよ。死ぬ前の、おまえは……たしかに、おれを……おれだって……」

「いやぁ、言うほど変わんねぇよ？　マジで。わかるけどね。ハルヒロが、懸念？　持ったりするのは。俺も、こうなる前に、大丈夫だ、たいして変わらんとか言われたって、信じられなかったかもだし」

「変わって……ない、とは――思えない」

「もちろんね？　まったく、一個も、ぜんっぜん変わってないとは、俺だって言わないけどさ。けど、記憶とかはあるし。こうなる前のこと、ちゃんと覚えてるからね？　あと、感情とか？　そのへんも、失ってるとかはないし」

　おれは何も言えなくなって、ただ首を横に振った。

基本、死なない。それだけでも大きい。大きすぎる。それは決して、言うほど変わらない、というような変化じゃない。

　だって、おれたち人間は、常に念頭に置くにせよ、たまにしか考えないにせよ、なんとか折り合いをつけて受容するにせよ、度外視するにせよ、いつか自分や周りの者たちが死ぬことを知っている。無上の喜びをえれば、ああ、でもこんな日は続かない、否応《いやおう》なく死が訪れるのだから、と切なくなる。大切な人ができたら、いずれは別れなければならない無常の世を儚《はかな》む。そんな経験を一つも持たない人間は稀《まれ》だろう。

おれたちは、ふと思う。

どうせ死んでしまうのであれば、何もかも無駄なんじゃないか。

でも、どのみち死ぬのだし、死んだら虚《むな》しささえ感じなくなるのだから、今この瞬間、できることをやろうと、姿勢を正す。

哀《かな》しくも、滑稽で、ひたむきに、投げやりに、真剣に、人は生きて、死んでゆく。

それが人というものだ。

だけど、クザク。おまえは違う。

人とは似ても似つかない。

何より恐ろしく、おぞましいのは、おまえがそのことを、ひょっとしたら理屈としてはわかっているかもしれないが、実感していないし、きっとできない、ということだ。

だからおまえは、言うほど変わらない、と口にしてしまう。

もう人じゃないおまえには、人のことがわからない。

意味不明なくらいおれのことを慕っていて、なぜかおれを敬愛し、誰よりもおれに忠実で、ちょっとうざったいほどだった。そうはいっても、そこまで誰かに好かれるなんてめったにないことだし、おれも好きだった、おまえはもうどこにもいない。

不死の王《ノーライフキング》が、いいや、メリイが、おまえを別のものに変えた。

そのメリイを別のものに変えたのは、おれだ。

おれなんだ、クザク。

結局、おまえをそんなふうにしてしまったのも、おれなんだ。

「うーん……」

クザクは腕組みをして首をひねった。

「説得は無理っぽい？　や、まぁ、セトラサンにはそう言われたけどね。何をどう話したって、ハルヒロは納得しないんじゃねぇの的な。ハルヒロも知ってるとおり、あの人は賢いからさ。たいてい、セトラサンの言うことが正しいっていうのは、俺もわかってんだけどね。昔からそうだったでしょ。けど、俺としては、ハルヒロの意思を無視したくはなかったし。イシをムシって、これ、ダジャレじゃないよ？　そもそも、ダジャレってほどでもないか。結果は同じかもしんないけど、プロセスって大事だと思うんだよね。セトラサンはそういうの、どうでもいいって人だから。効率重視でね」

「おれの、意思を――」

この期に及んで、これは憂慮すべき事態だと、おれは気づいた。

クザクは人間じゃない。不死の王《ノーライフキング》の陣営に属しているはずだ。

不死の王《ノーライフキング》はメリイの口を借りて、こんなことを話していた。

自分は人間の敵だったわけではない。人間たちが自分を敵と見なしたのだ、と。

人間たちの友になりたかった、とも言っていた。

けれども不死の王《ノーライフキング》は、自ら生みだした不死族《アンデッド》とオーク、灰色エルフ、ゴブリン、コボルドらを束ね、率いて、人間族の王国を攻め滅ぼした。

最初は人間族の敵ではなく、友になろうとしたのだが、叶《かな》わなかったので、人間族に虐げられていたオークらと結託したのだろう。

もし不死の王《ノーライフキング》が初めは望んでいなかったとしても、人間族の敵となった。今も味方ではないはずだ。

クザクは敵の手下、敵の一味だ。

敵だ。

夜更けの暁村に、敵が侵入した。

おれはその敵、何を企《たくら》んでいるか知れない侵入者と、二人きりになっている。

暁村で労働に精を出す暮らしは、物騒な義勇兵のそれとはまるで別物だ。それでもおれは、眠るときに得物を身に帯びなくなるほど警戒心をなくしてはいなかった。おれがあとずさりしてダガーを抜こうとすると、クザクは両手を上げてみせた。

「いや、だからね？　殺るならとっくに殺ってるってば。話したいって言ったじゃん、俺。ちなみに、昔話しにきたんじゃないよ？　あ、本題に入らないで、脇道に逸《そ》れちゃってたか。ごめん、ごめん」

「……本題って？」

「俺、仕事で来たんだよね。仕事？　仕事、だと思うんだけど。王は――メリイサンなんだけど、ややこしいし、王って呼ぶね。王はさ、俺とかセトラサンに、命令はしないんだよね。指示を出すってより、頼むんだよ。物腰がやわらかいっていうか、謙虚っていうかね。偉そうじゃないんだよね。こう見えて、けっこうあちこち飛び回ってて忙しいんで、俺かセトラサン、どっちかってことになって。それで、セトラサンよりは、俺のほうがいいんじゃねぇのみたいな。だって、セトラサン、厳密に言うと、元義勇兵じゃないしね。里の人だからさ」

「何を……おまえ、本当は、何をしに来たんだ？」

「だ、か、らぁ。話をしに来たんだって。なんか堂々巡りっぽい？　えっと、単刀直入に言うね。王からの提案なんだけど、共通の目的のために、とりあえず？　まぁ、一時的にってことでもいいんで、俺らと手を組まない？」

「……それは――おれ個人に言ってるわけじゃないよな」

「うん。ここにはソウマとかがいて、彼が頭《ヘッド》なのかな？　でも、いきなりソウマに会うのは微妙に難しそうだからさ。ハルヒロを通したほうがいいかなって」

「だいたい……なんで、ここを知ってる？」

「ワンダーホールの出口に近いでしょ、ここ。あのね、ハルヒロ。俺らだって、ワンダーホールは調べてるよ。調べてる歴、けっこう古いらしいよ？」

「……だとしても、不思議じゃないけど」

「でしょ？　王はもう、不死の天領《アンデッドDC》を奪回したしね。俺らより古株の公子も、みんなじゃないんだけど、戻ってきてたりして。俺なんかはそれで、若干肩身狭かったりするんだけどね。公子の中に、趣味でワンダーホールの探索してる人？　人じゃないか。やつもいて。ギャビコっていう。知らない？」

「……公子……不死の天領《アンデッドDC》を――奪回、した……？」

「あぁ、何も摑《つか》んでない感じ？　そりゃそうか。遠いもんね。不死の天領《アンデッドDC》はさ、イシドゥア・ローロっていう公子が牛耳ってたんだよね。こいつが悪いやつでさぁ。不死にしてくれた王を、裏切ったんだよね。遺物《レリック》を使って、王を封印したの。で、不死の王《ノーライフキング》の後釜的に、不死族《アンデッド》の王を名乗ってさ。イシ王とか呼ばれてたんだけど。俺らの王が、オークとか灰色エルフなんかと手を結んで不死の天領《アンデッドDC》を攻めたら、あっさり逃げて。王のもともとの体は、遺物《レリック》ごと持ち逃げされちゃって、まだ取り戻せてないんだけど。あれ？　俺、ここまで話しちゃってよかったのかな？」

「……待って――待ってくれ。そんな一気に言われても、頭が追いつかない」

「悪い、悪い。俺、セトラサンみたいに賢くないから、整理して話すの苦手でさ。まぁ、王には五人の公子――王が、自分の血？　力を分けた半分子供みたいな、そういうのがいたんだよね。俺とセトラサンもそれなんだけど。不死族《アンデッド》とは違うよ。あれはまた別ね」

イシ王こと、イシドゥア・ローロ。

不死の王《ノーライフキング》が姿を消したあと、大公を僭称《せんしょう》したデレス・パイン。

四本の腕を持つ〝竜狩り〟ギャビコ。

原形魔法という、原始的で強力な魔法の使い手アーキテクラ。

そして、アインランド・レスリー。

以上の五人が、不死の王《ノーライフキング》の最初の五公子なのだとか。

五人のうち、イシ王は不死の王《ノーライフキング》に背いて遺物《レリツク》で封じ、不死族《アンデッド》の王を騙《かた》った。

デレス・パインはイシ王に荷担して、北方のイゴールという港町の領主となった。

ギャビコとアーキテクラは、仕えるべき不死の王《ノーライフキング》がいなくなったので、イシ王とつかず離れずの関係を維持していたらしい。

アインランド・レスリーは行方を眩《くら》ました。ただ、自由都市ヴェーレを始めとして、各地にアインランド・レスリーの名、その逸話が残されている。

おれも、アインランド・レスリーとは無縁じゃない。たまたま彼の名が冠されたレスリーキャンプを見つけてしまったせいで、おれたちはパラノとかいう謎の異界だか他界だかに行く羽目になった。

メリイの体に入りこんで復活を果たした不死の王《ノーライフキング》は、セトラとクザクに、血を――力を分け与えて、新たな公子にした。

不死の王《ノーライフキング》はその後、オークや灰色エルフと同盟を結んで、不死の天領《アンデッドDC》を攻撃したようだ。イシ王は徹底抗戦すると見せかけて、主要な軍勢とともに逃げてしまった。

かつて不死の王《ノーライフキング》を封じた遺物《レリック》は、未確認だが、運び去られたものと考えられる。

「——やぁ、残念だよ。その、王を封じた遺物《レリック》？　どういうのか、俺は知らないんだけど、ようするに、前の王が入ってるでっかい棺《ひつぎ》みたいな物らしくてさ。オープンしたら、前の王が入ってる的な？　王とか、前の王とか、なんか、こんがらかるよね。王の本質？　本体は、中身で？　ガワは器、みたいなことなのかな？　それ、ゲットできてたら、メリイサンはどうなってたんだろうね？　謎だよね。王に訊《き》けばいいんだろうけど、そこはちょっと、俺も訊きづらくてさ」

「……メリイは、器」

「いや、わかんないよ？　意外と、王が二人ってことになるのかもしれないし。ないか。それはないかな。なさそうか。でもなぁ。どうなんだろ。王は特殊っていうか、特別だからね。さすがにそれはねぇわ的な、びっくりするようなことが、王の場合はあったりするかもだしね。うん」

クザクの話をどこまで信じていいのか、おれには判断がつかなかった。

でも、仮にメリイが不死の王《ノーライフキング》の器にすぎないのだとしたら、メリイと不死の王《ノーライフキング》はあくまでも別個の存在なんじゃないか。

遺物《レリツク》に封じられている、もとの体とやらを不死の王《ノーライフキング》が取り戻したら、ひょっとしたらメリイの体を必要としなくなるかもしれない。

その場合、現在の器であるメリイは、どうなるのか。

たとえば、不死の王《ノーライフキング》がメリイから出ていって、彼女は以前の彼女に戻る。こんな想像はあまりにも都合がよすぎるだろうか。

あるいは、不死の王《ノーライフキング》がメリイから出てゆくと、彼女は用済みになるだけでなく、ただの器に成り下がるのかもしれない。すなわち、中身を失って、抜け殻のような状態になる。もしそうだとしたら、不死の王《ノーライフキング》に出ていかれては困る。もとの体なんて取り戻せないほうがいい。

いずれにしても、仮定だ。

クザクですら、どう転ぶかわからないという。

「――まぁ、それはそれとして、俺らは世界腫っていう、でっかい問題に直面してるわけなんで、それをどうにかしたほうがよくね？　みたいな話になっててさ」

「世界腫……」

振り返ると、おれが初めて世界腫を目にしたのは、あのときだった。

メリイを死なせてしまい、ジェシーが生き返らせた。メリイはジェシーの代わりに生き返った。ジェシーは自分の中身を、血液のような、ただの血液なんかでは絶対にないものを、メリイの中に注ぎこんだ。移し替えた。ジェシーは皮だけのような有様になった。当然、生きてはいなかった。あれはジェシーの残骸だった。中身を失ったら、メリイもあんなふうになってしまうのか。とにかく、そのあとだ。どこからともなく世界腫がやってきた。あのときが最初だったのだ。

メリイが言った。

セカイシュ、と。

あれを世界腫と呼んだ。メリイは知っていた。

違う。

メリイの中に移った不死の王《ノーライフキング》だ。不死の王《ノーライフキング》は知っていた。

不死の王《ノーライフキング》の存在を嗅ぎつけて、世界腫が現れた。

そして、メリイの中の不死の王《ノーライフキング》がいよいよ目覚めたとき、メリイの口で王が言った。

わたしはこの世界に嫌われている。

世界がわたしを拒んでいる。世界腫がわたしを排除しようとする。

——と。

きっかけは不死の王《ノーライフキング》だ。ただそこにいるだけで、不死の王《ノーライフキング》は世界腫を呼び集めてしまう。

だから、不死の王《ノーライフキング》はジェシーやメリイのような者たちの中に身を隠していたのか。さもないと、世界腫がやってくるから。

しかし、遺物《レリック》は？
世界腫は遺物《レリック》を狙っているようだ。
遺物《レリック》とは何なのか？
そういえば、オルタナのすぐ南東にある丘が、世界腫の山と化していた。
あの丘には何があった？
開かずの塔だ。
それから、風早荒野《かざはやこうや》の冠山。
冠山は世界腫に覆われていた。
その周辺に棲息《せいそく》している細長い巨人たちも、世界腫にとらえられていた。
不死の王《ノーライフキング》。
遺物《レリック》。
開かずの塔。
冠山。
巨人たち。
この世界に嫌われている。
世界が拒んでいる。
世界腫。

おれにはわからなかった。冠山はともかく、不死の王《ノーライフキング》にせよ、遺物《レリック》にせよ、開かずの塔にせよ、巨人たちにせよ、人智《じんち》を超えたものだ。おれごときにわかるはずもなかった。人智を超えている。この世界になぜそんなものがあるのか、理解しがたい。

この世のものとはとても思えない。

誰かが言っていた。

あれは、誰だったか。思いだせないが、女性だった気がする。

遺物《レリック》というのは、現代の技術ではつくりだせない、それでいて、過去につくられたことが明らかな代物の総称だ、と。

ようするに、どうやってもつくりだせそうにないもので、新しくはない、今ここにいる何者かがつくったものではないもの、ということだ。

この世のものとは思えない。

この世界のものじゃない。

いつか、おれは——そうだ、ダルングガルという異界のイド村に、石積みで、硝子窓《ガラスまど》のある建物があった。

建物の中に人形が安置されていた。

赤いドレスを着せられ、白い靴下、黒い靴を履かされて、金髪に赤いリボンをつけられた、青い目の人形だ。

イド村の住人たちは、椅子に座らされたその人形を、キヌコ、と呼んでいたらしい。
そのキヌコ人形だけじゃなかった。
建物の中には、実に色々なものが陳列されていた。
額縁。
小さくて、薄い板のような機械。
そう、機械だ。
ボタンがたくさんついた機械もあった。
精巧な眼鏡や、やけに小さな本。
缶。
硝子製じゃない、透明な容器。
誰かがそうしたものをどこかで発見すると、その建物の中に並べる。
異界だ。
別の世界由来のもの。
この世界じゃない、別の世界でつくられたもの。
それが遺物《レリック》だ。
ものとは何なのか。物体に限るのか。生き物はどうなのか。
じゃあ——おれたちは？

おれたちは、どこか別の世界からグリムガルにやってきた。たしかな証拠があるわけじゃないが、漠然とそんなふうに考えている。もしかしたらそうじゃなくて、この世界のどこか遠くで生まれ、どうにかしてグリムガルに運ばれてきただけなのか。それとも、世界腫がおれたちを、遺物《レリツク》というよりは、異物と見なさない理由が、何かあるのか。

とにかく、遺物《レリツク》は異物だ。

不死の王《ノーライフキング》も、異物。

巨人たちも、異物。

開かずの塔は？

遺物《レリツク》だ。

メリイが言っていた。

違う。

あれは、メリイじゃない。不死の王《ノーライフキング》だ。

開かずの塔は遺物《レリツク》で、すなわち、異物だから、世界腫が群がっていた。不死の王《ノーライフキング》は自らが世界腫に狙われていることを知っていた。それで、言ってみれば、人間の皮を被《かぶ》って逃げ隠れしていた。だが、ジェシーからメリイに移る際、外に出てしまった。おかげで、世界腫にその存在を察知された。

そうだとしたら、おれがきっかけを作った、ということにならないか。

おれがメリイを生き返らせようとしなければ、不死の王《ノーライフキング》はジェシーの中にとどまっていた。ジェシーランドとかいう自給自足の集落を作って、ジェシーはそれなりに満足していたように思える。いつか不死の王《ノーライフキング》として復活し、復権を遂げる目論見《もくろみ》は、もしかしたらあったのかもしれない。でも、おれが、おれたちが、その動きに関わることはなかったんじゃないか。

「……世界腫を、なんとかする——方法があるのか？　クザク、おまえの……王が、世界腫を……？」

「それなんだけど——」

クザクは答えようとしたが、口をつぐんだ。クザクは命を落とす前から持っていた大刀を背中に斜めがけし、腰にも別の長剣を吊《つ》っていた。

その長剣を抜きながら、クザクは跳び下がった。

おれは一歩も動けなかった。まるでクザクじゃないみたいだった。クザクはとろくさいわけじゃなかったが、体が大きいぶん、手足の挙動がゆったりして見えた。死んで別物になったクザクは、以前より倍ほども機敏になったかのようだった。

クザクがその気なら、おれは斬られていた。

やすやすと真っ二つにされていただろう。

クザクにそのつもりはなかった。長剣を抜いたのは、斬るためじゃない。

防戦のためだった。

おれはまったく気づかなかったが、何者かがおれとクザクに忍びよっていたのだ。

そして、一気におれの背後から飛びだし、クザクに斬りかかった。

「――あはっ、ランタクン……！　久しぶりぃ」

「黙れ、バッタモン……ッ！」

ランタは無銘の刀で次々と斬りつけ、クザクは身を躱《かわ》して、あるいは、長剣で弾《はじ》き返した。ランタは本気なのか。それとも、加減しているのか。おれにはわからなかった。クザクは余裕がありそうだった。手足の長さと、長剣くらいなら棒切れのように軽々と扱える筋力をうまく利用して、異様なほど懐が広い。ランタがいくら肉薄しようとしても、クザクは寄せつけない。

「バッタモンって、ひどいなぁ、ランタクン。それはないって。俺、れっきとしたクザクだって」

「どこがッ！　クザクだッ、ザケンな、クソバケモンがァ……！」

「俺に勝てそうにないからって、そんな怒んないでよ。ランタクンは十分強いって。俺がヤバすぎなだけだから。これでも、あれから修羅場潜《くぐ》りまくってきたしさ。あちこち行って、マジ大変だったんだって」

「知るかヴォケッ！　死ね……！」

「死なないんだよねぇ、これがなかなか。あ、そうだ、ランタクンもどぉ？　俺らと同じになってみない？　ランタクンの性格なら、俺よっか強くなっちゃうと思うよ」

「ハァッ!?　冗談じゃねえ！　誰が……ッ！」

「子供が生まれるんだ」

おれはどうしてあんなことを言いだしたのだろう。

一つだけ、はっきりしている。おれは止めたかった。止めようとした。

おれが懇願すれば、おそらくクザクは手を引いただろう。でも、ランタはどうか。

ランタの性格からすると、自分が納得するまでは一歩も退《ひ》かないはずだ。

「……オッ、バッ……！」

ランタは横っ跳びして、おれのほうに顔を向けた。クザクはこれを付け入る隙として攻めかかりはしなかった。

「えええええええええええええええええぇぇぇぇぇぇぇぇぇぇぇぇ！」

クザクは叫んだ。

とんでもない大声だった。

「うっそ、子供って、誰の……えええええええええぇぇぇぇぇぇ!?　まさか、ええええぇぇぇぇえええええぇぇぇぇぇーーっ!?　ハルヒロとユメサンのぉ!?」

「そんなワケねェーだろうがッ！　オレとユメの子供に決まってんだろ、死ね……ッ！」

「あ、やっぱり？　だよねぇ。でも、えええええぇっ！　すっげっ。えええええっ。セトラサンとメリイサンにも報《しら》せなきゃだよ、それ。えええええぇぇっ。マジかぁっ！」

あまりにも声を張り上げて騒いだせいで、暁村の住人たちが起きだして、続々と集まってきた。

クザクはあっさり長剣も大刀も捨てて両手を挙げ、地べたに膝までついて抵抗の意思がないことを示した。たぶん、投降するような形で不死の王《ノーライフキング》の提案を暁村側に伝達するのは、予定どおりの行動だったのだろう。もしかすると、不死の王《ノーライフキング》かセトラから、そうしろと指示されていたのかもしれない。

だったら初めからそうすればよかったのに、クザクはあえて、まずおれと一対一で話そうとした。

クザクがそうしたかったのだ。

おれを殺して、クザクやセトラと同じようにしたい、というのも、今のクザクなりにおれを思ってのことなのかもしれない。

クザクは変わってしまった。

完全に別物だが、それでもやはり、クザクなのだろう。

暁たちは、念のためクザクを拘束して見張りをつけた上、焚《た》き火《び》を囲んで話しあった。

ソウマが出張に出ておらず、暁村にいたこともあって、協議は紛糾しなかった。

ソウマという男は、積極的に議事を進行するわけじゃないし、自説を強く主張するわけでもない。戦闘の場以外では、他人を威圧することがほとんどなかった。おれでさえ、彼には自分の思っていることを率直に言えた。

ソウマの前では、皆、好き勝手に話すが、それでいて、支離滅裂にならない。一家言ある者たちが、ある程度ああでもないこうでもないと言い合ったところで、彼がなんとなくまとめてしまう。彼が中心にいると、波風が立たない。なんとも不思議な魅力を備えた人物だった。

もっとも、おれが初めてソウマを見たのは義勇兵になって間もない時期だったが、それから年を経て、彼はずいぶん円熟味を増していたように思う。

暁村時代のソウマには、どこか父親めいた風格すらあった。

「不死の王《ノーライフキング》と会って話そう。もし直接、会えないなら、そもそも信じることはできないし、手を組むも何もない。みんな、これが俺たちの返答ということでいいか？」

ソウマの言葉に、おれは、でも、うなずくことができなかった。

不死の王《ノーライフキング》と会う。

それは、とりもなおさず、メリイと再会する、ということだ。

あのときのおれは、まだ覚悟ができていなかった。そうはいっても、会うことができるのなら、会わないわけにはいかない。

クザクは昔のクザクとは別物で、なおかつクザクでもある。
メリイはどうなのか。
おれは自分の目で確かめないといけない。

5．わたしの中にいる

アラバキア王国暦でいうところの、六六一年、九月十七日。

あの日のことを、おれは生涯――おれみたいな者には、どのような人生も保障されてはいないだろうし、おれがいつか消え去るまでの時間が、人生、生涯、と呼びうるものなのかどうか、おれにはそれさえわからないが――とにかく、おれに物を考え、思いだして、何かを感じる能力があるうちは、決してあの日のことを忘れはしないだろう。

暁村側から不死の王《ノーライフキング》への返答は、クザクに持ち帰らせた。不死の王《ノーライフキング》が何と言ってくるか。暁たちも気にかけていなかったわけじゃないと思うが、その件には皆、あまりふれようとしなかった。

たぶん、もっと大きな関心事があったからだ。

そのために暁たちが力を合わせて建てた小屋に、男性陣は立ち入らなかった。ただ一人、例外がいた。ランタだ。

女性陣、とりわけ荒野天使隊《ワイルドエンジェルズ》の面々はそれに対して批判的だったが、ランタは意に介さなかったし、何よりユメが拒絶しなかった。というか、おれはランタから直接聞いたのだが、そばにいて欲しい、とユメに頼まれたようだ。その話をランタに教えられて、おれは不安でたまらなくなった。

光魔法の使い手がいるし、何かあっても平気だとは思う。でも、子供を産むというのは並大抵のことじゃない。

たしか、暁たちの中で出産に立ち会ったことがあるのは、ソウマの仲間、エルフのリーリヤだけだったはずだ。なんでもエルフは少子化が進んでいて、稀《まれ》にしか子供が生まれない。出産となると種族総出の一大イベントだった。リーリヤも当然、そのイベントに参加したことがある。あくまでも儀式のようなものに加わっただけで、母子に様々な危険があることは常識として叩《たた》きこまれていたものの、手順などに詳しいわけじゃない。

参謀格はそのリーリヤで、司令塔はアキラさんの妻ミホだった。出産に関わったというより、傍観者だったリーリヤを含め、全員にとって初めての経験だったのだ。準備万端整えているつもりでも、果たして本当にその準備が万端と言えるのかどうか、誰にも判断がつかなかったに違いない。

おれはその日が近づくごとに、怯《おび》えるというよりも悲観的になっていった。

出産の失敗には、具体的にどんなケースがあるのか。知らないからこそ余計に、悪いことばかり想像してしまう。どう考えても、ユメにも子供にも会えない、というのが最悪のパターンだ。そんなことは起こらないと考えようとすればするほど、そうなってしまいそうな気がしてくる。そんなことは起こらないと考えるほうが、むしろ無理があるんじゃないのか。そうなってしまうに違いない。

もちろん、そんなことは口に出さなかったし、おれは変わらず労働していた。

ユメは、大きいというか巨大にも感じる腹を抱えて、直前まで暁村の中を歩き回っていたから、たびたび顔を合わせた。さすがに無視するわけにはいかない。おれが具合を尋ねたり、ユメだから大丈夫だと、自分では信じていない励ましの言葉をぼそぼそとかけたりすると、彼女はいつも笑っていた。おれは不安を超えた恐怖を必死に押し隠していたつもりだったが、ランタにはバレた。

あれは産まれる二日か三日前だったと思う。

「ヴァーカッ」

ランタにかなり強く背中を叩かれた。

「オマエがビクビクしてどォーすンだよ。産むのはユメなんだぜ？　オレらには何にもできねェーんだし、せめてドーンと構えとけ。つゥーか、親はオレとユメで、オマエじゃねェーんだからな？」

ユメがひそかに、そばにいて欲しい、とランタに頼んだということは、傍《はた》から見るよりも本当は心細かったのだろう。一番落ちついていたのは、ある意味、ランタだったのかもしれない。それはかなり意外だったし、おれが結局のところ、あいつには永遠に勝てないと思う理由でもある。もしおれがあいつの立場だったら、あんなふうに振る舞うことは絶対できない。

「あぁっ。なんか、変かもしれないなあ？」

　ユメがそう言いだして小屋に入ったのは、九月十七日の昼下がりだった。

　おれはしばらくの間、遠くから小屋を見ていたが、別の小屋を建てる作業に戻った。何か手仕事をしていたはずだけれど、心ここにあらずだったのは間違いない。ユメがいる小屋一帯を、おれはできるだけ見ないようにした。でも、ランタが小屋から出てきたとか、また入ったとか、アンナさんとミモリが出てきて、何と何が必要だとか言って、タダとキッカワがあちこち駆け回っていたとか、なんとなく覚えているから、やっぱり頻繁に様子をうかがっていたのだろう。

　ソウマとアキラさんが二人で立ち話している姿を、なぜかはっきりと記憶している。

　それと、一度、レンジに声をかけられた。

「どうだ」

　あのレンジにしてはどうも要領をえないというか、たぶんとくに意味はない問いかけだったのだろう。

「ああ……」

　おれが、うん、と適当に相槌《あいづち》を打つと、レンジは「そうか」と呟《つぶや》くように言って、どこかに行ってしまった。頭を掻《か》きながら歩いてゆくレンジの後ろ姿が印象に残っている。

　小屋の中で歓声が上がったのは、暗くなってからだった。

そのとき、おれは自分の寝床の近くにいた。地べたに座って、何をしていたのだろう。よく覚えていないが、遅すぎるとか、もうだめなんじゃないかとか、だめに決まっているとか、そうだと思ったとか、おれにはわかっていたとか、ついついそんなことを考えてしまって、でも、おれの子じゃないし、あたりまえだが、産むのはユメだし、だめだなんて思うのは間違っている、おれはなんてやつだ、どうしようもない、とか何とか、そんな益体もない思考を、ぐだぐだと頭の中で並べたり並べ替えたりしていたんじゃないか。

それが喜びの声だということは、耳にした瞬間、わかったから、おれは目をつぶって、大きく息を吐いた。

理屈になっていないが、おれは罰されるような気がしていた。おれがしでかしたことを考えると、報いを受けないとおかしい。だから、いいことなんて起こるはずがない。でも、ユメとランタ、その子に天罰が下るなんて理不尽にも程がある。いや、理不尽だから、それが一番、おれにとってはひどい罰だからこそ、不幸な結果を招くんじゃないかと、おれは恐れていた。むろん、そうなって欲しくなかった。けれども、どういうわけか、そうなって欲しくない方向にしか、事態は進まない。おれが何か希望を抱けば、それは叶《かな》わない。かえって逆になる。おれは何も望むべきじゃない。そうはいっても、おれの身近にいる人たちにはよきことが訪れて欲しい。そんなふうに、おれじゃない、他の誰かの幸せを望むことすら、おれのような者は、避けるべきなんじゃないか。

ややあって、ランタが小屋から出てきた。

何を叫ぶのかと思ったら、無言だった。ランタは黙って両の拳を突き上げた。声を限りに叫んだのはあいつじゃなくて、小屋の外の暁たちだった。

おれはそのときも寝床の近くにいた。体に力が入らなくて、身動きがとれなかった。

今日が最後の一日だったら――と、思ったことを、おれは明確に覚えている。今日で終わりだったら、それでいい。そのほうがいい。これで終わりにしてくれ。今ここで死んでしまいたいとすら、強く思った。だって、もうこれ以上のことはない。ありえるはずがない。つらかった。弱いおれにはつらすぎる日々だった。そして、今日という日が来た。もういい。ここで終わらせてくれ。どうか、頼むから。

暁たちがランタを取り囲んで祝福していた。おれもランタとユメ、その子の誕生を祝いたかったが、そうする資格がおれにあるだろうか。おれなんかが祝ったりしたら、祝いどころか呪いになってしまうんじゃないか。

我ながら恥ずかしいが、過ぎたことだし、告白しよう。

おれはあのとき、なんとか体に力が入るようになったら、立ち上がって暁村を去ろうと考えていた。

どこか行くあてがあったわけじゃない。なかった。行き場などあろうはずもない。おれに居場所はない。おれは仲間たちと一緒にいないほうがいい。

あてどなく西か北を目指して、野垂れ死にしようと、ようするに、自死しようと、おれは思っていた。終わりにしたいと願うだけじゃなくて、ちゃんと終わらせよう。

子供を産んだばかりのユメの気持ちを考えたら、そんなことはするべきじゃない。それはそうだ。わかってはいたが、どうしてもおれは終わらせたかった。もうとても耐えられない。今なら自分で幕を引く程度の気力はある。だから、申し訳ないが、いいところで切り上げさせて欲しい。

「ハルヒロ！」

暁たちに囲まれていたランタが、わざわざおれのところにやって来た。

おれはそれまで下を向いていたが、顔を上げて、ああ、とか、うん、とか、よかったな、とか、ユメはどう、とか、言ったとは思う。けれども、覚えてはいない。

「ンだよ。辛気くせェーヤツだな、オマエはホンットに。よりにもよって、こんなトキまでよォ」

「ごめん。なんか……そうだな。気が抜けちゃって」

「ヘッ。オマエ、ユメとオレよっか、バッキバキに緊張してやがったモンな」

「そうかも」

「何かよくねェーコトが起こるんじゃねェーかって、悪いほう、悪いほうに考えてたンだろ。どォーせ、オマエのコトだからよォ」

「うん……性格だから」

「しょォーがねェーヤツだよ。クソだな。クソ・オブ・クソとはオマエのコトだぜ」

「……あんまり言うなよ。自覚はある」

「そォーかよ」

ランタはおれの隣に腰を下ろした。なんで行ってくれないんだと、おれは思っていた。暁たちはもっとおまえとユメ、おまえたちの子供を祝福したがっている。そして、おまえたちは祝福されるに値する。おれなんかにかまっている場合じゃない。

「男だった。まァ、オレはそんな気がしてたがな。ユメもそう言ってたしよォ。てか、まず訊《き》けよ、そンくらい」

「……そうか。そうだよな。男の子か。きっと、強い子になるだろうな。おまえとユメの子供だから」

「あッたりめェーだ。誰よりも強くなるに決まってるぜ」

「名前は……さすがに、まだか。これから？」

「いィーや。もう決めたぜ。ユメと二人で考えてたからよォ。男の名前と、それから、女だった場合も、一応な。女だったら、ヨリにするつもりだった。意味っつゥーか、集まってるとか、絡み合ってるとか、そんなカンジで」

「……で？」

「ルオン。かっけェーだろ？」

「……ルオン」

「これは、意味とかじゃなくて、響きだな。ランタ。ユメ。ルオン。しっくりくるし、なんとなァーく、こう……繋《つな》がってるっぽいっつゥーかなァ」

「繋がってる――」

「ルオンに会ってくれ」

ランタがおれの肩を抱いた。

おれにランタがそんなことをするなんて、驚かずにはいられなかった。

ランタには人懐っこいところも多分にあったし、おれ以外とは肩を組んだり抱擁しあったりすることもよくあった。でも、おれには基本的にしなかった。

ランタとおれは、そういう関係じゃなかったからだ。

おれが覚えている限りでは、あれが最初だったかもしれない。

そして、これは確実なことだが、最後だった。

「ルオンに会ってもらうぞ」

ランタはおれの肩を抱いたまま、そう言った。

「いいか、ハルヒロ。アイツはオレとユメの息子だ。でもな、オレたちだけの子供じゃねェーンだよ。コイツは、血の問題じゃねえ。何の因果か、ルオンは今、ここで生まれた。

ある意味……ある意味、だぞ？　ルオンは、オマエの子供でもあるンだからな。わかるか。つゥーか、わかれ。ンなコト、オレに言わせセンじゃねえ。オレとユメだけじゃねえ。ルオンは、オマエも含めたオレら全員で守るんだよ。そうやって、オレらは繋がっていく。オレだって、そんなの自分の子供に背負わせたくはねェーけどよ。コレばっかりはしょうがねえ。だから、ルオンに会え。逃げるなよ、ハルヒロ。ここにいろ。今日も、明日も、あさっても、オレたちと、ここにいろ。オレたちにはオマエが必要だし、オマエにはオレたちが必要だ」

おれはうなずいた。でも、なかなか踏ん切りがつかなくて、結局、ルオンに会ったのは翌朝だった。夜が明けて間もなく、ランタがユメとルオンのいる小屋から出てきたから、おれは二人に会わせて欲しいと頼んだ。

「オウ。入れ、入れ」

ランタはなぜか一緒に入ろうとしなかった。

おれは一人で小屋に入った。藁《わら》を敷きつめた寝台の上で、ユメは横になっていた。赤子はユメの腕枕で眠っているようだった。

「うぉお、ハルくん」

ユメは笑って、小声でおれの名を呼んだ。小屋の中には炉があって、薄明るかった。ユメはだいぶ疲れている様子で、眠そうだったが、やつれてはいなかった。

おれは寝台のそばに膝をついた。

赤子は小さかった。

信じられないほど小さな生き物だった。

こんなに小さいのに、人間の特徴をはっきりと備えていて、それがまた、おれには正直、気味が悪かった。

持ち上げて、落っことしただけで壊れてしまいそうな、こんなか弱い生き物がユメとランタの子供だなんて、とてつもなく不思議だし、なんとも恐ろしい。

こんな生き物が、生き延びられるわけがないじゃないか。

おれは心の底からそう思った。この情け容赦のない世界に、見るからに無力な赤子を放りこむのは、あまりにもむごいことなんじゃないか。もしおれに判断する権利があるなら、そんなことは絶対にしない。させはしない。

「かぁいいやろお？　なあ？　ルオン、ハルくんやあ。ゆってもなあ、寝てるからなあ。まだ目えがあんまり開かないしなあ？　お……」

ユメがくすぐるように頭を撫《な》でていると、赤子の腫れぼったい瞼《まぶた》が少しだけ押し上げられた。瞼の合間から、黒目がのぞいた。

「ルオン、起きたんかあ？　起きたみたいやなあ。おっぱいあげたほうがいいかなあ。ハルくん、ユメなあ、ルオンにおっぱいあげてもいい？」

「えっ、ああ、それは……もちろん、うん……おれ、あの……後ろ、向いてるから」

「そっかあ。見るのはあれかあ。なんか変なかんじするかなあ？」

「まあ……」

おれはユメと赤子に背を向けた。二人が何をしているのか、よくわからなかったし、気になるわけでもなかった。とにかく、おれはその場にいるべきじゃないとしか思えなかったけれど、立ち去ることもできなかった。

黙っているのも気まずいから、おれはユメと話した。というか、ユメのほうから問いかけてくれたので、おれは受け答えをするだけでよかった。

あのときおれは、何を話したのだったか。たしかわりと真面目な、というか、深刻な話を、それでいて穏やかに、落ちついて語りあった。

話題は主に、シホルやメリイ、セトラ、クザクのことだった。四人にも、ルオンと会って欲しい。ユメはそう願っていた。クザクには、ランタとユメの間に子供ができて、そのうち生まれると伝えたから、セトラと、そしてメリイは、きっと知っている。みんなも会いたいに違いないと、ユメは信じて疑っていなかった。

おれは半信半疑というか、正直よくわからなかったが、そうであればいいとは思った。

ルオンに会ったからといって、それで何かが変わることはないかもしれない。たぶん、状況が大きく変化することはないだろう。でも、会わせたいし、会うべきだと思う。

おれたちがこれから何をどう考え、どうするにせよ、ルオンに会った上で、そうしたほうがいい。

たとえば、おれたちが地獄の業火に天地を焼かせようとするのであれば、その結果、ルオンがどうなるか、それは承知しておくべきだ。

「ハルくん、ルオンのこと、だっこしてみるかい？」

ユメにそうすすめられたが、おれは断った。単純に、扱い方がわからないから、怖かったのもある。それ以上に、あの小さくて無垢《むく》な生き物を、おれの汚れた手でさわるなんて、許されるわけがない、という思いがあった。

今となっては悔いている。

おれにほんの少しでも勇気があれば、新生児のルオンを、しっかりと抱くことはできなくても、抱き上げる真似《まね》くらいはしただろう。そうしていたら、おれはあのあと何度もルオンを抱いたに違いない。

おれは一度もルオンにふれなかったし、それでいい、自分は正しいと確信していたが、間違いだったんじゃないか。

だいたい、おれが正しければ、こんなことにはなっていない。

おれはルオンを抱けばよかった。

抱きたかったのだから。

ランタとユメの子供、その重み、あるいは軽さ、ぬくもりを、感じたかった。それを自分に禁じるのは、相応な罰だという感覚が、たぶんおれにはあった。

もし、ルオンにそっとでもふれてしまったら、愛《いと》おしくてたまらなくなる。おれはそう予感していたのだろう。ルオンは大事だし、大切にしなければならないが、愛してはならない。おれに愛されたりしたら、ルオンが不幸になる。おれは本気でそう思っていた。

愚か者めと、嗤《わら》いたければ嗤ってくれていい。

それは正当な評価だ。

おれほど嗤われるべき者は、そうめったにいないのだから。

ルオンが生まれて一ヶ月もしないうちに、クザクが姿を現した。不死の王《ノーライフキング》が直接会って話したいという。

問題は、特別な手段を講じないと、不死の王《ノーライフキング》は世界腫を呼び寄せてしまう、ということだ。地上では、自由に行動するのが難しい。そこで、不死の王《ノーライフキング》側と暁村側がそれぞれ人員を決めた上、世界腫が入りこんでこないワンダーホール内で対面することになった。

不死の王《ノーライフキング》側は、不死の王《ノーライフキング》とクザク、セトラ、それから、アーキテクラという公子の四人。暁村側は、会談する場所の近くまで十人程度で移動し、実際、不死の王《ノーライフキング》側と会うのは、ソウマとアキラさん、そして、相手方をよく知っているということで、ランタとおれの二人も選ばれた。

会談の段取りはわりとすんなり決まったが、クザクをルオンに会わせるかどうかについては反対する暁が多くて紛糾した。

カジコ以下荒野天使隊《ワイルドエンジエルズ》が反対派の急先鋒《きゅうせんぽう》で、クザクがルオンを攫《さら》って人質にしようとするのではないかと、かなり熱心に主張した。トッキーズも荒野天使隊《ワイルドエンジエルズ》に与《くみ》したし、どういうわけか、颱風《タイフーン》ロックスの面々もそれに同調した。

「そこまで疑うんだったらさ、俺の首、ちょん切ってくれてもいいよ！」

クザクは暁たちの前で、土下座まではしなかったものの、地べたに正座して哀願した。

「それでさ、首だけランタクンとユメサンの赤ちゃんに会わせてくれればいいから。俺、べつに死なないし。首だけになっても。生きてる首。これが本当の生首だよね。いやいや、冗談じゃなくて。マジで言ってるんで、俺」

「首だけって、メチャクチャ気持ち悪ィーだろッ！」

ランタがクザクの後ろ頭を平手で叩《たた》いた。

「――痛いって！　俺、死ななくはなったけど、痛みとかは感じるからね!?」

「知るかヴォケ、つゥーか、痛くもねェーンだったら、叩き甲斐《がい》がねェーわ！」

「や、まぁ、ちょっとこう若干、俺としては嬉《うれ》しさもあったりするんだけど」

「ぶっ叩かれて喜ぶとか、変態かッ！」

「じゃなくてさ、あ、まだツッコんでくれるんだ的な」

「だから、キモいンだっつゥーの！」

最終的には、鶴の一声ならぬユメの一声で、クザクをルオンに会わせることになった。

念のため、おれとランタ、それから、荒野天使隊《ワイルドエンジェルズ》のカジコ、あとはレンジと、ミモリ、アンナさんがその場に立ち会った。小屋の中で、ユメはルオンを抱いて寝台に腰かけていた。クザクは寝台には近づかなかった。母子とかなり距離をとって床に座った。神妙と言っても大袈裟《おおげさ》じゃない態度だった。そんなクザクを見て、ユメは笑った。

「久しぶりやなあ、クザっクん。どしたん。そんな洗いたてみたいになあ」

「ソレ言うなら、そんなあらたまって、だろ……」

ランタが訂正すると、ユメは「そうかあ」と鷹揚《おうよう》に、やはり笑っていた。

「いやぁ――」

クザクは絶句して、しばらくユメとルオンを交互に眺めていた。不意にうなだれて、肩を震わせはじめた。

「……やべぇ。俺、感動しちゃってるっぽいわ。こんなふうになってから、こういう気持ちになるの、初めてかも。いやぁ……ランタクンとユメサンの子供かぁ。すげぇっすね。いやマジすごいよ。すごいっすわ。ランタクンがパパで、ユメサンがママかぁ。これ、あれだね。二人とも長生きしないとだよね。あと、世界が平和になるといいよね。みんな仲よくしてさ。争ったりしないで――」

クザクは泣いてはいなかった。泣きたいのに、涙が出ないようだった。

「信じてもらえないかもしれないけど、俺らの王は、そういうことを願ってるんだよ。なかなか難しいみたいだけど。何だろうな。種族とかさ。国とかさ。歴史っていうか、経緯っていうかさ。色々あるしね。ぜんぶ水に流して楽しくやろうって具合には、どうしてもいかないっぽいよね。俺は不思議でしょうがないんだけど。なんでだよって。過去なんて水に流す以外、ないわけじゃん？　あったことも、なかったことにするしかないんだよ。こだわってたら、終わらないし、変わらないわけでしょ？　そういうの、やめようよって話なんだよね。うん。ゼロベースっていうの？　白紙の状態にして、そこから始めようよっていう。それが一番いいと思うんだよ。だって、その子なんかまさに、真っ白なわけじゃん。みんなして、こんなことがあったとか、あのときはこうだったとか、親切のつもりなのかもしれないけど、植えつけてさ、色をつけるわけじゃん。だけど、その子は本来、まっさらなんだよ。誰とだって仲よくなれるはずなんだよ。そういう世界になるといいよね。俺はそう思ってる。これ、マジで思ってるんだよ」

おれにはクザクの言っていることが理解できた。

理屈としてはわかる。

ただし、あくまでそれは理想論だ。

できっこない。無理だ。そう思わずにいられない。

クザクだって、変わる前であれば、そんなことは言わなかった。言えなかったに違いない。不死の王《ノーライフキング》やクザクには、所詮、おれたちの気持ちがわからないのだ。

そう。これは気持ちの、感情の問題だ。

何もかも水に流して、皆が手と手を取りあえば、少なくとも殺しあわずにすむ。

そんなことは、誰に言われるまでもなく、わかっている。

わかっていても、できないことはできない。

「クザっくん」

ユメがクザクに声をかけた。

「ルオンのことなあ、だっこしてあげて」

クザクは迷っていた。

立ち上がりかけて、また座り直した。

見守るおれたちは、多少なりとも、というか、それなりに殺気立っていたかもしれない。母親のユメが言っているのだから、それはだめだ、と制するわけにもいかないが、誰も納得してはいなかった。いや、ランタだけはそうでもなかったみたいで、落ちつき払っているように見えた。

「……ありがたいけど」

クザクは何度か腰を浮かせては下ろしたあげく、自分に言い聞かせるように言った。

「だっこさせてもらいたいんだけど。今度にするよ。なんていうか……うん、平和になったら？　あれもこれも片づいてさ。ある程度の、信頼関係っていうの？　そういうのができてからのほうが、いいんじゃないかって。何だろ。俺としても、励みになるしね？　やり遂げなきゃ的な、さ。そう思ったら、がんばれたりするし。うん」

「ンなこと言ってる間に、すくすく育っちまうぞ」

ランタが揶揄《やゆ》するように言うと、クザクは「急がないとね！」と威勢よく応じた。

「そんなに時間かけるつもりはないんだよ。俺らとしては。やれることは、ぱぱっとやっちゃいたいしね。計画《プラン》どおりにいけば、俺たちみんな、やり直せる。今はやっぱり、ピンチだと思うんだけどさ。逆に、チャンスでもあるんだよ――」

実際、不死の王《ノーライフキング》側は可及的速やかに事を進めた。

クザクは決して単独で動いているのではなかった。大勢の不死族《アンデッド》たちがワンダーホールや地上に配置されていて、クザクが何か報《しら》せると、彼らが順次それを伝えていった。

そのネットワークの構築を不死の王《ノーライフキング》に進言して実現させたのは、セトラらしい。これによって不死の王《ノーライフキング》は、百キロどころか三百キロ先で起こった出来事や誰かがもたらした情報を、その日のうちに入手できた。従って、クザクは暁側の意向を自ら不死の王《ノーライフキング》に伝えに戻る必要がなかった。不死の王《ノーライフキング》側の準備が整ったことは、不死族《アンデッド》の使者からクザクが聞かされ、その旨を暁村側に告げた。おれたちはクザクとともに暁村を出発した。

ワンダーホール内に、地中森と呼ばれる地帯がある。

確かめられてはいないが、その一帯は、エルフたちが住んでいた影森の真下に位置するらしい。

地中森、というくらいだから、木々が生い茂っている。ただし、地上にある植物とはあまり似ていないし、その仲間なのかどうかも定かじゃない。

地中森の木は幹と枝が白っぽく、淡く発光していて、枝から透明の葉というか、綿毛のようなものが生えている。義勇兵たちはその木を、地底樹とか、アンダーツリーと呼んでいた。

地底樹のサイズはまちまちだ。一メートルか二メートルの低木もあれば、十メートルを超えるような大きな木もある。赤や青、黄色い実のようなものをつけている地底樹もめずらしくない。

地中森はだだっ広いエリアだ。高さもあれば、深さもある。地下水の流れ、地底の川もあれば、滝もある。

一際大きな地底樹は、極大樹、と称されていた。

それは一本の木ではなく、何本もの地底樹が絡みあった状態で成長し、そこまで大きくなったようだ。極大樹は地中森の底から天井まで達して、さらに枝を広げている。幹を一回りすると、百メートル以上、二百メートルほどもあるだろう。

会談は極大樹の下で行われることになっていた。

他の同行者たちと別れ、ソウマとアキラさん、ランタ、おれ、そしてクザクがそこへ向かうと、不死の王《ノーライフキング》とセトラ、アーキテクラは、すでに到着しておれたちを待っていた。セトラは黒い着物のような、しかし、かなり丈の短い服を着て、膝丈のブーツを履いていた。短剣のようなものを帯びていたが、目につく武器はそれだけだった。おれやランタを見ても、にこりともしない。そのあたりは、かえって彼女らしいと言えば彼女らしい。セトラはむしろ、ソウマやアキラさんに興味があるようで、無遠慮なまでに二人をしげしげと眺めていた。

アーキテクラとは初対面だった。不死の王《ノーライフキング》につくられた公子の一人で、魔術の使い手だとは聞いていたが、女性だったことはともかく、ひどく小柄で、というか、子供にしか見えない容姿をしていたから、いささか驚いた。彼女はえらく髪が長いようだった。その髪の毛を結ったり編んだりして、翼を広げた鳥を思わせる形状に整えていた。目を赤く縁取りしたり、口紅を塗ったり、額や頬に紋様のようなものを描いたりもしていた。彼女の服装はセトラのそれと似ていた。彼女は自分の足で立っていなかった。金色とも銀色ともつかない球形の物体に腰かけていた。その物体は、少しだけだが浮いていた。あれは遺物《レリック》なのか。それとも、彼女の魔術なのだろうか。

そして、不死の王《ノーライフキング》は、メリイだった。

セトラやアーキテクラとは対照的に、不死の王《ノーライフキング》は引きずるほど丈の長い、紫色と紺色、深紅色に彩られた衣を身につけていた。頭髪は丁寧にくしけずられているようで、どこまでもまっすぐだった。王は冠を被《かぶ》っていた。けばけばしくはない、それどころか控えめな、頭環に飾りをつけただけのような、けれども、一見して手が込んでいるとわかる、そうと価値のありそうな冠だった。

メリイは好きこのんでそんな恰好《かっこう》をしない。

おれが知っている彼女なら。

でも、おれにはわかった。

あれはメリイだ。

彼女は腹の前で両手をきつく組み合わせていた。肩や腕にずいぶん力が入っているのが見てとれた。彼女はわずかに眉間に皺《しわ》を寄せて、おれに視線を注いでいた。じっと、おれだけを見つめていた。

メリイだと、おれは確信した。

今の彼女はメリイだ。

おれたちは極大樹の下で向かいあった。三対五だった。こちら側にいるクザクを、セトラが冷たく睨《にら》んだ。クザクは「あっ」と声を上げて、暁側と不死の王《ノーライフキング》側のちょうど中間まで歩を進めると、不死の王《ノーライフキング》を手で示して、少し腰を屈《かが》めた。

「言うまでもないかもだけど。こちらが、俺らの王だよ。……王です。まぁ、ね？　堅苦しい挨拶とかはいらないいんじゃないかなぁって、俺は思ったりするんだけどね。……思いますけど。たぶんね」

　クザクが紹介すると、不死の王《ノーライフキング》は目を伏せて顎をちょっとだけ引いた。

「わしはアーキテクラじゃ」

　公子アーキテクラは小娘のような高い声で名乗った。

「ずいぶん前から陛下にお仕えし、お隠れになっていた間も、お出ましに備えておった。陛下より総目《そうめ》付《つけ》を拝命しておる」

「王を補佐している。セトラだ」

　セトラがそっけなく言うと、クザクが胸を張ってみせた。

「ちなみに、セトラサンは太《だ》政官《じょうかん》ってことになってて、俺は大判官《だいほうがん》ね。意味はよくわかんないけど、かっこいいでしょ。なんか」

「ソウマだ」

「アキラという」

「ランタだ」

「……ハルヒロ、です」

　おれたちも次々と名乗った。

ワンダーホール内なので、ソウマは遺物《レリツク》の甲冑《かっちゅう》、魔鎧歪王丸《まがいわいおうまる》をまとい、背には反りのある片刃の長刀を、腰に小ぶりの刀を帯びていた。ソウマの魔鎧は、無数の黒い金属板を組み合わせたような造りだが、手首から足まで鎧《よろ》った上、形状が左右非対称のスカートまで付属しているというのに、彼の動きを妨げることが一切ない。金属板の隙間から橙《だいだい》色の光が漏れていて、見るだに神秘的だった。ソウマは顔立ちそのものよりも、切れ長の目が会う者にとにかく強い印象を与えた。当時の未熟なおれにはわからなかったが、今から思えばあれは、深い悲しみを知る人の瞳だった。

アキラさんは、鎧《よろい》の上に紅色の上着を着て、一組の剣と盾を携えていた。束ねた髪や伸びた髭《ひげ》は、三分の一ほど白くなっていて、本人は事あるごとに、年だ、年だ、と自虐していたが、身のこなしはまだまだ若々しかった。かなり体格がいい人だったのに、そこまで大柄に見えなかったのは、柔和な面差しのせいだろうか。ただ、おれが初めて会った頃と比べて、あの時期のアキラさんはいくらか痩せていた。めっきり量を食べられなくなった、といったことをこぼしていた覚えもある。食糧が常に潤沢なわけじゃないから、かえっていい、とも言っていた。老いるのも悪いことばかりじゃない、と。義勇兵の間では伝説的な人物という扱いだったのに、アキラさんは人間味にあふれていた。誤解を恐れずに言えば、実力と経験がずば抜けている、普通のおじさんだった。本人もそう思っていたようで、飾らない、気さくな人物だった。

「ご足労いただき、痛み入る」

不死の王《ノーライフキング》はメリイの声でそう言ってから、ソウマ、アキラさん、ランタ、そしておれを、順々に見た。

違う。

おれはそう感じた。

さっきまではメリイだったのに、今は違う。

「ご存じのことと思うが、私は過去、オークや灰色エルフ、ゴブリン、コボルドたちと同盟を結び、人間族の王国を攻め滅ぼした。これは私の本意ではなかったと言ったところで、きみたちに信じてもらうのは難しいだろう。ただ、私は人間族のイシュマル王国、ナナンカ王国、そしてアラバキア王国とも、交渉のテーブルにつこうとした。エルフや、ドワーフとも。しかし、彼らは私たちに何も譲ることなく、ひたすら私たちを誹謗《ひぼう》し、退去せよ、不毛の地に逼塞《ひっそく》していろと要求するのみだった。そこで、私たちは人間族を駆逐し、彼らから奪ったものを分け合うことにした。最終的には私が決断を下した。非があるとするなら、その責めは私が負うべきだ。私たちは人間族を虐殺し、土地を、都市を、あらゆる富と文化を奪い取り、天竜山脈の北から、このグリムガルから、追い払った。それらはすべて、過去、この私がなしたことだ」

「俺は――」

ソウマは軽く肩をすくめた。

「あなたが現在、依《よ》り代《しろ》にしている、という言い方は、正しいのかな」

「依り代とは言えまい」

不死の王《ノーライフキング》は自分の胸に右手の人差し指をそっと突き立てた。

「私は彼女の中にいるが、私は彼女であり、彼女が私だとも言える」

「俺は、その彼女を、親しかったわけじゃないが知っている。彼女もおれを知っているはずだ。彼女が知っていることは、あなたも知っている。そう考えていいのか？」

「おおよそは」

「なら、あなたもわかっているはずだ。俺たちは人間だが、アラバキア王国とは本来、縁もゆかりもない。別の世界から来たんじゃないかと、俺は思ってる」

「そもそも、グリムガルに人間族というものは存在しなかった。少なくとも、先の人びとの伝承によれば、人間族はあとから来たことになっている」

「先の人びと」

アキラさんが口を挟んだ。

「それは、エルフやドワーフ、ノーム、セントール、コボルドの祖先のことだな。見た目が違いすぎるし、にわかには信じがたいが、彼らは共通した古い伝説を持っている。その伝説によると、彼らは同一の祖から分かれたことになっているらしい」

不死の王《ノーライフキング》はうなずいてみせた。

「北辺《ほくへん》には有角人が、ネヒの砂漠にはピラーツ人がいる。そして、オーク族。ゴブリン族。これらもまた、人間族のように、外からやって来たとされている」

「あなたはどうなんだ？」

アキラさんは不死の王《ノーライフキング》に尋ねた。

「あなたはいつ、このグリムガルにやって来た？　どこから来たんだ？　あなたはその答えを持っているのか？」

「残念ながら、覚えていない」

不死の王《ノーライフキング》はどこか遠くを見た。その覚えていないという遠い昔に、思いを致していたのかもしれない。

「初め、私には思考や記憶というようなものはなかった。それらは次第に形をなしてきた。おそらく、長い時間をかけて、私は私というものになった。記憶していない頃の私は、現在の私とは大きく異なっていたはずだ。私が北辺にいたことは間違いない。有角人が私のことを歌にして残している。しかし、彼らは時を語らない。千年前のことも、百年前のことも、昨日のことも、彼らが歌えば、それは彼らにとって現在なのだ。だから、有角人は今も私を友として遇してくれる。来《きた》るべき世界腫との戦いにも、彼らは馳《は》せ参じることを約束してくれた」

「むちゃくちゃ寒かったよなぁ、北辺は……」

クザクが全身を震わせた。

「見渡す限り、どこまでも白一色っていうの？　銀世界っていうのかな。きれいだったけどねぇ。この体じゃなきゃ、凍死してたんじゃない？　あんなにくそ寒くて、有角人の人たち、よく平気で暮らせるよねぇ」

「オマエ、行ったのかよ？」

ランタが尋ねると、クザクは「うん」と軽く応じた。

「ネヒの砂漠のピラーツ人には、セトラサンが会いに行ったんだけどね。寒いのと暑いのと、どっちがいいかって話になって、暑いよりは寒いほうがましかなぁって」

「勝手に大冒険しやがって……ッ」

「ランタクンも仲間になれば、北辺とか行けちゃったりするよ？　あと、長生きもできるんじゃない？　ほら、ルオンのためにもさ。ずっと死なないかもだけど」

「なるか、ヴォケッ！」

「えぇ、いいじゃん。なろうよ。試しになってみようよ。なってみてから決めればいいんだよ。王、どうっすか？　ランタクンも公子にしちゃうっていうの？」

「話を進めようとするンじゃねえッ！」

「それ以前の問題だ。話の腰を折らないでもらおう」

セトラが冷たく叱りつけると、クザクだけじゃなく、ランタまで首をすくめた。

「では、有角人とはすでに手を結んでいる、と？」

アキラさんが尋ねた。

不死の王《ノーライフキング》に代わって、返答したのはセトラだった。

「有角人諸族は、もとより王の盟友だ。ピラーツ人とは、私が話をつけた。なお、有角人とピラーツ人の主立った戦力は、すでに風早荒野《かざはやこうや》近くまで移動している。オーク族のディフ・ゴーグン大王、灰色エルフのツァルツフェルド王、コボルドの族長アデモイ、セントール十六氏族、そして、ジャンボ率いるフォルガンからも、同意をえている」

「ジャンボ──フォルガンもかよッ!?」

ランタが血相を変えた。おれも少なからず驚いていた。

「世界腫との戦い、と、さっきあなたは言ったな」

ソウマは、不死の王《ノーライフキング》が首肯してみせると、一つ息をついた。

「なんで俺たちにまで声をかけたんだ？　その戦いに、俺たちが必要か？」

「是非とも必要だ」

不死の王《ノーライフキング》はこの話をしはじめてから、一度もおれを見ていなかった。まるでおれはその場にいないかのようだった。疎外感を覚えたわけじゃない。今の不死の王《ノーライフキング》はメリイじゃない。おれはただ、その思いをあらたにしただけだ。

「きみたちがこの戦いに参加する。その事実が必要だと、私は考えている」

「ふむ……」

アキラさんが思案顔で髭をさわった。

「かつて、オークやゴブリン、コボルドが、不死族《アンデッド》を率いるあなたとともに、人間族の王国を滅ぼしたように……か。手段は想像もつかないが、力を合わせて世界腫を一掃し、取り戻したグリムガルを、皆で分け合おうというわけだな」

「そんなにうまくはいくまいがのお」

これまで薄笑いを浮かべて黙っていたアーキテクラが割りこんできた。

「人間たちをグリムガルから追い出したあと、何が起こったか。あろうことか、陛下の従者たる公子が裏切り、陛下殺しの濡《ぬ》れ衣《ぎぬ》を着せられた灰色エルフは去った。オーク、ゴブリン、コボルドも自主独立を目指した。諸族はあくまでも陛下を信じただけで、互いに信頼し合ったわけではないのだ。陛下が一度交わした約束を違えることはない。しかしながら、たいていの者には、信義よりも重んじるものが他にあるのであろう。ある意味、陛下の分け身とも言える我ら公子ですら、欲するところ、望むところはそれぞれに異なる。陛下に成り代わろうなどという、見果てぬ夢を見た愚かな公子すらおるのだからのお」

「私も楽観してはいない」

不死の王《ノーライフキング》はアーキテクラを咎《とが》めなかった。

「裏切りや不和、分断を目の当たりにし、一時は私も一介の隠者として世界を放浪する余生を志した」

「あなたは死なないんだろう」

ソウマが無邪気なまでに不思議そうに首をひねってまばたきをした。

「余生と呼ぶには長すぎるんじゃないか」

不死の王《ノーライフキング》はわずかに表情を緩めた。

メリイの笑い方とは違う。

おれはそう感じた。

そう信じたかったのか。

「私は死なないわけではないと思う。少なくとも、不滅ではないはずだ。私を残らず消し去れば、私は滅びる。神と呼ばれるような存在でさえも、おそらく不滅ではありえない。私はただ、滅ぼされるまで死なないだけだ」

アキラさんが肩をすくめた。

「老いて死ぬことがないだけでも、うらやましい限りだがな。最近、とみに思うよ。死はともかく、老化はつらい。ところで、あの世界腫とやらを、どうやって滅ぼす？」

「世界腫には根がある。場所は突き止めた」

不死の王《ノーライフキング》はおれたちにあの古い言い伝えを聞かせた。

最初は空と海があるのみ。

海の向こうから名もなきものがやってきて、幾千万の種を海に蒔《ま》いて去る。

種は生命となって咲き、それらが枯れて、その骸《むくろ》が大陸に、すなわち、このグリムガルになる。

名もなきものが戻ってきて、グリムガルは生命で溢《あふ》れ、先の人びとが生まれる。

しかし、空の上から原初の竜が舞い降り、名もなきものは追いたてられてしまう。

竜は眠り、やがて土に埋もれ、グリムガルは静かな豊穣《ほうじょう》に満たされる。

だが、彼方《かなた》から二柱の神がやってきて、先の人びとを巻きこんで争いはじめると、竜の眠りは破られる。

竜は寝床から出て、二神と戦う。

戦いが終わらず、先の人びとを憐《あわ》れんだ名もなきものが、天上の果てより赤い星を降らせる。

竜が赤い星を撃ち落としたが、その欠片《かけら》は地上に根を張り、黒い腫れ物となる。

二神は腫れ物に埋もれて姿を隠し、竜はふたたび眠りにつく。

竜は力を使い果たしていたため、寝床で朽ち果てる。

赤い星というのが何を指すのかはわからない。けれども、黒い腫れ物とは、言うまでもなく世界腫のことだ。

赤い星は竜によって撃墜された。世界腫が赤い星のなれの果てなのだとしたら、竜とは犬猿の仲というか、相容《あいい》れない間柄なのだろう。

ワンダーホールは竜の寝床だとされていて、古伝どおりなら、墓所でもある。

竜の墓所に世界腫は近づかない。

世界腫は死した竜をいまだに忌避、あるいは敬遠している。

「赤い星の――」

不死の王《ノーライフキング》は右手の人差し指で空の見えない上空を指差し、ゆっくりと下に向けた。

「欠片が落ちた地に、世界腫の根がある。私は一介の隠者としてグリムガルを旅しながら、それを探し求めていた」

「見つけたのか？」

ソウマが尋ねると、不死の王《ノーライフキング》はうなずいた。

「冠山だ。詳細はこのあと説明するが、私というより、ここにいるセトラの計画《プラン》では、この地に戦力を結集させ、世界腫を引きつけておき、その隙に私が一気に根を絶つ」

つまり、不死の王《ノーライフキング》以外は全員、囮《おとり》となって、陽動作戦を行う。

世界腫の根を破壊するのは不死の王《ノーライフキング》自身、ということだ。

「色々考えたが、これがもっとも効率的だ」

セトラは淡々と言った。

「仮に王が失敗したら、ただちに総員撤退する。王は世界腫に取りこまれ、封じられるか、滅びるか。そのときはそのときだ。世界腫との共存を模索するか、別の手を考える。王が滅びた場合、私たち公子が無事だとは限らないがな」

「軽く言ってくれちゃうよなぁ」

クザクは不満をこぼしながらも、へらへらしている。これは彼らの存亡に関わる問題なんじゃないのか。間違いなくそのはずなのに、彼らにはあまり切迫感がなかった。そのせいか、おれにはぜんぶが絵空事のように感じられた。

だいたい、世界腫はそこまでして根絶しないといけないものなのか。

不死の王《ノーライフキング》にはその理由があるのだろう。でも、おれたちにとってはどうなのか。

原初の竜も、二神も、赤い星も、黒い腫れ物も、言ってしまえば、先の人びとも、このグリムガルさえ、おれたちにはどうだっていいんじゃないのか。

そういえば、昔、ソウマの仲間であるシマが、おれにこんなことを囁《ささや》いた。

『あたしたち、元の世界に戻る方法を探してるの』

元の世界。

おれたちはグリムガルに来る前、どこか別の世界にいた。

もしその世界に戻れるのなら、そこにはおれの家族や友人がいるのかもしれない。生まれ育った街が、そこにはあるのかもしれない。本物の故郷が。

ソウマはもともと、不死の王《ノーライフキング》復活の兆候ありとし、不死の天領《アンデッドDC》への侵入を目的として、暁連隊《DAYBREAKERS》を結成した。でも、不死の王《ノーライフキング》が蘇《よみがえ》ったら即座に倒すとか、そんなことを考えていたわけじゃないようだ。どうやら、ソウマたちには別の、真の目的があった。それこそが、元の世界に戻る方法を探すこと、だった。

元の世界に戻る、なんて言われても、しがない義勇兵として日々、四苦八苦していた頃のおれには、まったくと言っていいほど実感が湧かなかった。

けれども、今ならわかる気がする。

元の世界に戻れるとしたら、戻りたいか。

即座にうなずくことはできない。

メリイが、クザクが、セトラがこんなことになったのに、何もかも放りだして、グリムガルをあとにできるのか。

でも、戻る方法がもしあるのなら、知りたい。

最後の保険のようなものだ。いよいよどうにもならなくなったら、元の世界に戻ればいい。逃げてしまえばいい。

「これは、条件ってわけじゃないんだが」

ソウマはどうなのか。ソウマほどの人間でも、逃げ場が欲しかったのか。それとも、何か別の動機があったのだろうか。

「俺たちは元の世界に戻る方法を探している。あなたは俺たちよりグリムガルのことを知っているに違いない。何か手がかりはないか」

「オルタナの義勇兵たちがどこから来たのか、私にはわからない」

不死の王《ノーライフキング》は首を振った。横とも、縦ともつかない、半端な角度だった。

「ただ、グリムガルで人間族と呼ばれている種族は、皆、同じ世界からやって来たのだろう。人間族の文化からは、きみたちの元いた世界の息吹を感じられるのではないか」

「たとえば、言葉か」

アキラさんが腕組みをして言った。

「文字も最初から読めた。俺たちよりずっと前に、このグリムガルに来た……言わば先輩たちが、元の世界で使っていた言語を、そのまま使った」

「エナド・ジョージ。イシドゥア・ザエムーン。レンザブロ」

不死の王《ノーライフキング》が数人の人物名を挙げた。

「いずれも、アラバキア王国の建国期に実在した人びとだ。もっとも、私が記憶している発音は、いささか異なっている。ミナト・ジョウジ。イシド・ウザエモン。レンザブロウ。彼らはヒノモト、あるいは、ニホンという土地こそが自分たちの故郷だと、語り継いでいたようだ」

「ヒノモト……ニホン……」

おれだけじゃない。

ソウマも、アキラさんも、ランタも、その言葉を繰り返し呟《つぶや》いた。

懐かしい響きだった。

おそらく、おれたちはその言葉を知っていた。でも、それが何なのか、具体的にイメージすることはできなかった。

故郷ということは、場所なのだろう。

大陸なのか。地域なのか。

それとも、国なのか。

「私の知る限りにおいては、だが」

不死の王《ノーライフキング》はそう前置きしてから言った。

「そのヒノモト、ニホンと呼ばれる世界に帰った人間はいないようだ。しかし、誰にも、何も告げずに、何らかの方法でヒノモトに戻った者がいたとすれば、それは把握しようがない。また、来たからには、その世界との接点が必ずどこかにある、とは考えられるだろう。その接点を見つけだせば、きみたちは元の世界に戻れるかもしれない。そして、もう一つ、可能性があるとすれば――」

「遺物《レリック》か」

ソウマが先回りした。

不死の王《ノーライフキング》はうなずいてみせた。

「遺物《レリック》とは、異界由来の創造物だ。もしかすると、私もまた、遺物《レリック》なのかもしれない。拡大解釈かもしれないが、古伝にいう、名もなきもの、原初の竜、二神、赤い星、そのなれの果てである黒い腫れ物、世界腫、これらはすべて、遺物《レリック》なのではないか。あとから現れた遺物《レリック》が先にあった遺物《レリック》と争い、遺物《レリック》が遺物《レリック》を排除しようとする。古伝は、グリムガルにおいて遺物《レリック》たちが繰り広げた、生存競争の歴史なのかもしれない」

「竜。神。星。世界腫。不死の王《ノーライフキング》――」

アキラさんはため息をついて、髭《ひげ》に覆われた唇をひん曲げた。

「どれも遺物《レリック》だとすれば……異界から異界へと旅することができる遺物《レリック》くらい、あってもおかしくないな」

不死の王《ノーライフキング》は不意に眉をひそめ、考え深げな表情を浮かべた。

「そのような遺物《レリック》を探し求めている者が、すでにいてもおかしくはない。――私はこのグリムガルで生を全うするつもりだが、遺物《レリック》には特別な関心を持っている。大手を振って地上を動きまわれるようになったら、そうした遺物《レリック》を探してみるのも悪くない。目的を遂げたあとでよければ、きみたちに力を貸すことができるだろう」

ソウマとアキラさんは不死の王《ノーライフキング》と手を組むつもりのようだった。

でも、考えてみれば、そうたくさんの選択肢がおれたちにあったわけじゃない。

多くの種族、勢力が、不死の王《ノーライフキング》の下に結集しようとしていた。おれたちも参加するとなったら、オークや不死族《アンデッド》、フォルガンといった何かと因縁がある者たちと、昨日の敵は今日の友とばかりに、一致団結しなければならない。そんなことができるのか。しかし、背を向ければ、おれたちはのけ者なのだ。

おれたちが置かれていた状況は、ただでさえ圧倒的に不利だった。少数精鋭と言えば聞こえはいいが、精鋭ぞろいではあっても、あまりにも数が少なすぎた。

たとえばオークは人間にまさるとも劣らない種族で、数はおれたちの数千倍、数万倍、もしかしたらそれ以上いた。もしオークが本気でおれたちに襲いかかってきたら、いくらソウマやアキラさん、レンジが一騎当千でも、勝ち目はない。

おれたちが不死の王《ノーライフキング》に与《くみ》しないで、自主独立の道を志向し、なおかつ戦いを避けようとしたとしても、人間族と長らく敵対してきたオークが大目に見てくれるだろうか。控えめに言っても、過大な期待はできない。

これが仮に、不死の王《ノーライフキング》の臣下になれと要求されたのだとしたら、反発する暁も少なからずいるだろう。

しかし、そうじゃなかった。この同盟は一時的な措置で、冠山の世界腫をどうにかしたあと、また別の方向性を探るという言い訳も立つ。おれたちが生き残るためには、ひとまず不死の王《ノーライフキング》と手を組むのが、最善かどうかはともかく、次善以上の策だった。

具体的な作戦計画については、セトラから説明があった。ソウマとアキラさんは熱心に、ランタもなんとなく聞いていたようだが、おれはほとんど上の空だった。

おれは不死の王《ノーライフキング》が気になっていた。

メリイのことが。

正式な返答は、不死の王《ノーライフキング》の提案を暁村に持ち帰り、このあともおれたちに同行するクザクを通して伝えるということになって、会談は終わった。

不死の王《ノーライフキング》がようやくおれに目を向けた。

「彼女がきみと話したいようだ」

メリイじゃない。

不死の王《ノーライフキング》の眼差《まなざ》しだった。

「どうするかは、きみに任せる。彼女も無理強いをするつもりはない」

おれは間を置かずにうなずいた。

ソウマとアキラさん、ランタだけじゃない、クザクとセトラ、アーキテクラも、おれと不死の王《ノーライフキング》から離れた。おれたちを二人きりにしてくれた。

いや、二人ではないか。それとも、二人きりなのか。今、極大樹の下にいるのは、おれとメリイだけなのだろうか。おれは彼女をメリイだと感じていたが、そう断言することまではできなかった。

だから、おれは上目遣いで彼女を見つめるだけで、黙りこくっていた。

言葉が見つからないのか、彼女もなかなか口を開こうとしなかった。

彼女が一向にしゃべろうとしないから、やっぱりメリイだとおれは確信した。

「やあ」

口にしてから、なんて間抜けな挨拶だろうと後悔した。

メリイは目を伏せて、微《かす》かに喉を鳴らした。

ちょっとだけ笑ったようだった。

「……ハル。わたし――」

「うん」

「どう言っていいか」

「そっか。うん。……そうだよね」

「ずっと前から、たぶん、わかっていたの。でも、話せなくて。何から何まで理解してたわけでも、なかったし」

「だと……思うよ。こういう言い方は、あれだけど。理解を超えてるっていうか」

「そうね」

「もとはと言えば、おれの――」

「言わないで」

メリイは首を横に振った。

さっき目を伏せたきり、彼女はおれと視線を合わせようとしない。

「ハルのせいじゃない。それは、違う。これは、わたしの問題なの。クザクとセトラをあんなふうにしたのは、わたしだし。わたしが彼に頼んだ。彼はわたしの望みを叶《かな》えただけなの。こうなったことが……ぜんぶ、間違っていて、あのとき、あのまま……あれで終わっていたほうがよかったのかって、考える。何度も、考えた。わからないの。伝えたかったことを、伝えられないままだったし。あれが終わりじゃなくて、よかったのかもしれない。そんなふうにも、思う。あのあとにも、すてきなことが……大切な時間が、たくさんあったから。そんなのいらなかったって否定することは、わたしにはできないの。たしかに、死んだはずのわたしが生き返った瞬間、いつかこうなることは決まってた。彼には彼の、歩んできた長い道があって、そうしなきゃいけない、そうするしかないことが、あるから。彼に逆らえないとか、そういうのとも違って……今のわたしには、彼のことがわかるから。でもね。彼には、わたしの――わたしたちのことは、どうしてもわからない。彼は、わたしたちとは、あまりにも異なる存在だから。理解しようとしている。理解したがっている。だけど、理解しきれない。それも、彼はわかってる。彼とわたしたちは、わかりあえないから……それで余計に、彼はわたしたちを求めているの。彼は、ひとりきりだから。本当に、ひとりぼっちだから。彼のようなものは、彼しかいないから」

「メリイは……彼に、同情してるの？」

「同情。そうかもしれない。彼はわたしの中にいるし、わたしが彼の中にいる、とも言える。同情……自分と彼を、はっきりと分けるのは、正直、難しい」

「今は、メリイだよね」

「だと思う」

「今は、メリイだよ」

「そうね」

「メリイだ」

「ええ。彼は、いない。わたしの中の、深い、とても深い……底のほうにまで、沈んでいる。顔を出してさえいない」

「彼は……聞いてる？」

「ハルには嘘《うそ》をつきたくない。聞こえていると思う。その気になれば、彼はすぐに出てこられる」

「彼が出てきたら、メリイは――」

「わたしの中の、深い……底に沈むの。わたしだけじゃない。何人かいる」

「その、人たちと――話ができるの？」

「最初は、鼠《ねずみ》」

メリイは声をひそめ、早口になった。

「一匹の鼠だった。鼠の王《ラットキング》。彼のスペアだったの。彼は鼠の王《ラットキング》に自分自身を分け与えて、万一に備えた。公子イシドゥア・ローロが彼に背き、遺物《レリック》を使って彼の本体を封印した。もう一人の彼とも言える鼠の王《ラットキング》は難を逃れた。鼠の王《ラットキング》はディハ・ガットというオークの中に入った。その次は、イツナガ。隠れ里で生まれ育ったけど、幼くして母親とともに追放された。それから、元義勇兵の魔法使い。ヤスマ。魔導師《ウィザード》サライに教えを受けて、魔法の深奥に気づきかけたところで、命を落とした。アゲハ。彼女も元義勇兵で、タカヤという恋人がいた。ジェシー・スミスは義勇兵としての暮らしに馴染《なじ》めなくて、一人旅の途中、死んでしまった。最後が、わたし。わたしで最後かどうかは、わからないけど。ジェシーは記憶を壊されてしまって、どこかに隠れている」

そこまで話し終えると、メリイは大きなため息をついた。

「……彼は邪魔しなかった。わたしは彼の秘密をハルに教えたのに。彼は寛容なの。ただ、やさしいというのとは、違うかもしれない。彼は許すし、受け容《い》れて、認める。そうすれば、誰とでも友だちになれるんじゃないかと期待している。あの世界腫とも、共存できないかと考えていたみたい。ジェシーのとき、彼は冠山に世界腫の根があることを突き止めた。世界腫と対話しようとして、失敗したの」

「話し合えるような相手だとは思えないけど……」

「そうね。彼が知性を持つと、世界腫は襲いかかってきた。彼が生んだ不死族《アンデッド》は、もともと世界腫を防ぐ盾だった。世界腫は不死族《アンデッド》を避ける。彼がそういうものとして不死族《アンデッド》をつくったから。今も遺物《レリック》に封じられている彼の本体は、ヨツイの杖《つえ》という遺物《レリック》を持っている。この杖に莫大《ばくだい》な力を注ぎこめば、世界腫を撥《は》ねのけることができるの。彼はグリムガルで生きるために、世界腫と戦いつづけてきたわけじゃない。なるべく争いを回避したくて、その方法を探ってきた。でも結局、彼と世界腫とは、どうしても相容《あいい》れない」

「それで、ようやく決着をつけようとしてる――」

「ええ。もうそれしかないと、腹をくくった。彼は本来、とてつもない力を持っている。それを世界腫にぶつけるつもりなの。彼は勝つと思う」

「そうなったら……彼には恐れるものがなくなる」

「彼のことが怖い？」

「……怖くなんかない、とは言えないかな」

「ハルらしい」

メリイは微笑した。

そして、やっとおれの目を見てくれた。

「彼がそのとき、どうするのか、本当のところはわたしにもわからない。ひょっとしたら、彼自身、わかっていないのかもしれない」

メリイは両手を自分の胸に押しつけた。

何かそこから出てきたがっているものを、押さえこもうとするかのように。

「でも、彼はわたしの中にいる」

「……メリイ？　それ……って、どういう――」

「幸い、彼はわたしの中にいる」

メリイはその言葉をはっきりと繰り返した。

「わたしが、彼に間違いは起こさせない」

「メリイ……が？」

「彼のことは信じなくていい」

メリイは首を横に振ってみせた。

「ハル。わたしを信じて。彼は間違いを起こさない。世界腫を滅ぼしたら、彼はソウマたちに手を貸す。遺物《レリック》を調べる。彼も遺物《レリック》のことはもっと知りたいはず。遺物《レリック》には、可能性がある」

「可能性――」

「わたしを信じて、ハル」

メリイは胸に押しあてていた両手をおれのほうにのばした。

おれは迷わなかった。

彼女の手をとった。

紛れもない。

メリイの手だった。

「お願い」

彼女が言った。

「信じるよ」

おれはそう答えた。

「メリイ」

面と向かって彼女の名を呼ぶのは、これが最後だなんて思わなかった。

あれが最後であって欲しくはないと、いまだに強く願っている。

6．友へ

暁村に帰って間もなく、結論は出た。

おれたちは不死の王《ノーライフキング》に与《くみ》することにした。

異論を唱える者もいたが、不死の王《ノーライフキング》側と全面的に敵対するのは得策じゃないことは明らかだった。暁村の場所は不死の王《ノーライフキング》に知られているし、こちらの戦力も把握されている。そうした情報は、他の種族にも共有されていると考えるべきだ。敵対するとしたら、暁村を捨てる覚悟がいるだろう。いざとなれば一からやり直すのもやぶさかじゃないとしても、ひとまず不死の王《ノーライフキング》と手を組み、ここまで築き上げた暁村を維持しながら、次の展開を考えるほうが現実的だ。

おれたちの正式な返答は、クザクの手配によって不死の王《ノーライフキング》に伝えられた。

不死の王《ノーライフキング》の下に集う同盟軍は、Ａ暦六六二年の八月八日の夜明けまでに配置につき、日の出とともに四方八方から冠山に攻めかかる。

黒い腫れ物、世界腫は、原初の竜に撃ち落とされたという、赤い星のなれの果てだ。

原初竜はどうやら赤い星を仕留め損なった。

そこで、今度こそ我々が星を撃滅するという意味をこめて、この作戦は、星落とし、と命名された。

来たる星落としに向け、おれたちは計画《プラン》を立て、準備を進めた。

その途中、貴重な情報が不死の王《ノーライフキング》からもたらされた。遺物《レリック》をある方法で梱包《こんぽう》すれば、世界腫から守ることができるというのだ。

不死の王《ノーライフキング》が生んだ不死族《アンデッド》の中に、体が獣毛で覆われたものがいる。その獣皮をなめしたもので遺物《レリック》をしっかりとくるんで密封すれば、世界腫は察知できない。

密封するには、ただ縫うだけでは足りず、蠟《ろう》で固めなければならない。だから、一度開けてしまうと終わりだ。基本的には、密封状態の遺物《レリック》を冠山まで運び、星落としが始まったら開封することになる。

暁たちのうち、誰が星落としに参加するのか。誰は参加しないのか。この点については、個々人が判断することになった。

ただし、例外が一人いた。

二人、と言うべきだろうか。本人が意思表示をする前に、ユメと、それから当然、まだ一歳にもなっていないルオンも、不参加が決まっていた。

ユメとルオン、母子二人を暁村に残して、あとの全員が出払うというわけにもいかない。ルオンから離れたくない者はけっこういたので多少紛糾したが、すったもんだのあげく、荒野天使隊《ワイルドエンジェルズ》のカジコ、マコ、アズサ、ココノ、ヤエの五人が、母子の護衛兼子育ての手伝い役を任ずることになった。

もっぱら暁村での労働に明け暮れていたおれも、星落としが決まってからは、何度かワンダーホールに出張した。

とんでもなく勘が鈍っているに違いないと観念していたし、実際、そのとおりだった。一番ましだった頃まで戻すのは無理なんじゃないかと本気で悩んだが、おれがなまくらなままだろうと何だろうと、その日は近づいてきた。

星落とし参加組の暁たちは、寂し野前哨《さびのぜんしょうきち》基地近くの出口までワンダーホールを移動し、そこからは三々五々、冠山に近い所定の場所に向かうことになっていた。おれたちが出発する前に、クザクは不死の王《ノーライフキング》の下に帰参するべく暁村を離れた。とくに別れの挨拶らしいことはしなかったような気がする。たしか、またね、ああ、といった、簡単なやりとりだけだった。

出発を数日後に控えて、おれはほとんど眠れずにいた。寝床で横になるのだが、目が冴《さ》えてしまい、起き上がって座っている。せめて体を休めようと横臥《おうが》しては、また起きる。そんなことを繰り返していた。

暁村は寝静まっていた。夜鳴きの鳥や虫、獣の声が聞こえた。誰か夜回りをしていて、ときおりその気配を感じた。

暗闇の中、何者かが近づいてきた。最初は夜警の暁だと思った。そうじゃないことはすぐにわかった。声をかけてきたからだ。

「ハルくん。起きててんなあ」

「……ユメ」

「あのなあ、そっち行って、いい？」

「それは……もちろん」

おれは地べたに腰を下ろして右膝を立てていた。ユメはおれの隣に座った。彼女はとても甘い匂いがした。甘美というより、輝かしい生命の眩《まばゆ》い香りだった。おれは胸が締めつけられ、ランタが羨ましくなった。暁村を守らないといけない、とも思った。ユメとルオンが生きてゆく場所を、なんとしてでも死守しなければならない。

そのために、世界腫の根を絶つことが、どうしても必要なのだろうか。

状況からして、不死の王《ノーライフキング》に与するしかない。頭では理解していた。でも、自身が遺物《レリック》なのかもしれない不死の王《ノーライフキング》と違って、遺物《レリック》を持ち歩かなければ、おれたちは世界腫に狙われない。遺物《レリック》をあきらめれば、ひっそり生きてゆくことはできるんじゃないか。

一方で、不死の王《ノーライフキング》はメリイの中にいる。

遺物《レリック》には可能性がある、とメリイは言っていた。

ソウマたちも遺物《レリック》に希望を見いだしている。

おれは、何を捨てれば、何を守ることができるのだろう。

けれども、何かを捨てれば、きっと何かを守れなくなるのだ。

おれは何かを捨ててしまいたいのか。

それとも、本当は何も捨てたくないのか。

何もかも守れるのなら、それに越したことはない。

そんな力が、おれにあれば。

自分があまりにも無力だということは、おれ自身が誰よりも知っている。

「ハルくん、これなあ、もしかしたら、ユメの夢かもしれないんやけどな」

ユメはそう言って笑った。

「ややこしいなあ。ちぴっと、ユメも自信なくってなあ」

「ユメの……夢？　あぁ……夢を見たってこと？」

「そこが、はっきりしなくてなあ。メリイちゃんが、会いにきてくれてん」

「……メリイが？」

「うん。ルオンの顔を見せてもらいにきたって、メリイちゃん、ゆうてたてん」

「え、と……メリイ、一人で？」

「一人だったなあ。こそこそぉっと、小屋に入ってきてな。そのときなあ、ユメ、ルオンと寝てたんやけどな、目ぇが覚めたら、メリイちゃんがいててん。でも、なんとなあく、変やろ？」

「……まあ。そうだね」

「やっぱり夢やったんかなあ？　けどなあ、ユメ、メリイちゃんと話したしなあ？　おめでとうって、ゆってくれて。大きくなったら、また会わせてなあって。会わせてなあ、とはゆわんかったかなあ。メリイちゃんやしなあ？　それでな、いつでもいいよって、ユメ、ゆってなあ。ここに一緒にいたらいいやんかあってな。ユメもなあ、それがむつかしいことはわかってるんやけど。仲間やしなあ。友だちやからなあって、ゆったげないと、メリイちゃん、寂しいしなあ？　ユメは、ほんとにそう思ってるし」

「……うん」

「いつか、戻れるような気がしててなあ。大変やけど。ユメはなあ、戻れるような気がしてなかったら、だめやと思ってるねやんかあ。みんながそんなん無理やんってゆうててもな、ちがう、ちがう、戻れるよって、ユメは思うことにしようってなあ。メリイちゃんも、セトランも、クザックンも、シホルもなあ、戻ってくるに決まってるやんってなあ。ユメは今、ルオンのことで手一杯やしなあ。ろっぽうすとっこ……？」

「ろくすっぽ……？」

「それやんなあ。ルオンも元気一杯やし、ユメ、ルオンにけっこう振り回されててなあ。他のことはろくすっぽ、できないんやけどな、せめてなあ、みんな戻ってくるし、戻れるんやって、思うことにしてる。ユメ、これくらいしかできなくて、ごめんなあ」

「十分だよ」

取り戻せる。

おれはそう思うことにした。

何もかも、取り戻せる。

可能性はある、とメリイは言ったのだ。おれは目を背けるべきじゃない。

遺物《レリック》だ。おれのようなちっぽけな人間からすると、あまりにもスケールが大きすぎて、足が竦《すく》むどころか、腰が砕けてしまうような話だ。それでも、鍵が遺物《レリック》だというのならば、なんとしてもおれはその手がかりを摑《つか》まないといけない。

『幸い、彼はわたしの中にいる』

メリイはそうまで言った。幸運だなんて、おれにはとても思えないが、たしかにメリイには途方もない力を秘めた遺物《レリック》が宿っているのだ。

まずは、世界腫を根絶して、不死の王《ノーライフキング》の自由を確保する。

その上で、メリイに協力してもらい、不死の王《ノーライフキング》を言いくるめるか、利用するか、できるのなら手を取りあってもいい。

それから、遺物《レリック》を探す。遺物《レリック》の力で、何もかもを取り戻すのだ。

数日後、おれたちは暁村を発《た》ち、塵芥荒野口《じんかいこうやぐち》からワンダーホールに入った。遺物《レリック》の梱包、密閉作業はとうに終わっていた。

おれはアキラさんから、不死族《アンデッド》の獣皮で梱包された遺物《レリック》を一つ、渡された。

「ファタルシス。致命の短剣、と呼ばれている。同型の遺物《レリック》がいくつか存在していたから、効果はわかっている。突き刺した生き物を、確実に死に至らしめる。ただし、一度きりだ。使ったら砕け散る。きみに預ける。世界腫の、闇夜纏《まと》いだったか。あれを殺せるかどうかはわからないが、試してみる価値はあるだろう」

「……なんでおれに？」

「俺は不器用でな。短剣はうまく扱えない。盗賊のきみが持っていたほうが、有効活用できそうだ」

　暁の中に盗賊は少なかったし、短剣使いとなるとおれくらいだった。アキラさんは自ら語ったように、単に実用上の理由で致命の短剣《ファタルシス》をおれに託したのか。おれにはわからない。でも、一度きりとはいえ、一撃必殺の武器を持っているというだけで、ずいぶん心強くはあった。おれが脆《もろ》い人間で、とっくに心が折れているということは、暁村の住人であれば誰でも知っていたから、あれはアキラさんなりの気遣いだったのかもしれない。

　暁たちは寂し野前哨基地口からワンダーホールを出ると、隊を分けた。

　おれはランタと二人で東を目指した。風早荒野《かざはやこうや》から天竜山脈の麓に分け入って、さらに東へと進んだ。

　冠山の真南に達したのは、七月三十日頃だったと思う。

　そこから麓を下りて、風早荒野をまっすぐ八十キロ北上すれば、冠山だ。

風早荒野は平坦《へいたん》だし、八十キロの道のりなら二日か三日、急げば丸一日でなんとか踏破できなくもない。

おれたちは麓で何日か骨休めをした。

寝転んでいたわけじゃない。

谷川で釣りをした。

狩りをしたりもした。

天竜山脈には竜が棲息《せいそく》している。ランタが竜を探そうと言いだして、山を登ったりもした。おれたちは竜を見つけたのだったか。竜を探したのは間違いない。でも、竜を見た覚えはないから、きっと発見できなかったのだろう。

麓を下り、ふたたび風早荒野入りしたのは、八月六日だった。

八月八日の深夜、所定の場所にはトッキーズが先着していて、おれとランタは彼らと合流した。間もなくチーム・レンジもやってきた。ワドという元凶戦士隊《バーサーカーズ》の神官もレンジに同行していた。

この十二名は後衛隊で、トッキーズのタダ、アンナさん、チーム・レンジのチビ、そしてワドと、総員の三分の一にあたる四人が神官だった。

ソウマ以下、人造人間ゼンマイを含む六人と、アキラさんたち六人、颱風《タイフーン》ロックス六人、総勢十八名は前衛隊だ。すでに後衛隊よりも冠山に近い場所に到着しているだろう。

前衛隊も、ソウマの仲間であるシマは呪医《シャーマン》で治療ができるし、アキラさんの盟友ゴッホは元魔法使いの神官、ロックスのツガも神官だ。アキラさん、ケムリは聖騎士だから、神官ほどではないが、多少の傷なら癒やせる。

セトラが立てた作戦によると、冠山の南には暁たちが、北には不死族《アンデッド》、有角人、ピラーツ人、セントール、コボルドの連合部隊、西にはオークの軍勢、東にはフォルガンと灰色エルフが、それぞれ布陣する。夜明けとともに、進軍を開始。世界腫がただちに反撃してくることが予想されるので、各部隊はこれを排除し、押し返しながら、可能な限り前進する。そして、時機が到来したら、不死の王《ノーライフキング》が世界腫の根を叩《たた》く。

日の出を待つおれたちは総じて言葉少なで、親しい仲間同士がたまに小声で何か話す程度だった。いつもやかましいトッキーズのアンナさんやキッカワさえ、ほとんどしゃべらなかった。

「こういうときはよォ……」

おれの隣で地べたに座っていたランタが、ぽつりとこぼしたのはよく覚えている。

「余計なコト言わねェーのが一番なんだよなァ。何も自分からフラグを立てる必要はねえ。みんな心得てやがるンだ」

冗談のつもりだったのかもしれない。ランタは低く笑った。おれは笑ってやろうかとも思ったが、どうしても笑い方がわからなかった。

やがて東の空が白んできた。

おれたちの前方、二、三百メートルのところに、人影がいくつも確認できた。

誰かがこちらに向かって手を振った。キッカワが跳び上がって手を振り返した。

冠山は黒かった。

ひたすら黒々としていた。

あの山は、どの方角から見ても王冠に似ていることから、冠山と呼ばれていたはずだ。しかし、変わり果てた冠山は、巨大な椀《わん》をひっくり返したように、真っ黒いものがこんもりと盛り上がっているだけだった。

遠目にもわかった。あれは世界腫のかたまり以外の何ものでもない。世界腫は冠山を覆い尽くしているだけじゃなかった。そこから四方八方に広がっていた。

おれたちがいる場所一帯には、幾筋かの黒い小川が流れるでもなく地を這《は》っているだけだ。ここに来るまでの間も、世界腫を踏まないように気をつければ、だいたいの場合は避けることはできた。足先に世界腫がふれたら、迂回《うかい》したり、跳び越えたりして、先へ進めた。でも、ひょっとしたら、おれたちはただ運がよかっただけなのかもしれない。

明るくなればなるほど、おれたちは世界腫の広がり方に慄然とした。

見渡す限り、黒い部分と、そうでない部分と、どちらの面積が広いかと言えば、間違いなく黒い部分だった。

おれたちは思い知らされた。

黒い腫れ物、黒い腫瘍は、着実に地上を蝕《むしば》もうとしているのだ。

放っておいたら、すぐにではないかもしれない、時間はそれなりにかかるかもしれないが、この黒い腫瘍はグリムガルを覆い尽くしてしまうんじゃないか。

遺物《レリック》を持っていなければ、世界腫が襲いかかってくることはないかもしれない。だとしても、世界腫が蔓延《まんえん》したグリムガルで、おれたちは生きてゆけるのか。呼吸することはできるとしても、人はそれだけでは生存できない。水を飲み、何か食べないといけない。世界腫に覆われたグリムガルで、それらを確保できるのか。おれたちは世界腫の上で寝起きできるのだろうか。

好むと好まざるとにかかわらず、おれたちはグリムガルからこの黒い腫瘍を取り除かないといけないんじゃないのか。不死の王《ノーライフキング》の目的を度外視したとしても、実際のところ、おれたちにはそうする以外に道はないのかもしれない。

「どのみち、やるしかないんだ」

眼鏡のタダが戦鎚《せんつい》をぶん回しながら言った。

「あとはやるだけでいい」

「ファイト・ハッパツでしょーヨー！」

アンナさんがトッキーズの面々の背中を順々に叩いていった。

「ウッス、けどでも、八発って中途半端じゃね？」

キッカワに突っこまれると、アンナさんは即座に「ヒャッパツでしょーヨー！」と言い直した。

イヌイは静かに眼帯を外した。おれにはよくわからないが、彼なりに何か期するものがあったのだろう。

おれはミモリに抱擁された。おれには何も応えられないが、じっとしていた。

アダチがレンジに何か耳打ちしていた。レンジはうなずくと、アダチの後ろ頭を鷲掴《わしづか》みにして、すぐに放した。レンジがああいうことをするのは、かなりめずらしい。アダチは人並み外れて冷静な男だが、見るからに動揺していた。その様子を目にして、ロンが笑った。チビも微笑《ほほえ》んでいた。

おれはワドという神官のことはよく知らなかったが、凶戦士隊《バーサーカーズ》では治療者《ヒーラー》としてさんざんこき使われ、あまりいい思い出がないというようなことを、いつだったか誰かに話していた。性格が悪いからじゃないか、と陰口をたたかれていたような覚えもある。おれが言えた義理じゃないが、こけた頬や落ち窪《くぼ》んだ目がいかにも根暗そうで、何か斜に構えているようなところも、たしかにあった。でも、このときのワドは、タダやアンナさん、チビに自分から声をかけて、戦闘中の治療についての打ち合わせをしていた。こき使われていたのが本当なら、使われるだけの能力はあったのだろう。

星落としの間際、おれはランタと会話を交わしただろうか。

おれたちは肩を並べて冠山を見すえていた。

きっと何か話したと思うが、不思議とまったく記憶にない。

「夜が明けるぞ……！」

前衛隊のほうから声がした。

ソウマの声だった。

星落としが始まったのだ。

おれは、アキラさんから譲られた致命の短剣《ファタルシス》を不死族《アンデッド》の獣皮で梱包《こんぽう》したまま、背中にくくりつけていた。一回きりの武器だし、使うまで梱包を解くつもりはなかった。

前衛隊にはソウマを始め、遺物《レリック》を愛用している暁が何人もいた。しかし、後衛隊はおれしか遺物《レリック》を持っていなかった。おれが遺物《レリック》を梱包しておけば、世界腫は前衛隊に引きつけられるはずだ。前衛隊はきついが、後衛隊は前衛隊のサポートに徹することができる。前衛隊と後衛隊の配置には、そういう意図もあった。

空はもうだいぶ明るかった。

それなのに、地表は暗い。いいや、暗いのではなく、世界腫のせいで、黒いのだ。

東の地平線に輝きが生まれた。

日の出だ。

　世界腫が動きはじめたのはそのときだった。地表の黒い部分が一斉にうごめきだし、地鳴りのような重苦しい音が、響くというよりも方々から湧き上がった。NNNNNNNNNNNNNNNNNNNNNNNNNNNNNN——というその重低音に怯《ひる》まない者は、どこかおかしい。おれはもちろん、恐ろしかった。NNNNNNNNNNNNNNNNNNNNNNNNNNNNNNNNNNNNNNNNNNNNNNNNNNNNNNNNNNNNNNNNNNNNNN——気がつくとおれは世界腫のうねりと重低音に圧倒され、棒立ちになっていた。ランタにどやされた。ランタはすぐそばにいるのに、何を言っているのか、おれは聞きとれなかった。NNNNNNNNNNNNNNNNNNNNNNNNNNNNNNNNNNNNNNNNNNNNNNNNNNNNNNNNNNNNNNNNNNNNNNNNNNNNNNNNNNNNNNNNNNNNNNNNNNNNNNNNNNNNNNNNNNNNNN——こんなことじゃいけないと、当然、思った。もう世界腫は前衛隊に殺到していたNNNNNNNNNNNNNNNNNNNNNNNNNNNNNN前衛隊は黒い波にのみこまれそうになり、誰かが剣を振るい、魔法を発動させ、それを撥《は》ねのけたNNNNNNNNNNNNNNNNNNNNNNNNNNNNNN撥ねのけられても、押し戻されても、世界腫は次から次へと前衛隊に迫ってゆくNNNNNNNNNNNNNNNNNNNNおれたち後衛隊と前衛隊の間には、いつしか世界腫の濁流が立ちはだかっていたNNNNN

NNNNNNNNNNNNNNNレンジが、ロンが、タダが、キッカワが、イヌイが、ミモリが、そしてランタが、その濁流に突入していったNNNNNNNNNNNNNNNNNNNNおれは武器を手にしてはいたNNNNNNNNNNNNNNNNNNNNけれども、ダガーを抜いた覚えがおれにはなかったNNNNNNNNNNNNNNNNNNNNおれは自分の意思でダガーを抜いたんじゃなくて、たぶん恐怖に駆られて、体が勝手に動いたNNNNNNNNNNNNNNNNNNNN防衛本能のようなものしか働いていない状態だったことに、おれはショックを受けたし、恥ずかしくもあったNNNNNNNNNNNNNNNNNNNN恥じ入っている場合じゃないNNNNNNNNNNNNNNNNNNNNおれもレンジたちに、ランタに続かないとNNNNNNNNNN遅まきながら、おれはランタを追いかけたNNNNNNNNNNNNNNNランタは速くて、とても追いつけないNNNNNNNNNNNNNNNキッカワが最後尾だったから、おれはまずキッカワを抜いたNNNNNNNNNレンジやロンは世界腫の濁流を斬り破ろうとしていた。尋常の剣では、いかに業物であろうと、世界腫を切断することはまずできない。レンジが持つイシュ・ドグランの片刃剣や、ロンの特大肉切り包丁剣でさえ、世界腫には歯が立たないというか、刃が立たないようだNNNNNNNNNぶった斬ることはできなくても、力ずくで吹っ飛ばすことならできる。そして、その分野では、まあ、いったいどんな分野なんだという気もするけれど、レンジやロンよりも、タダが第一人者だ。

タダが戦鎚を振り回すと、黒いものが飛散して、あたりにばらまかれた。

おれはそれをよけるだけで精一杯だったが、キッカワは飛んできた黒いものをどうにか盾で防ぎ、剣で撥ねのけていた。

ミモリも両手の剣を力強くぶん回し、黒いものを押しのけてゆく。

もちろん、レンジとロンも負けてはいない。

ランタはどうしているのか。あいつは刀を振るわず、黒いものをかいくぐり、ときに蹴飛ばして、前へ前へと進もうとした。

イヌイは知らない。いつの間にかいなくなり、突然、現れて突拍子もないことをしでかすのが、あの奇妙な男の真骨頂だ。

「オーケーオーライ行け行けゴーゴーでしょーヨォォー……！」

アンナさんの声援が例の重低音を切り裂いた。

世界腫の濁流を突破するなんて、とうてい不可能だ。

一時はそう思った。

しかし、おれたち後衛隊は着実に前進していた。

前衛隊が見えてきた。

彼らはやはり違う。

段違いだった。

アキラさん、その妻ミホ、ドワーフの戦士ブランケン、エルフの弓使いタロウ、ゴッホ、カヨ、それから、ケムリ、シマ、ピンゴ、あとは颱風《タイフーン》ロックスの神官ツガあたりは、密集隊形をとって守りを固めているようだ。とはいえ、ミホと、神官だが魔法も使えるゴッホは、地面を破裂させるような魔法をときおり放って、世界腫を盛大にぶっ飛ばしていた。かなり強力な魔法のようにも見えるが、たぶん、ミホとゴッホにとってはあれくらい造作もない。二人がもっとすさまじい魔法を使う場面を、おれはかつて目にしたことがある。二人は間違いなく加減していた。力をセーブして、長期戦に備えているのだ。アキラさんや、自分の体より大きな斧《おの》を持っているブランケン、ゴッホの妻で豪快な大剣使いのカヨがあえて前に出ないのも、きっと同じ理由からだろう。

アキラさんたちと違って、神官のツガを除く颱風《タイフーン》ロックスは大暴れしていた。小柄なのにやたらとパワフルな竜巻へアのロック、禿頭《とくとう》の巨漢戦士カジタ、眼鏡をかけた軽装にも程がある細身の暗黒騎士モユギ、野性的な風貌の刀使いクロウ、なんだかよくわからない謎めいた男サカナミは、体格も戦い方もばらばらだ。おのおのが好き勝手に動いているように見えて、誰も突出しないし、孤立することがない。彼らはまた、旋回するように、互いに立ち位置を変えた。ロックがいたところに、次の瞬間、カジタがいて、カジタが移動すると、そこにモユギが入り、モユギとクロウが入れ替わって、急にサカナミが割って入ってくると、クロウは自然と流されるようにさらりと譲り——といった具合だ。

長く一緒にやっていると、役割が明確になってくるし、共通理解が深まって、融通が利くようになる。そうはいっても、颱風《タイフーン》ロックスのようにはなかなかいかないだろう。

彼らはどう考えてもまとまりがあるが、統制がとれているようにはまったく見えない。たぶん、見た目よりも器用そうなカジタや、悠々としているクロウあたりが、うまく隙間や穴を埋めるような仕事を、そつなくこなしている。けれども、集団のために個を殺す、制限するようなことにはなっていない。バランスがいい。しかし、バランスをとろうとして、その結果、出来上がった形ではなさそうだ。奇跡的に嚙《か》みあっている。神官のツガは輪に入っていないが、出番があればいつでもあの中に飛びこむだろう。あの六人は強い。一人一人傑出しているが、六人揃《そろ》った状態が文句なしに最強だ。

もっとも、傑出という言葉が安っぽく感じるほど、ソウマ、リーリヤ、人造人間ゼンマイは、次元が一つか二つ違っていた。

ゼンマイは恐ろしい仮面を被《かぶ》っていて、肌を一切露出していないが、頭は一つだし、胴からそれぞれ腕と脚が二本ずつ生えている。腕がやや長すぎるが、体の形は、まあ、人間だ。上背はある。肩は広く、胸は厚い。上腕や大腿部《だいたいぶ》は、気味が悪いくらい隆起している。けれども、極限まで鍛え抜けば、ああいった体つきに近づく人間もいないことはないだろう。ただし、あれくらい筋骨隆々でも、あんな芸当は無理だ。人造人間ゼンマイのような人間がいても、ゼンマイと同じことは絶対にできない。

ゼンマイは世界腫をちぎっては投げ、ちぎっては投げしているだけだった。

細めの管状だったり、大蛇くらいあったり、丸太のように太かったりする、だいたいかなり長い、どこからどこまで続いているのかも不明だったりする世界腫を、ゼンマイは本当にがばっとつかまえ、文字どおりちぎってしまうのだ。

剣で、しかも、手練《てだ》れの剣士でさえ、断ち斬ることができない世界腫を、どうしてゼンマイはあんなふうに、素手で切り離してしまえるのか。

世界腫をちぎってみせるだけでも驚きなのに、ゼンマイがそれをぶん投げると、とんでもなく飛ぶ。飛距離がやばすぎる。人間業じゃない。ゼンマイは死霊術《ネクロマンシー》を学んだというピンゴがつくった人造人間で、人間じゃないわけだから、人間業じゃなくてもおかしくはないのか。いや、おかしいものはおかしい。おれはあの人造人間が怖かった。もっとも、人造人間より、エルフのほうがある意味、おれの理解を超えていた。

リーリヤという女性は、エルフの由緒ある名門の出で、生まれついての剣舞師《ソードダンサー》だったらしい。

エルフは先の人びとの末裔《まつえい》で、おれたち人間とは似て非なる種族だ。そうはいっても、エルフはずいぶん人間に似ている。同じ先の人びとの末裔であるドワーフ、ノーム、セントール、コボルドは、せいぜい人間の親戚といったところだが、エルフなら人間の兄弟だと言われてもさして違和感はない。でも、似ているのは、見た目だけなのか。

リーリヤは駆けているというより、飛び回っているかのようだった。足をつけるだけの場所があれば、エルフはそこに立てるんじゃないか。足場と足場がどれだけ離れていても、エルフはひとっ飛びで移動できてしまう。そんなことはないのかもしれないが、リーリヤの身のこなしを見ていると、そう思わずにいられなかった。

具体的にリーリヤが何をしているのかは、定かじゃなかった。世界腫たちを相手に、派手に、華麗に舞い踊っているようにも見えたが、そんな無意味なことをするわけがない。彼女が剣を持っているのは間違いないが、その剣を彼女がどう使っているのか、おれにはさっぱりわからなかった。

はっきりしているのは、リーリヤが回転したり、旋回したりすると、その動きに合わせて世界腫が打ち上げられたり、巻き上げられたりするということだ。

ゼンマイのようにぶん投げているわけではないと思うし、ほっそりしたリーリヤにはさすがにそんなことはできないはずだが、明らかに何かが起こっていた。

いいや、違う。

リーリヤがその何かを起こしているのだ。

相手が世界腫だから、あの程度ですんでいる。たとえばおれがリーリヤと立ち合ったら、なすすべなく瞬殺されるだろう。リーリヤと互角に戦えるものが地上にどれだけいるのか。どこまでの高みに達すれば、リーリヤの剣術を剣の技術として認識できるのだろうか。

ゼンマイもリーリヤも、方向性、種別の違いこそあれ、おれにとっては異次元だった。

だが、ソウマの場合、次元を超越している。超次元とでも言うべきかもしれない。

ソウマは魔鎧歪王丸《まがいわいおうまる》を身にまとっていた。あの遺物《レリック》、あの甲冑《かっちゅう》が放つ、橙《だいだい》色の炎のごとき光が、彼に何らかの力を与えているのだろう。それは容易に推測がつく。

ソウマはただ刀を振るっただけで、丘のような世界腫のかたまりを細切れにして吹き飛ばした。

ソウマが踏みこんで刀を振り上げると、大地が裂けた。

ついでに、世界腫が斬り飛ばされた。

ソウマの刀に一薙《ひとな》ぎされた空間は、悲鳴のような音を発した。

そこに世界腫があれば、たちどころに断斬された。

世界腫にとって、ソウマは最大の脅威だった。

ソウマたち前衛隊は、夜明けとともに星落としが始まったときよりも、いくらか冠山に近づいていた。世界腫は冠山から無限に湧き出しているかのようで、この一帯は黒いもので埋め尽くされつつあった。おれたちは黒い海の中にいるようなものだった。おれたちが黒い海にのみこまれてしまわないのは、ソウマのおかげだった。ゼンマイやリーリヤがいくら異次元の動きで大車輪の活躍を見せても、ソウマがいなければおれたちは黒い波にあらがえず、遅かれ早かれ黒い海で溺れ死んでいただろう。

あのときのおれは冷静沈着からは程遠かったし、確たることは言えないのだが、ソウマは——ソウマだけは、世界腫を押し返すだけじゃなく、この表現が適当なのだとしたら、殺すことができた。

しっかりと確認したわけじゃないが、ソウマの刀は、世界腫を斬ったり、撥《は》ね飛ばしたりしていただけじゃなかったと思う。

ソウマに斬られた世界腫は、しゅっと収縮して、抜け殻のようなものになったあげく、粉々になった覚えが、おれにはある。

ソウマだけは、世界腫を減らすことができた。

あるいは、ソウマといえども、あの遺物《レリック》、魔鎧歪王丸なしでは、世界腫に致命的な打撃を与えることまではできなかったかもしれない。ひょっとしたら、遺物《レリック》のおかげだったのかもしれないが、おれが思うにソウマは世界腫を殺していたし、おそらくそれゆえに、世界腫は集中的にソウマを狙った。黒い波濤《はとう》がどの方向からも、ソウマめがけて引きも切らず打ち寄せていた。

それでも、いや、だからこそ、なのか。

ソウマは退《ひ》かなかった。常に前衛隊の最先頭にいて、どんどん突き進むことはなかったものの、少しずつ、少しずつ、冠山に向かって歩を進めつづけた。世界腫を引き寄せ、集められるだけ集めて、徐々に着実に削《そ》いでいった。

そもそも、星落としにおいて、おれたちの仕事は囮《おとり》になることだった。

ソウマはその役目を完璧に果たしていた。

他の前衛隊、後衛隊は、ソウマを支援するだけでよかった。

おれはほとんど何もしないまま、アキラさんたちに追いついた。これは意外と簡単なんじゃないか、すんなりいってしまうんじゃないかと、おれらしくもなく思った。そんな考えが頭の片隅をよぎったときに限って、だいたいよくないことが起こる。

「っ――……」

神官服姿の小柄な芸術家といった見た目のゴッホが急に倒れた。

「ハニー……！」

ゴッホとは対照的な堂々たる体軀《たいく》を持つ女戦士カヨが血相を変えて叫んだ。

エルフの弓使いタロウが弓に矢をつがえて宙に向けた。

「父さんを……！」

タロウは何を射ようとしているのか。おれもそれを見つけた。金色の胴鎧《どうよろい》を身につけ、冠を被って、杖《つえ》を持っている。そいつは空を飛んでいた。おれたちの上空にいる。浮遊していた。人間じゃない。人間よりはいくらか体が小さい。第一、そいつは闇夜を纏《まと》っているかのように、真っ黒だ。

「闇夜纏い――」

それまでにおれは三体の闇夜纏いを自分の目で確認していた。あれはそのうちの一体だ。闇夜纏いは杖の先をこちらに向けていた。おれのほうに、という意味じゃない。杖の先から稲妻のような光が放たれた。タロウが射出した矢は闇夜纏いに命中するコースを飛んでいたが、光にふれてあっさり消し飛んだ。光はそのまま直進した。タロウがすかさず後方宙返りをして光を避けなければ、彼の養父であるゴッホの二の舞になっていただろう。

「光の奇跡《サクラメント》……！」

幸いゴッホは即死を免れたようで、颱風《タイフーン》ロックスの神官ツガが光魔法で回復させた。でも、闇夜纏いは立てつづけに光を撃ちまくってきた。

「たまらんな……！」

アキラさんが動き回って盾で光を防いだ。アキラさんの盾はあの光の威力に耐えられるようだ。ドワーフのブランケンは大斧で、女戦士カヨも大剣で、それからソウマの仲間である聖騎士ケムリも、長大な剣で光を迎え撃った。武器と光が衝突するたびに、ちょっとした爆発が起こっているが、あの人たちは平気なのか。

「ア・ヌゥ・パ・ドゥ・ハ・ィナ・ク・スゥ・リ・シァ……！」

ミホが杖でエレメンタル文字らしきものを描いて魔法を発動させると、ちょうど闇夜纏いがいるあたりの気流が激しく乱れた。ただの風じゃない。空気中の水分が凍って渦巻いている。言わば、氷雪嵐だ。おれたちのいる地上にまで雪が降ってきた。

闇夜纏いは氷雪嵐の中心にいる。というか、そこから動けないようだ。闇夜纏いは杖から光を放つこともできずにいた。

ミホの魔法が効いている。

「すまない……！」

ツガの光の奇跡《サクラメント》で復帰したゴッホが、立ち上がって杖でエレメンタル文字らしきものを描いた。

「クィ・ラ・ヴァ・ドラ・シネ・アン・タル・ヴィス・ナ……！」

ゴッホの頭上に火球が出現した。ごうごうとものすごい音を立てて、その火球は見る間に大きくなっていった。ゴッホ自身よりも大きくなると、火球は急上昇した。

火球が闇夜纏いを直撃した。氷雪嵐を巻きこんで、おれたちの上で大爆発が起こった。ものすごい爆音がしたし、とんでもない熱、衝撃だったから、おれは思わず中腰になって両腕で頭を庇《かば》った。

「いや、だめだ……！」

アキラさんが叫んだ。その直後、稲妻のようなあの光が降り注いできた。矢継ぎ早だった。アキラさんたちは盾やら武器やらで防いでいるのだろうが、おれは中腰のままパニクっていた。もし光がおれを狙っていたら、まともに食らっていただろう。光はアキラさんたちを攻撃していた。だから、おれは助かった。

「ボンヤリしてンじゃねえ……！」

ランタにどやしつけられた記憶がある。おれはランタがそばにいることすらわかっていなかったので、えらく驚いた。

「アダチ……！」

レンジの声がした。黒縁眼鏡の魔法使いアダチが、チビに付き添われて、アキラさんたち前衛隊の只中《ただなか》に入りこんでいった。おれはアダチが剃刀《かみそり》に近い小刀を自分の左手首に押しあてるのを見た。アダチが手首をざっくり切ると、勢いよく血が流れだした。アダチは左腕を高く掲げ、早口で何か言った。赤の大陸で習得したとかいう、血の魔法《ブラッドスペル》だ。ほぼ無色だが、よく見ると薄《うっす》らと赤く色づいている透明の壁が地面からせり上がって、アキラさんたちを包んだ。それはドーム状のようでも、円筒形のようでもあった。ランタに袖を引っぱられて、おれもその透明の壁の中に入った。空から降ってくる稲妻のような光は、透明の壁を突破できなかった。

「ありがたいな、一息つける」

アキラさんが笑うと、ブランケンとカヨも笑った。ミホと、さっき一度死にかけたゴッホは、血の魔法《ブラッドスペル》に興味津々のようだ。タロウは上空の闇夜纏いを睨《にら》みつけている。

「どうする？」

ドレッドヘアの聖騎士ケムリが尋ねると、アキラさんは肩をすくめてみせた。

「ゴッホとカヨの合体魔法で倒せないとなると、俺たちには打つ手なしだな。ソウマに任せたいところだが、飛んでくれとはさすがに頼めない」

「まあな」

ケムリは、やれやれ、といったふうに頭を振った。なんでこの人たちは落ちつき払っていられるのだろう。こういう目には何度も遭ってきたし、切り抜けてきた、とでも言わんばかりだ。

実際、そうなのかもしれなかった。

たしかに、世界腫は通常の武器や魔法では傷つけられない。闇夜纏いには、ゴッホが一撃で瀕死《ひんし》の重傷を負わされた。でも、どうにか対処することはできていた。それに、おれたちにはソウマという切り札があった。状況は苦しく、一気にくつがえすことはできそうにないが、最低、最悪のところまで追いこまれてはいない。その程度なら、おれだって経験がなくもなかった。思えば、あのときはまだ、おれたちにはゆとりがあったのだ。

「だけど、そんなに長くは保たないですよ」

アダチはもともと血色がいいほうじゃないが、それにしても顔面が蒼白《そうはく》に近くなっていて、わずかに体が震えていた。

「オイッ……！」

ランタが西のほうに刀の切っ先を向けた。

その方向に目をやると、世界腫が黒々とうねっていた。冠山周辺は今やどこもかしこもそんな有様だが、世界腫のうねり方が尋常じゃない。二、三メートル、いや、もっとだ。黒い世界腫が波打って、ところどころ四メートルとか、それ以上の高さにまで達していた。そのもっとも高い箇所に、やつがいた。

闇夜纏いだ。

輝く盾と剣を持っている。

杖から光を放つ闇夜纏いに加えて、あの闇夜纏いまでやってきた。

「あの剣と盾は、シノハラのものだな」

アキラさんが言った。

「ああ」

ゴッホがうなずいた。

「断頭剣《ビヘッダー》と守りの盾《ガーディアン》。シノハラのもので間違いない」

見覚えがあるとは、おれも思っていた。オルタナであの闇夜纏いに出くわした際、剣と盾は遺物《レリック》に違いないと確信したし、シノハラのことが頭に浮かんだ。シノハラは遺物《レリック》の剣と盾を携えていたし、それらは明らかに闇夜纏いが持っているものと似ていたからだ。

しかし、おれはそれ以上、深くは考えなかった。

考えたくなかったのかもしれない。

シノハラはよくわからない人だった。やけに親切で、世話にもなったし、信頼できる先輩だと思っていたのに、ジン・モーギスに取り入っているようにも見えた。どうも疑わしかったが、そうはいっても知り合って長い。共に戦ってきた。あれがシノハラだとは思いたくなかったのかもしれない。

一方で、おれはたぶん、わかっていた。

シノハラの剣と盾を持っている。あの闇夜纏いの中には人間が、おそらくもう生きてはいないだろうが、人間だったものがいる。

シノハラだ。

世界腫がシノハラを取りこんだ。

そして、闇夜纏いになった。

「……あの、ちょっとおれ、行ってきます」

もう少し別の言い方があったんじゃないか。今から考えれば、恰好《かっこう》つける必要はないにせよ、おれはもっと明確に意思表示をするべきだったと思う。おそらく、アキラさんたちも、ランタでさえ、おれが何を言わんとしているのか、何をするつもりなのか、すぐには理解できなかったんじゃないか。

「――アァッ!?」

声をあげたのはランタだった。それは間違いない。

「えっ、ちょっ、待っ――」

　そんなふうにおれを呼び止めようとしたのは誰だったのか。たしか、女性だったような気がする。ということは、ミホかカヨ、もしくはシマだったのか。チビではないはずだ。彼女が言語を明瞭に発音することはめったになかった。

　おれは血の魔法《ブラッドスペル》が形づくる透明の壁から出た。

　なぜおれは、押し寄せる世界腫の波にのまれてしまわなかったのだろう。

　正直わからないが、あのときのおれには道筋が見えていた。

　おれにはやろうとしていることがあった。

　そのためにはどうすればいいのか、おれは知っていた。

　おれは自他共に認める凡才だが、ときどき、本当にごく稀《まれ》にではあるけれど、集中力が極度に高まって、何もかもうまくゆくことがあった。ゾーンに入る、とでも言えばいいのか。おれは、同じことをこつこつ繰り返すのがさして苦じゃない。凡庸さを自覚していることも、たぶんいくらかは関係がある。一回よりは二回、二回よりは十回、十回よりも百回やったほうが上達するだろう。反復すれば、下手なりに体が覚える。頭を使わなくても、最低限のことはできるようになる。その癖というか、行動様式が、案外、極度の集中状態を実現するための鍵になっていたような気もする。といっても、おれにはその鍵のありかがわからなかったし、扉の鍵穴どころか、扉さえ見えていなかった。ふと気がついたら、手の中に鍵があって、見えない扉の鍵穴に挿し込まれている。鍵を回すつもりもたいしてなく回して、扉が開かれ、その向こう側にいる。そんな有様だった。

おれは世界腫の波を乗り越えるというより、その黒い流れに逆らわずに乗って、別の黒い波に足をかけ、その波に押し上げられてまた別の黒い波を足場にし、寄せてきたさらに別の黒い波に跳び乗った。盗賊として必須の技術といっていい隠形《ステルス》がおれは得意というか、性に合っていた。極端な言い方をすれば、何者でもないおれが、ただそのままでいればいい。世界腫の黒い波から黒い波へと渡る間も、おれは隠形《ステルス》を維持していた。相手は人間や獣じゃない。隠形《ステルス》が有効なのかどうか。そんなことは考えもしなかった。

ほとんどろくに考えないで、おれは闇夜纏《まと》い、元シノハラの背後に立っていた。

おれの背中には、不死族《アンデッド》の獣皮で梱包《こんぽう》した遺物《レリック》がくくりつけられていた。

その梱包を解いた瞬間、世界腫は、そして闇夜纏い元シノハラも、おれに気づく。

今はまだ、気づかれていない。おれは何者でもない。

だから、十分接近しないといけない。

硬くはならなかった。手順は間違っていない。うまくゆくだろうと思っていたが、たとえうまくゆかなかったとしても、それが何だというのか。おれは何者でもない。無に等しい存在だ。何もできなかった、何一つなしえなかったとしても、無に等しいものが無だったというだけのことだ。

闇夜纏い元シノハラの真っ黒な背中まで、あと五十センチ。

おれは獣皮の梱包を胸側に回して、左手に持ったダガーで一気にそれを切り裂いた。

元シノハラが振り返ろうとした。

おれは右手で致命の短剣《ファタルシス》を逆手に握った。そして、切り開かれた獣皮の梱包から取りだすなり、元シノハラの首筋あたりに突き立てた。

おそらく〇・一秒、いや、〇・〇一秒でも遅かったら、元シノハラは断頭剣《ビヘッダー》でおれの首を刎《は》ね飛ばすか、守りの盾《ガーディアン》で一撃して、おれを吹っ飛ばしていただろう。

おれは何の手応えも感じなかった。

強いて言えば、水に剣を突き入れたときのような、その程度の抵抗はさすがにあったかもしれない。

致命の短剣《ファタルシス》は元シノハラを覆っている世界腫をやすやすと突き破った。この遺物《レリック》の剣身は三十センチもなかったが、その鍔元《つばもと》まで、一瞬で、しっかりと突き刺さった。

これ以上、刺さらない、というところまで刺さった途端、致命の短剣《ファタルシス》は跡形もなく消え失《う》せた。

鈍いおれも、そのときばかりは動揺した。

「えっ……」と声を漏らしたような覚えもある。

おれの認識では、致命の短剣《ファタルシス》が消える前ではなく、消えたあとで、それが起こった。

黒々としていた世界腫が、白に近い灰色になった。元シノハラが纏っていた世界腫だけじゃない。元シノハラが乗っていた、その一帯に集って、うねり、渦潮のように流れていた世界腫が、どのくらいの数、というか、量なのか、それは皆目見当がつかないが、たぶん、十メートル四方、もっとだろうか、十五メートルか二十メートル四方に存在した世界腫が、ほぼ瞬時に白っぽい灰色になった。

おれもその世界腫の上に立っていた。それまで世界腫は、岩とも砂とも泥とも違うが、踏んでもそれなりの安定感があった。ところが、白っぽい灰色になったら、明らかに頼りなくなった。

落ちる。

おれはそう思った。

崩れる。

そんなふうにも思った。

実際、白っぽい灰色になった世界腫は、長年風雨にさらされたあげく、乾燥しきった骨のように脆《もろ》かった。それはおれの足許《あしもと》で粉微塵《こなみじん》になった。

当然、おれは沈んだ。おれが沈めば沈むほど、灰色の世界腫は砕け、崩れた。

おれは灰色の世界腫にまみれて、それか、灰色の世界腫の中を、と言うべきかもしれないが、五メートルほど落下する羽目になった。

骨なら粉っぽくて目に入ったり噎《む》せたりするだろうが、灰色の世界腫はそんなことはなかった。世界腫の黒を色と呼ぶべきなのか。色がないからこその黒なんじゃないか。ともあれ、黒という色を失った世界腫は、外界からのちょっとした刺激にも弱く、耐えられないようで、細かく、どんどん細かく砕けてしまい、最終的には粒子のようなものすら残らないらしかった。

落ちた先は、風早荒野《かざはやこうや》の乾いた草地だった。

おれはなんとか衝撃を逃がそうと、着地するのと同時に転がった。

シノハラはそうはいかなかった。彼は死んでいたからだ。

うつ伏せに倒れて、おれに尻を向けているシノハラを、抱き起こす気にはなれなかった。腐敗してはいなかったが、彼はただ異様に白かった。灰色の世界腫は、粉と化して地表に積もることなく、消えてしまう。おれのすぐそばでシノハラが死んでいて、そのすぐ近くに断頭剣《ビヘッダー》と守りの盾《ガーディアン》が転がっていた。

「ハルヒロォ……！」

ランタに呼びかけられるまで、おれは呆然《ぼうぜん》としていた。とはいえ、数秒間だろう。おれはダガーをしまい、シノハラが残した断頭剣《ビヘッダー》と守りの盾《ガーディアン》を拾って、仲間たちのところに向かおうとした。稲妻のような光が飛んできたので、とっさに守りの盾《ガーディアン》で防いだ。

「誰か……！」

おれは仲間の誰かに断頭剣《ビヘッダー》と守りの盾《ガーディアン》を渡した。最終的には聖騎士ケムリが使うことになったはずだ。

元シノハラを倒しても、闇夜纏いはまだいた。一体の闇夜纏いは空から稲妻を振らせてくる。それから、おれが知っているだけでも、別の闇夜纏いがもう一体いるはずだ。その闇夜纏いは、レンジが着ていた剣鬼妖鎧《アラガルファルド》を身につけていた。あの中身は、ひょっとしたらジン・モーギスかもしれない。ジン・モーギスも遺物《レリック》を持っていたのだ。

おれたちを囲む透明の壁がだいぶ低くなってきた。血の魔法《ブラッドマジック》を使っているアダチがふらついて倒れそうになり、チビに支えられた。

「アダチ、もういい……！」

レンジが怒鳴った。

透明の壁が雲散霧消すると、上空の闇夜纏いが降下してきた。より近い距離から、盾や武器で身を守れない者を狙い撃ちするつもりなのか。さっきまでは十五メートルかそこらの高度を維持していたのに、七、八メートルまで下りてきた。

やばいな、と思った記憶はある。そのわりに、切迫感はさしてなかった。致命の短剣《ファタルシス》で元シノハラを討った。シノハラはすでに死んでいたわけだから、飾った表現をすれば、おれの手で安らかな眠りにつかせた。一仕事終えたような感覚がどこかにあったのか。これ以上のことはできない、というふうには感じていたと思う。

「――乾坤一擲《けんこんいってき》……！」

このときも結局、ソウマだった。しかし、ソウマといえども、七メートルとか八メートルの高さまで跳んで、闇夜纏いに斬りかかることはできない。ソウマは跳躍しなかった。地上で刀を振った。斜めに振り上げた。

「いぇえあぁぁぁぁっ……！」

ソウマの刀捌《かたなさば》きは力強いというより流麗だった。でも、そのときは違った。途轍《とてつ》もなく重量のある物体を持ち上げ、そのまま放り投げるようにして刀を振るった。あれは渾身《こんしん》の力を振りしぼっていた。おれには、ソウマの刀が何倍にも伸びたように見えた。その伸びた刀が闇夜纏いをとらえたわけじゃない。決してそうではなかったが、伸びた刀から、さらに何か空気を歪《ゆが》ませるものが撃ちだされたかのようだった。それが闇夜纏いに命中したのか。そうとしか思えない。

闇夜纏いは杖《つえ》から稲妻を発しようとした。その寸前だった。闇夜纏いが着用している金色の鎧《よろい》も、王冠も、そして杖も、真っ二つになった。弾《はじ》ける音がして、闇夜纏いは頭から股間まで両断された。断ち斬られたというよりも、あらがいがたい力で左右から引っぱられて、無理やり引き裂かれたかのようだった。

「ウヘッ……」

ランタが妙な声を発した。イヤになっちまうぜ、とでも言いたげだった。

おれはむろん、そんなこともできてしまうのかと仰天していたけれど、何か納得してもいた。ソウマも一人の人間であることに変わりはない。それでも、人には絶対できないことをやってのける。なぜなら、彼は英雄だからだ。英雄とはそういうものだ。

英雄を目の当たりにすることで、おれたち凡人は奮い立つ。勇気づけられ、どう考えても不可能としか思えないことだって、ひょっとしたら成し遂げられるんじゃないかと、夢を見る。おれたちは旗を振って進む英雄についてゆけばいい。有象無象のおれたちにも、それくらいのことならできる。進んだ先に未来があるのかもしれないと、信じたい。つい信じたくなる。英雄がおれたちに信じさせてくれる。

ソウマは刀をゆったりと振ってから、その切っ先で冠山を示した。そして、歩きだしたんじゃない。ソウマはもう冠山を目指して歩いていた。

闇夜纏いを二体打ち倒したからといって、世界腫が押し寄せてこなくなったかというと、そんなことはなかった。闇夜纏いがいなくなっただけで、あとは何も変わらない。おれたちは依然として世界腫の黒々とした波にさらされつづけていた。先頭に立つソウマが刀を振るうと、世界腫は消し飛ぶ。ここに来て、断頭剣《ビヘッダー》と守りの盾《ガーディアン》を手に入れたケムリも、世界腫に有効な打撃を与えられるようになった。そうはいっても、世界腫を払いのけたり、押し返したりすることしか、他の暁たちにはできない。楽々と前進できるわけじゃなかったが、おれたちの足どりは重くなかったし、加速しようとしていた。

その名の由来である冠とは似ても似つかない、真っ黒い巨大な椀《わん》をひっくり返したような冠山が変容しはじめても、暁たちは歩みを止めなかった。

「巨人かッ……!?」

ランタはなんだか胸を躍らせているようですらあった。

ひっくり返した黒い巨大な椀から、棘《とげ》が何本も生えてきた。棘といっても、よく見ると針でも単なる棒でもなかった。だいぶ細長いが、人のような形をしていた。

細長巨人だった。風早荒野には古くからあの巨人たちが棲息《せいそく》していて、とりわけ冠山一帯でよく目撃されていた。オルタナに向かう途中、おれは世界腫に捕まっている細長巨人を見た。あれは世界腫に取りこまれた細長巨人たちのなれの果てなのか。細長巨人の闇夜纏い、あるいは、黒い腫れ物に冒された細長巨人、とでも言うべきなのか。

黒い細長巨人はぜんぶで何体いただろう。七、八体か。十体、いいや、もっとか。黒い細長巨人たちは冠山から生まれ出《い》でたかのようだった。ただ出現しただけではなった。冠山から下りてきた。こちらへ向かってくる黒い細長巨人は二体か、三体か、それくらいだった。他の黒い細長巨人たちは、北や西、東を目指しているらしかった。

あれを相手にしないといけないのか。いくらソウマでも、敵があれほどまでに大きいと、さすがに厳しいんじゃないのか。そんなふうに考えて怯《ひる》んでいたのは、ひょっとしたらおれだけだったのかもしれない。

暁たちは進みつづけた。ソウマに至っては、黒い細長巨人めがけて駆けだそうとしていた。暁たちが歓声を上げた。黒い細長巨人が出てきて臆するどころか、暁たちの士気は一段と高まっていた。

勝てるかもしれない。そう思ったことを覚えている。

おれ個人としては、勝てそうな気はまだしていなかった。でも、おれの感覚なんてあてにならない。勝負を決めるのはおれじゃない。おれ以外の暁たちが、これは勝てる流れだと認識しているのなら、そのほうが正しいだろう。おれみたいな人間は、どうせ最後の最後まで勝ちを確信できない。これは保険のようなものだ。おれはしくじることも多い。失敗が多すぎるから、だめだったときのために、心の準備をしておきたい。

「何かいる……！」

そう言ったのは誰だったのか。おれの記憶では、レンジだった。レンジが何を指して言ったのか、おれにもすぐにわかった。

おれたちは迫りくる黒い細長巨人を見ていて、冠山が視野に入っていた。その冠山の真上に、何かが浮いていた。ずっとそこに浮いていたわけじゃないはずだ。だったらもっと前に気づいていた。飛んできたのか。それは青く光る球体だった。大きさは、どうだろう。鳥ほど小さくはなかった。そうはいっても、たとえば黒い細長巨人のようなサイズじゃない。冠山と比べれば、豆粒みたいなものだった。

たのだろう。

「不死の王《ノーライフキング》か……！」

アキラさんが叫んだ。彼には見えたのだろうか。はっきりと見えはしなくても、わかっ

青く光る球体が降下してゆく。真っ黒い冠山から、巨蛇のような黒い世界腫が首をもたげた。その黒い巨蛇には首が何本も、何十本もあって、青く光る球体に食らいつこうとしているようだった。実際、あとからあとから食らいついたが、青く光る球体にふれた途端、黒い巨蛇の首は消失してしまった。

おれたちは囮《おとり》だった。暁たちも、北から冠山へと進軍しているだろう不死族《アンデッド》、有角人、ピラーツ人、セントール、コボルドの連合部隊も、西から攻め寄せてくるはずのオークの軍勢も、東に位置しているだろうフォルガンと灰色エルフたちも、あくまで囮にすぎず、撒《ま》き餌《え》のようなものだった。

終わらせるのは不死の王《ノーライフキング》だ。

それどころか、これが終わりだとも不死の王《ノーライフキング》は考えていなかったようだ。不死の王《ノーライフキング》はその先を見すえていた。不死の王《ノーライフキング》にとってはその先こそが重要だった。そして、おれたちにとってもそれは同じだった。

これで終わりなら、力を尽くす意味などない。全力で終わらせる必要がどこにあるだろう。終わりなんかじゃない。始まりなのだ。

幸い、暁たちはまだ誰も失っていなかった。おれたちは失うべきじゃなかったし、他の種族も損失は最小限であったほうがいい。おれたちはここから始めるのだ。

古伝によれば、世界腫はずいぶん前からグリムガルに存在した。二神の壮絶な戦いを止めるために、名もなきものとやらが赤い星を落とした。原初の竜が赤い星を撃墜し、その破片が世界腫となった。遺物《レリック》。すべて遺物《レリック》なのか。古き遺物《レリック》が新しき遺物《レリック》を排除しようとする。生存競争だったのだろうか。

でも、知性があり、相互理解が可能なら、争いを避ける方法を見つけ、減らしてゆき、なくすことだってできるかもしれない。不死の王《ノーライフキング》はそれをやろうとしていた。

これが終わりだとするなら、競争相手を撃滅するしかない、古い時代の終焉《しゅうえん》だ。けりをつけた不死の王《ノーライフキング》の下におれたちは集い、膝を突き合わせて、次の時代をどう築いてゆくか議論する。新しい時代を招き寄せるための儀式が、今、執り行われようとしているのだ。

青く光る球体は、襲いくるおびただしい世界腫の触手を消滅させながら、あっという間に真っ黒い冠山へと突入していった。

ポッ――という、口の中にためた空気を吐きだしたときのような音がした。

軽い感じの音だったが、その音はそうとう広範囲に響き渡った。

それから、光る球体の突入点を中心に、青い光が同心円状に広がった。

光はおれたちを飛び越して、どこまでもどこまでも拡大していった。

青い光の影響なのだろうか。世界腫が色を失い、白に近い灰色と化していった。

灰だ。

世界腫が灰になって、舞い散り、消えてゆく。

黒い細長巨人は世界腫を引き剝がされると、崩れ落ちるように次々と倒れてしまった。

冠山はもはや黒くなかった。一瞬、灰に包まれ、その灰が消えてしまっても、あの冠に似た山容とは異なっていた。世界腫によって峰が削られ、潰れたのだろう。今や冠山は、やや歪《いびつ》な丸っこい山でしかない。でもとにかく、世界腫が一掃された。少なくとも、冠山付近の世界腫はもう跡形もなかった。

そのときだった。丸っこくなった冠山の中から、青い光の柱が立ちのぼった。その柱は高かった。とんでもなく高かった。空まで達していて、果てが見えなかった。青い光の柱は最初、一本の縦線のように細かった。それがどんどん太くなっていった。あるところで、トゥンッ、トゥンッ——という音が連続的に轟《とどろ》いた。その音の発生源が冠山の内部だということはわかった。震動も感じた。何の音なのかは不明だった。ただ何かが起こっている。不死の王《ノーライフキング》が何かしている。おそらく冠山の中に、山の底か、もっと奥深くに、世界腫の根があるのだろう。世界腫の根とはどんなものなのか。おれたちは一生知ることがないかもしれないが、たしかにそれはあった。不死の王《ノーライフキング》はその世界腫の根を滅ぼそうとしているのだ。これはその過程なのだ。おれにはそれくらいのことしか推測できなかった。

おれは突っ立って冠山から立ちのぼる青い光の柱を眺めていた。おれだけじゃない。誰も彼もそうだった。

世界腫は消えつつあった。すでに消えていた。おれたちは見ていることしかできなかった。他にやるべきことはなかった。何もなかった。

青い光の柱は、冠山よりも大きくなることはなかった。高さは別として、冠山自体よりもだいぶ小さかった。輝きは増す一方だった。直視するとまぶしかった。目が潰れることはなさそうだが、目を細めないと見つづけるのが難しいほどだった。

光の強さが変わらなくなって、ついに弱まりはじめるまで、どれくらいの間、おれはその青い光の柱を眺めていたのだろう。長いな、とは感じなかったし、あっという間だった、とも思わなかった。でも、ひとたび弱まりだすと、みるみるうちに青い光の柱は一本の線になって、嘘《うそ》みたいに見えなくなった。

「……終わったのか？」

誰かが言ったというより、同じようなことを数人、何人もが、ほとんど同時に口にした。おれだって思った。これで終わりなのか。本当に片がついたのか。不死の王《ノーライフキング》が世界腫の根を討ち滅ぼしたのか。世界腫は滅んだのか。おれたちはその答えを持っていなかったから、待つしかなさそうだった。そのうち不死の王《ノーライフキング》が冠山の中から出てきて、やりとげたと宣言する。おれに限らず皆、なんとなくそんな光景を想像していたんじゃないかと思う。

不死の王《ノーライフキング》らしきものが、でも、それは光る球でも何でもなくて、遠目から見た空を飛ぶ鳥みたいな、点にしか見えないものでしかなかったけれど、どうも不死の王《ノーライフキング》だと思われるものが、冠山の山頂から飛びだしてきた。それは垂直に急上昇して、冠山の上空、数十メートルか、百メートルくらいのところで停止した。

「あっ」とか、「あれは——」とか、「不死の王《ノーライフキング》か」とか、色々な言葉が飛び交った。おれは「メリイ」と、つい彼女の名を呼んだ。愚かかもしれないけれど、そのとき、おれは思ったのだ。これでまた、メリイに会える、と。不死の王《ノーライフキング》がメリイの中にいる。そのこと自体は変わらない。不死の王《ノーライフキング》には不死の王《ノーライフキング》の意思やら目論見《もくろみ》やらがあって、メリイを自由にしてくれるかどうかはわからない。そもそも、それが可能なのかさえ定かじゃないのだ。それでも、メリイと話すことくらいはできるだろう。ワンダーホールの極大樹の下で会った際、おれは彼女を抱きしめなかった。そのことを後悔していた。おれの願望も混じっているかもしれないが、彼女はきつく抱きしめて欲しかったんじゃないか。次に会って、彼女と話ができたら、おれは絶対にそうするつもりだった。彼女がどうするにせよ、おれはそばにいる。一緒にいる。彼女は望まず、拒むかもしれない。それでもいい。おれがどうしたいか、だ。それを伝えよう。たとえどんな結末が待っているとしても、この命が尽きるまで、おれは彼女のそばにいたい。その程度のことしかおれにはできないから、せめてそうしたいんだ。メリイ、どうか一緒にいさせてくれ。

　おれは冠山に向かって走ろうとした。その冠山が、冠とは違いすぎていて、冠山とは呼びえない、かつて冠山だった山が、突如として噴火でもしたのか。おれは叫び、突き上げるような衝撃に体勢を崩した。恐ろしい音が鳴り轟いたが、目に入ってきた光景のほうがよほど凄絶だった。かつて冠山だった山が破裂して、大きな岩だの何だのが飛び散った。煙なのか、粉塵《ふんじん》なのか、そうしたものが噴き上がって、不死の王《ノーライフキング》が、メリイが見えなくなった。かつて冠山だった山は、またたく間に山ですらなくなってしまった。相当数の、ものすごい量の山の破片が飛んできた。来る、と思ったときには拳大でも、迫ってくるとそれは巨岩で、あんなものにぶつかったら即死をまぬがれないから、おれは逃げ惑うしかなかった。右往左往しながらも、かつて冠山があったところから、数百メートルどころか数千メートル、もくもくと渦を巻いて立ちのぼっている、何か大地をめちゃくちゃにするために空から降りてきた叢雲《むらくも》のような、噴煙か、粉塵なのか、そうしたものの中に、何かがいる――何か、としか言えなかったが、間違いなく、何かの存在を、おれは感じていた。おれじゃなくても誰にだって、たとえばそこに、まだ一歳になっていないルオンがいたとしたら、彼にも感じとれたに違いない。そう思えるほど、その存在感――存在することによる影響、ただ存在するだけで、色々なものを、ありとあらゆるものを、決定的に歪《ゆが》め、ねじ曲げてしまい、有無を言わさず変化をうながす、強制するような力は、圧倒的という表現では軽すぎるほど、真に圧倒的だった。

「ハルヒロォ……！」

ランタに呼びかけられた。でも、おれはランタを見なかった。飛んでくる巨岩にはかろうじて最低限の注意を払っていたが、それよりも叢雲の中の存在から目を離すことができなかった。

叢雲を幾筋もの光が切り裂いていた。叢雲の中で何かが発光しているようだった。その発光体が叢雲を熱しているのか。熱かった。おれは熱を感じていた。肌がひりつく熱さだった。目が乾いた。眼球が痛かった。光が膨らんで叢雲を吹き飛ばしてしまおうとしていた。まるで太陽をまともに見ているみたいだった。太陽は遥《はる》か彼方《かなた》にあって、地上から見上げると小さい。でも、それは違う。すぐそばではないが、走って辿《たど》りつける距離だ。

何なんだ、あれは。

光だ。

光そのものだ。

もう巨岩は飛んでこなかった。叢雲は晴れようとしていた。光だ。光が、光っていた。あれは、見ないほうがいい。失明する。恐ろしい。それなのに、見てしまう。目玉が溶けてなくなってもいい。この感情は何なのか。おれは膝をつきたかった。頭《こうべ》を垂れることはしない。光を見ていたいから。その光を仰ぎ見て、おれは、どうしたいのだろう。わからない。けれども、おれは膝を折って腰を屈《かが》めた。

「バカ、何やってる、ハルヒロ、テメェ……！」

ランタに肩を摑《つか》まれ、乱暴に引き起こされた。何をやっているのか。わからない。おれにはわからなかった。ただ、この光は強烈すぎて、おれを温め、熱して、沸騰させようとしていた。それはとても怖いことだが、そうなったらおれは抜けだせるんじゃないか。この光に身も心も委ねれば、もう迷わなくていい。苦しむことはなくなる。

「オレにはわかる、アイツはルミアリスだ！　オマエは神官でも聖騎士でもねえだろ！」

「……ルミアリス」

　何を言ってるんだ。ランタ。おれの鼻とおまえの鼻がぶつかりそうじゃないか。そんなに顔を近づけて、何を怒鳴ってるんだ、ランタ。オレにはわかる？　ルミアリス？　何だ、それは。どういうことだ。ルミアリス。あれが？　光明神ルミアリス……？

　大陸の——グリムガルの平穏を破ったのは、空と海の彼方から流れついた二柱の神々だったという。あまりに騒々しいので、寝床で眠りについていた原初の竜が目を覚ました。二神は先の人びとを従えて激しく争っていた。竜は二神を誅《ちゅう》しようと戦いに加わった。勝者は二神のいずれかか、はたまた原初の竜か。そうじゃなかった。名もなきものが、天上の果てから赤い星を降らせたのだ。原初の竜が赤い星を撃ち落とし、その欠片《かけら》は黒い腫れ物となった。二神は黒い腫れ物、すなわち、世界腫に埋もれて姿を消し、力を使い果たした原初の竜はふたたび眠って、そのまま朽ちた。

ダルングガルに残されている石板や粘土板には、光明神ルミアリスと暗黒神スカルヘルの戦いが描かれていた。大昔、ダルングガルの住人たちが、光明神と暗黒神、どちらかに与《くみ》して戦ったように、このグリムガルでも、先の人びとが二つの陣営に分かれて争った。何らかの理由で、二神はダルングガルからグリムガルへと戦いの場を移したのだ。

しかし、グリムガルでの二神の戦いも、やがて終息した。

いや、終わってなどいなかったのか。

二神はダルングガルから去った。だから、ダルングガルにはルミアリスの恵みも、スカルヘルの力も及ばなかった。ダルングガルでは光魔法も暗黒魔法も使えなかった。

グリムガルには信仰が残っていた。光魔法の使い手たちがいて、暗黒騎士たちもいる。

あくまでも二神は、世界腫に埋もれて姿を消しただけだった。

世界腫が二神を封じていたのだ。

「光よ……！　ルミアリスの加護のもとに……！」

高らかに、朗々と、歌うような声だった。見ると、アキラさんが剣先で中空にしきりと六芒《ろくぼう》を描いていた。彼の両眼は煌々《こうこう》と輝いていた。双眸《そうぼう》から光が溢《あふ》れていた。

「光よ！　ルミアリスよ！　光よ……！」

ドレッドヘアの聖騎士ケムリも、おれがシノハラから奪った断頭剣《ビヘッダー》を掲げ、守りの盾《ガーディアン》を動かして、やはり六芒を示していた。彼の目も光っていた。

「おお……！　おお、光よ！　光！　光あれ！　ルミアリスよ……！」

ゴッホも目を光らせて杖《つえ》を振っていた。彼は元魔法使いだが、神官服を着ていた。光明神ルミアリスに帰依し、神官になったのだ。

「ああ！　光！　光！　光……！」

タダも、あれは、眼鏡が光っているんじゃない、彼の目が光り輝いていた。

「光！　光デスヨネー！　ルミアリィース……！　光……！」

アンナさんも。

「光あれ！　ルミアリスの加護のもとに……！」

颱風《タイフーン》ロックスの神官ツガも。

「ルミアリスよ……！　光よ……！」

元凶戦士隊《バーサーカーズ》の神官ワドは、ひざまずいて指で額に六芒を描きまくっていた。

「何だ……!?　おい――」

レンジが吼《ほ》えるように言った。チビに声をかけようとしたのだろう。チビも様子がおかしかった。光、光、とわめいてこそいなかったものの、彼女の両眼は光っていた。

明らかに変だったが、信じられなかった。

よりにもよって彼女が、そんなことをするなんて。

チビは戦闘用の杖を持っていた。それでレンジの額を一突きしたのだ。

レンジは完全に不意を衝《つ》かれたのだろう。あのレンジが、腰を抜かしたように倒れそうになった。なんとか持ちこたえたが、チビはさらに、今度はレンジの顔面を杖で何回も、立てつづけに殴打した。その間、チビは口を動かしていた。何か言っていたのかもしれないが、おれには聞きとれなかった。彼女の目からは光が放たれていた。それから、彼女は涙を流していたように、おれには見えた。

「チビ……！　やめて……！」

割って入ろうとしたアダチを、チビは杖の一振りで殴り倒した。

「おッッ――何だ、これ……」

ロンは茫然自失《ぼうぜんじしつ》していた。

「光よ……！」

聖騎士ケムリが、断頭剣《ビヘッダー》で彼の仲間、死霊術師《ネクロマンサー》のピンゴの首を刎《は》ねた。ピンゴの人造人間ゼンマイは、ただの死体人形と化した。

「これはっ――」

ソウマは斬りかかってきたアキラさんの斬撃を刀で弾《はじ》いた。ソウマの手並みなら、即座に反撃することもできたはずだ。でも、相手はアキラさんだった。

「光よ……！　ルミアリスよ……！」

そのアキラさんは容赦なく、息もつかせず剣を繰りだした。ソウマは防戦一方だった。

「――アキラさん！　よせ……！　なぜ、こんな……！」

「光ぃぃ……！」

タダが戦鎚《せんつい》でキッカワの頭を叩《たた》き潰した。棒立ちになっていたミモリに、アンナさんが詰め寄った。アンナさんは、小柄な彼女にしてみればかなり高いところにあるミモリの顔に向かって、両手を突きだした。

「咎光《ブレイム》……！」

「あっ……」

アンナさんの両手が放った猛烈な光を浴びて、ミモリはよろめいた。

「ルミアリィース……！」

すかさずタダが戦鎚を一閃《いっせん》させ、ミモリをぶっ飛ばした。

「おぉぉーぅい……！」

イヌイが奇声を発してタダを羽交い締めにしようとした。タダはあっさりイヌイを振りほどき、戦鎚をお見舞いした。

「ヒカァーリィイ！　ヒカァァーリィイだぁ……！　くははははぁーっ！」

「光よ！」

ゴッホが杖を高々と振りかざした。ちょうど彼の妻、女戦士カヨと、義理の息子であるエルフのタロウが、ゴッホに駆けよろうとしていた。

「ダーリン！」「お父さん……！」

「神罰覿面《ジャッジメント》……！」

ゴッホが呼び寄せ、炸裂《さくれつ》させた光で、おれは目が眩《くら》んだ。視界が真っ白になって何も見えなくなったが、ゴッホやアキラさん、アンナさん、タダ、ツガ、ワドたちが、光を讃《たた》え、ルミアリスの名を連呼する声と、暁たちの悲鳴、やめろ、やめてくれと神官や聖騎士を制止する声、お願いだからと哀願する声、どうしてだと悲憤慷慨《ひふんこうがい》する声は聞こえた。

「ダメだ！　ヤバい！　ヤベェーぞ、アアアァァッ……！」

ランタが怒鳴っている。おれは我知らずうずくまっていて、自分が目をつぶっていることに気づいた。目を開けると、ぼんやりとだが見えるようになっていた。でも、おれはすぐにまた目を閉じた。見えなくていい。何も見たくない。沈め。意識を地の底に沈めろ。おれは隠形《ステルス》しようとした。もちろん、そんなことをしている場合じゃない。おれだってわかっていた。だけど、どうすればいいっていうんだ。今こうしている間にも仲間が仲間に傷つけられている。殺されようとしている。きっと死んでいる。おれに何ができるっていうんだ。どうしようもないじゃないか。

「ハル、ハルヒロ、ハルヒロッ！　ハルヒロ、頼む……！」

ランタがおれの背中に覆い被《かぶ》さってきた。まるでおんぶしろとせがむ子供みたいだった。何だよ。何なんだよ、こんなときに、おまえは。本当に、何なんだよ、いったい。

「来る、ヤツが来る、わかるんだオレにはわかる、ダメだオレにはあらがえねえオレは従わなきゃならねえオレはオマエを殺す、誰も彼も殺す、ヤツに服従する者以外は殺す、その死をヤツに捧《ささ》げるオレはそうする、そうするしかねえオレにはわかるんだわかっちまうんだヤツがッ！　ヤツが来るヤツが来るヤツがヤツがヤツがァァ……！」

何を言ってるんだ。なんでオレの耳許《みみもと》でそんなにがなり立てるんだ。ちゃんと聞きとれない。ヤツ？　ヤツって何だ。何のことなんだ。ランタはおれの右耳にほとんど口を押しあてている。おれはランタを見る。もう見える。はっきりと見える。ランタは泣いていた。泣いているじゃないか、ランタ。どうしてだ。その涙が、透明じゃない。黒い。真っ黒だ。ランタは黒い涙を流している。黒い涙は、頬を伝い落ちているだけじゃない。ランタの両眼を黒く染めている。ランタはおれの首に両腕を回している。なんだか本当におんぶみたいな体勢になっている。ランタはおれにすがりついているのかもしれない。

「助けてくれ、ハルヒロ、オマエだけだ、頼めるのは、オマエにしか、オレを、頼む今のうちにハルヒロ、殺せ、オレを殺せ、ヤツが来る前にオレを、ヤツがオレを支配する前に、オレがヤツにすっかり支配されちまう前に、そうなったらオレはオマエを殺す、オマエだけじゃねえ、みんな殺す、誰も彼もオレは殺す、ユメも、ルオンも、オレは殺す、ヤツの、ヤツ、ヤツの、ス、ス、スカ、ダッ、ダメだ、ダメなんだ、ヤツの名を口にしたらオレは、だから頼むハルヒロ、オレを殺してくれ、早く今すぐオレを殺せ……！」

できるわけがないじゃないか。そんなこと。殺せるわけがないじゃないか。おまえのことを殺すなんて、そんな。ランタ。できないよ。殺せない。おれにはできない。おまえを殺したくない。だって、ユメはどうする？　ルオンは？　ああ。ああ、そうか。そうなんだ。ユメとルオンだ。おれなんかより、ランタはユメとルオンを殺してしまうような自分になりたくない。なるわけにはいかない。でも、ランタには拒めない。ランタは暗黒騎士だ。暗黒騎士として行ってきた数多くの殺戮《さつりく》、そのすべてを、暗黒神スカルヘルに捧げてきた。ランタは暗黒騎士として悪徳《ヴァイス》を積んできた。スカルヘルに従い、仕えることを、繰り返し繰り返し誓ってきた。代わりに、スカルヘルから力を与えられた。今さら反故《ほご》にはできない。したくても、できない。光明神ルミアリスから加護を、恩寵《おんちょう》を賜ってきた神官、聖騎士たちと同じように。

世界腫は二神を封じこめていた。

光明神ルミアリスと、暗黒神スカルヘルを。

ルミアリスだけじゃない。

スカルヘルもいる。

ヤツが来る。

ルミアリスに続いて、スカルヘルもこれから出てくる。

地上に現れる。そうなってしまったら。

おれはうずくまっていて、ランタをおんぶするような体勢だったはずだ。それなのに次の瞬間には、おれじゃなくて、ランタがうずくまっていた。ちょうどおれとランタがそっくり入れ替わったような形だった。おれはランタに後ろから組みついて、左腕で目隠しをした。おれの左手はランタの右耳あたりを押さえていた。右手にはダガーが握られていた。ダガーの刃先はまだランタにふれていなかった。

「ごめん」と、おれは言った。

「こっちの台詞《せりふ》だ、バーカ」

ランタはそう返して、ヘッ、と笑った。

おれはダガーでランタの首を一気に切り裂いた。それから、間髪を容《い》れず、ランタの体中を、急所を狙って、できるだけ早く、一刻も早く死に至るように、素早く刺した。もう死んでいると感じてからも、念のために何度も刺した。

動かないランタを放して立ち上がると、かつて冠山だった場所で、光と闇とがもつれていた。

光は上で、闇は下だった。

たぶん、世界腫、ルミアリス、スカルヘル、という具合に重なっていたのだろう。

世界腫が消し去られ、まずルミアリスが出てきた。

そして、スカルヘルがルミアリスを押し上げ、地上に姿を現した。

ルミアリスは光であり、スカルヘルは闇であるということしか、おれにはわからなかった。彼らには形がないのか。それとも、おれには、おれのような者には、おれごときには、知覚できないのか。

そんなことはもう、おれにはどうでもよかった。

殺したり、殺されたりしている暁たちにさえ、おれは関心を持てなかった。

だって、おれはランタを殺したのだ。

ランタが望んだことだったし、おれもおそらく、そうするのが正しいというか、とにもかくにもそうするしかないと思った。やむをえなかった。

でも、おれはランタを殺したのだ。

おれは冠山だった場所に背を向けた。

歩いたのか、走ったのか。わからない。

何にせよ、おれはその場を離れた。

おれは逃げた。

逃げだしたんだ。

7．目覚めよ、もう一度だけ

暁村に向かおうとした。でも、暁村は遠い。遠すぎる。それに、暁村にはユメとルオンの護衛と手伝いのため、荒野天使隊《ワイルドエンジェルズ》が残っていた。カジコの片腕で参謀役のアズサは聖騎士、ココノは神官、ヤエは暗黒騎士だ。夜になって月が出ると、考えたくはなかったが、考えてしまった。暁村では何も起こっていない。そんなことがあるだろうか。ありえないんじゃないか。赤くない月も、おれにそう思わせた。グリムガルの月は、赤かったのに。おれはいつだったか、月が赤いなんておかしいと感じた。やはり、月が赤いわけがなかったのか。夜空に浮かぶ欠けた月は、どう見ても赤くなかった。黄みがかった銀色だった。世界腫が消え去り、冠山だった場所で光と闇が渦巻くようになって、グリムガルは変わってしまった。変わり果てた。

おれは風早荒野《かざはやこうや》を歩きつづけた。風が吹いていた。風音だけは絶えることがなかった。おれは冠山のほうを振り返らなかった。あの光と闇を見たくはなかった。おれは動いているものを見かけなかった。積極的に見つけようとしていなかったせいかもしれないが、まるでおれを除いたすべての生き物が死に絶えたかのようだった。おれは足を止めなかった。空腹や渇きは感じなかった。疲労もよくわからなかった。脚は棒のようだったが、痛みはなかった。

明るくなっても暗くなっても、おれはただ歩いた。何も考えなかったということはない。それどころか、おれはひっきりなしに何かを考えていたし、色々なことを思いだした。とくに後悔ならいくらでも浮かんできた。しかし、悔いはおれの心に何の爪痕も残さなかったし、どんな思い出もおれを喜ばせてはくれなかった。それらはそこにあるだけだった。おれはそれらにふれることはできず、黙って眺めているだけだった。

夜の森を抜けると、月の下に開かずの塔がたたずんでいた。開かずの塔が立っている丘の隣には、オルタナの残骸がひっそりと身を横たえていた。丘にちりばめられた墓石が、月の光に照らされて白く光っていた。

気がつくと、おれは丘をうろついてマナトとモグゾーの墓を探していた。当然、おれは二人の墓の場所を覚えているはずなのに、どうしてもそこに行きつけなかった。どの墓石も同じに見えた。どの墓石にも、たいてい死者の名前が刻まれていたはずなのに、おれが確認した限り、ほとんどは薄れていて読めなかったり、何かが刻まれていたとはとうてい思えない状態だったり、たまに読めたとしても心当たりのない名だったりした。月が出ているとはいえ、夜だし、暗いせいだろうか。あるいはそうじゃなくて、もしかしたらここは、おれが知っている丘じゃないのかもしれない。丘の上の塔は開かずの塔じゃない。丘の隣にある廃墟《はいきょ》もオルタナじゃない。いつの間にかおれは、どこか別の異界に迷いこんだのかもしれない。

そうだったらいいのに、とは微塵《みじん》も思わなかった。冠山だった場所での出来事が現実なら、おれが今どこにいようと関係ない。おれが何をしていようが、何の意味もない。おれはメリイを生き返らせた。その結果、不死の王《ノーライフキング》が復活して世界腫を滅ぼした。おかげで光明神ルミアリスと暗黒神スカルヘルが解き放たれた。そして、おれはこの手でランタを殺した。

みんな死んでしまった。

おれのせいだ。

なぜおれは逃げたのか。あの場にとどまれば、光明神ルミアリスの信徒か、暗黒神スカルヘルの従僕が、おれを殺したに違いない。あのときは何がなんだかよくわかっていなかったから、無我夢中で逃げだしたのだろうか。ただただ死にたくなかったのか。それとも、苦しむべきだと、おれは考えたのか。もっと、もっと、どこまでも、どこまでも、苦しまないと。苦しみつづけるのが、このおれにはふさわしい。

そう思って、おれは逃げたのかもしれない。

実際、簡単に殺されて楽になるなんて、不当な気がする。許されないと思う。

誰がおれを許さないのか。その誰かは神じゃない。それだけは間違いない。

神はクソだ。ルミアリスも、スカルヘルも、クソったれだ。神なんかクソ食らえだ。

じゃあ、おれ自身か。たしかにおれは、おれを許せない。

　おれは誰かの墓石に背を預けて地べたに座った。ユメと、ルオンのことを考えた。二人が無事だといいが、生きながらえているとはどうしても思えなかった。おれは謝りたかった。ランタを殺してしまった。ユメとルオンには謝罪しないといけない。でも、二人はきっと生きていないだろう。繰り返し、繰り返し、おれはそのことを考えた。なぜ涙が出てこないのだろう。なんでおれは、這《は》いつくばって、泣きじゃくり、ごめんなさい、ごめんなさいと、わめき散らさないのか。

　日が昇りはじめた。すっかり明るくなったら、マナトとモグゾーの墓を探そう。ぼんやりと、そんなことを思った。見つけてどうするのか。わからない。そもそも、おれは本当に探すつもりなのか。

　とりあえず、おれは立ち上がることにした。まだ立ち上がってはいなかった。

　丘の上の開かずの塔が破裂した。塔の高さは五十メートルほどもあるだろうか。その全体じゃない。上のほうだ。てっぺんから五メートル、もっとだろうか、十メートルくらいにかけて、ばらばらになり、弾《はじ》けた。

「あっ……」

　おれは間の抜けた声を出した。驚きはしたが、腰が抜けるほどじゃなかった。おれは立ち上がろうとしていたし、立ち上がった。塔の破片だけじゃない。明らかに破片ではなさそうなものが飛んでいた。あれは人なんじゃないかと、一見しておれは思った。

破片や人間らしきものは、それぞれに放物線を描いて落下した。おれがいるほうには、細かい破片が飛んできただけだった。

塔の壊れた部分から、何かが垂直に上昇した。おれはそれも人だと思った。たぶん、女性だ。裸なのか。いや、体の半分くらいは黒くて、もう半分は何も身につけていないようだ。おれは丘の途中にいて、塔は丘の上に建っているし、彼女は塔のずっと上にいる。もちろん、顔なんてわからない。

「シホル……？」

でも、おれはそう思った。あれはシホルなんじゃないか。

シホルはジン・モーギスに拉致されたあげく、開かずの塔の主に囚《とら》われているか、どうやら記憶を奪われ、操られているようだった。シホルが開かずの塔の中にいたとしても、おかしくはない。そうした理屈というか、推論が土台になっていたに違いないが、直感的にあれはシホルだと思った。シホルだ。シホルがいる。

おれはランタを殺した。星落としに参加した前衛隊、後衛隊の暁たちは、誰も無事ではないだろう。暁村も絶望的だ。けれどもまだまだ、シホルがいる。おれはそのときまで、彼女のことを忘れていたのだろうか。正直、何とも言えないが、望みを持ってはいなかった。シホルがいる、と思った瞬間、おれの中に希望の火が灯《とも》った。小さな、小さな火でも、消えてしまわないように守り育てれば、いつか大きな炎になるかもしれない。

彼女の名をもう一度、今度は大きな声で叫ぼうとした。

途端に彼女は行ってしまった。東のほうだった。ものすごい速さで飛び去って、あっという間に見えなくなった。

おれはくずおれた。あれはシホルじゃなかった。シホルなわけがない、とも思った。だいたい、おかしいじゃないか。お嘆《なげ》き山《やま》攻略戦の際、彼女は空飛ぶ円盤のような遺物《レリック》に乗って現れた。さっきは彼女だけだった。生身で飛んでいった。あれが彼女だとすれば、だ。彼女じゃない。いくらなんでも、人間があんなふうに飛べるものか。だったら、あれは何だったのか。わかるものか。わかるはずがない。

塔の付近で何か物音がしていた。おれはまた立ち上がった。もう何もかもどうでもよかったが、どうでもいいからこそ、じっとしている理由もなかった。おれは丘を登った。

「光よ……！　ルミアリスの……！　加護のもとに……！」

「暗黒よぉ……！　悪徳の主！　スカルヘェール……ッ！」

塔のすぐそばで、戦っている。女性と男性だ。女性のほうは神官服を着ていて、男性は黒っぽい鎧《よろい》を身につけ、剣を持っている。女性は素手のようだ。男性が剣で斬りかかり、女性は跳び下がって避けた。

「咎光《ブレイム》……！」

すかさず女性が光を放った。男性は光に押し返されたが、かまわず女性に詰め寄った。

右へ。違う。左だ。暗黒騎士の立鳥不濁跡《ミッシング》か。女性はのけぞった。斬られたらしい。こそとばかりに、男性はどんどん剣を繰りだした。

「光よ……！　光の奇跡《サクラメント》……！」

女性は光に包まれた。光魔法。あらゆる負傷を一瞬で癒やしてしまう。さらに女性は別の光魔法を使った。

「ルミアリスよ……！　恵みの光陣《サークレット》……！」

女性の足許《あしもと》に、直径二メートルくらいの光の円陣が出現した。女性だけじゃなくて、男性も円陣の上にいる。

「んんぁ……！」

男性が怯《ひる》んだ。女性は男性に躍りかかって押し倒し、殴りつけた。馬乗りになって、男性の顔面を殴りまくった。

「光よ……！　ルミアリス！　ルミアリス！　ルミアリスのために！　光よ……！」

女性の両目からは光が、男性の双眼からは闇が噴きだしていた。おれは女性がイオで、男性がその仲間のゴミだということに気づいていた。

イオたちは、おれたちと一緒にパラノからグリムガルに帰ってきた。記憶を奪われ、開かずの塔の主に与《くみ》することを選んだ。開かずの塔にいた。イオは神官で、ゴミは暗黒騎士だった。あの二人も、ルミアリスとスカルヘルの影響から逃れられなかったのだ。

たしか、イオの仲間で、タスケテとかいう盗賊もいたはずだが、彼はどうなったのか。シホル。あれはシホルだったのだろうか。開かずの塔の主は。それから、ひよむー。そうだ。ひよむーはどうなったのか。

「光よ……！　ルミアリス！　捧《ささ》げます……！　この汚れし暗黒の従僕を……！」

イオは殴るのをやめ、両手でゴミの頭を前後に動かしたり、ひねったりしていた。おれは墓石に隠れてその模様を見守っていた。無意識でそうしていた。

イオのやり口は粗暴だった。あんなことをしたら、彼女の手だって無事ではすまないだろう。でも、そうか、恵みの光陣《サークレット》、あの光魔法は、光の円陣上にいる者の傷を徐々に治癒させる。彼女の手の皮膚が破れたり、骨が折れたりしても、治ってしまうのだ。ゴミはどうなのか。ルミアリスと敵対しているスカルヘルの従僕、暗黒騎士には、光魔法がその効果を及ぼさないのかもしれない。

恐ろしい音がした。ゴミの頸骨《けいこつ》が折れたのだろう。すると、イオは立ち上がって、ゴミの頭部を踏んだ。

「光よ……！　光！　ルミアリス……！　ああ、光よ……！」

イオは感極まったように光明神ルミアリスを讃《たた》えながら、踵《かかと》を叩《たた》きつけるようにして、何度も、何度も、暗黒騎士の頭を踏みつけた。光の円陣はすでに消え失《う》せ、暗黒騎士は微動だにしなかった。それでもイオはやめなかった。

何がきっかけだったのか。不明だが、イオは突然、天を仰ぎ、六芒《ろくぼう》を示す仕種《しぐさ》をして、

「感謝します……！」

暗黒騎士の処刑を終えた。

イオはやがて鼻歌を歌いながら暗黒騎士の死体から離れた。何がそんなに楽しいのか。スキップしている。おれは憤りのようなものを感じた。腹を立てる筋合いじゃないが、いくらなんでもあんまりじゃないか。あの暗黒騎士はイオの仲間だった。イオ様隊とか呼ばれていただけあって、イオたちの関係は歪《いびつ》だったが、それでも積み上げてきた歴史とか、絆《きずな》とか、外から見ただけじゃわからない、彼らにとっては大事なものが、きっと色々あったはずじゃないか。それを、あんなふうに破壊するなんて、おかしい。

破壊されるなんて、間違っている。

イオが破壊したのではない。

神だ。ルミアリスとスカルヘルによって、破壊されたのだ。

ランタはこうなることがわかっていた。だから、おれに殺させた。あいつはあいつ以外の者になりたくはなかった。我慢ならなかったのだ。神であろうと何であろうと、そんなことはさせない。それがあいつの意思だった。あいつの心意気で、あいつの生き様で、死に様で、あいつはあいつの人生を貫いた。そのためにおれを利用したのは、まったく勘弁して欲しかった。最後の最後まで、おまえってやつは。やらせるなよ、おれなんかに。

でも、それこそ、おれはあいつという人間が好きではないけれど、おれたちの間には積み上げてきたものが確実にあって、他の誰かがあいつを殺すくらいなら、おれがやったほうがいい、おれがやるしかなかった、とは思う。

神だろうと何だろうと、あいつが望まないものに、あいつを変えさせはしない。

あんなふうに変わってしまったランタなんて、おれは絶対に見たくない。

イオに頭をぐちゃぐちゃにされたはずの暗黒騎士が、跳ね起きた。

暗黒騎士の頭部は原形を留《とど》めていなかった。そこで何か黒いものがとぐろを巻いていた。たぶんそれは、暗黒騎士の双眼から噴きだしていた闇と同じものだった。闇が損壊した部位を補おうとしているのか。その部位を闇が修復しようとしているようにも見えた。

「うぇうぇうぇうぇうぇうぇ！　うぇうぇうぇえええええぇぇぇ！」

暗黒騎士が声らしき音を発した。

イオが振り返った。左右の目だけじゃない。彼女の鼻の穴からも、口からも、光が噴きだした。

「汚れし……！　暗黒の従僕……！」

「あぅぅうあぁっ！　えぅぅうぅあっ！　おぉえうぅぅっ……！」

暗黒騎士が神官めがけてすっ飛んでいった。おれは墓石の陰に引っこんだ。体を縮こまらせて、目をつぶり、耳をふさいだ。

ルミアリスの信徒とスカルヘルの従僕が、信仰を持たない者たちを巻きこんで、互いに殺しあい、誰も生き残らない。おれはそんなふうに考えていた。違う。そうじゃない。光明神ルミアリスの光は、癒やしの力をもたらす。暗黒神スカルヘルの闇も、どういう方法によってか、暗黒騎士を回復させてしまった。

つまり、ルミアリスを信じる者も、スカルヘルに仕える者も、殺しあい、殺され、死んでも、蘇《よみがえ》る。ルミアリスとスカルヘルが争いつづける限り、二神に従う者たちは延々と戦いつづけなければならない。

二人は殺しあいながら丘を下りていった。二人の声が、斬ったり、殴打したり、叩き折ったりする音がまったく聞こえなくなるまで、おれはひたすらじっとしていた。

太陽は中天近くにあった。二人は森の中に消えたらしかった。戻ってくるんじゃないかとびくびくしながら、おれは開かずの塔の周りを歩いた。出入口は見つからなかった。入ってどうしようというあてがあったわけでもない。おれは開かずの塔に中に入ろうとしていたのか。それすら判然としない。

もといた場所に戻ると、おれは考えらしい考えもなく、もう一周しようとした。その途中だった。塔から十五メートルほど離れたところで、何か動いていた。一周目のときは気づかなかった。少し丘を下りて、そのあたりから墓石が置かれはじめている。墓石と墓石の間だ。それが何なのか。ぱっと見ただけでは、おれにはわからなかった。小さくはない。

むしろ、かなり大きい。長い、と言うべきだろうか。しかし、幅もある。薄っぺらくはない。厚みがあった。もぞもぞと身をよじっている。這《は》い進んでいるのだろうか。その動きは緩慢だ。脚。脚が二本あるのか。どうやら、それは腹這いになっているらしい。

人、なのか。

腕のようなものはない。少なくとも、完全な形では。ひょっとして、腕はもぎとられてしまったのか。裸ではないようだ。それは何かを身につけている。ひどく黒ずんでいるものの、黒とは言えず、赤とも、青とも、緑ともつかない。布地なのか。金属のような硬い素材の物なのだろうか。判断がつかない。

おれはそれに歩み寄った。

「……ンン……」

それが声を発した。声だと思う。唸《うな》り声《ごえ》だ。

「あの」

おれはそれの約二メートル手前で足を止めた。あまり近づくのは危険かもしれない。危険だったら何だというのか。この期に及んで警戒心が働いている。おれが嗤《わら》うべきはいつもおれ自身だった。

「大丈夫……ですか？」

「……ンン……きみは……」

それはやはりうつ伏せになっているようだった。体を回転させようとしている。おれはそれの頭部を覆っているのが髪の毛だということに、やっと気づいた。その頭髪は糸状の虫を思わせた。おびただしい数の糸状の虫が、頭に寄生しているかのようだった。

それはけっこう長い時間をかけて、どうにか体を横に、というか、体の片側をいくらか持ち上げ、斜めにした。それが顔を上げた。おそらく、顔、なのだろう。糸状の虫のような毛は、それの顔にも生えていた。目とおぼしきものは、ただの窪《くぼ》みだった。その窪みの奥に、鈍く光るものがあった。口は割れ目だった。割れ目の周囲はひび割れていた。糸状の虫のような毛の合間からのぞく皮膚は青白かった。むしろ、青かった。

「きみは……そうか……義勇兵……オルタナの……名は……ハルヒロ……」

「……おれの——ことを、知って……?」

「知って……いるとも……」

「あんたは——」

おれは壊れた開かずの塔を見上げた。そして、ふたたびそれを見下ろした。それはずいぶん傷ついているようだった。体中が傷んでいた。出血している様子はなかった。その体には血が通っていないかのようだ。血も涙もない生き物なのか。そもそも、それは生き物なのだろうか。

「開かずの塔の……主か」

「門外し卿《サー・アンチェイン》と……オルタナの辺境伯には……呼ばれていた……」

「なんで――」

「アインランド・レスリー……それが……私の、名だ……」

おれは、アインランド・レスリーを名乗るそれの、糸状の虫みたいな気味の悪い毛髪に覆われた頭を、踏み砕いてしまったほうがいいのかもしれない。もしくは、今すぐ走りだしてどこか遠くへ行くべきだろうか。もう余計なことには関わりたくなかった。おれみたいな者は、どんなことにも関わるべきじゃない。

「シホル……あの娘は……想像を絶する……」

「……何？」

おれは膝をついた。

「今、何て言った？　シホル……？　そう言ったのか？」

「そうだ……あれは……魔法を……誰も考えつかなかった方法で……完成させた……所詮、どの魔法も……古《いにしえ》の、原形魔法には……及ばない……それを、あの娘は……」

「シホル……シホルは……無事なのか？」

「……肉体の……半ばを失っても、なお……あの娘は……魔法で……」

「飛んでいった。塔が、壊れて」

「……破壊、したのだ……何もかも……あの娘が……あれは……魔女だ……本物の……」

「生きてる——シホルは……やっぱり……」

「きみに……頼みがある……」

「……は？」

「近くに……」

「頼み——って……はぁ？　おまえ——わかってるのかよ。おまえなんだろ？　おれたちの、記憶を奪って……」

「もう時間が……それほど……残されて、いない……私には……」

「知るか。知ったことかよ」

「……見たまえ……」

アインランド・レスリーは顎を動かした。自分の胴体を見ろと言いたいらしい。おれは見てやった。そこはごっそり抉《えぐ》られていた。胸から腹にかけて、大きく削りとられ、もとは何かあったのだろうが、それらはなくなっていた。空洞の内側には、濃い褐色の粘液のようなものが付着していた。アインランド・レスリーが這いずった跡には、その粘液がこびりついていた。アインランド・レスリーは、五メートルほど下にある墓石のそばからここまで這ってきたらしかった。

おれはいつの間にかアインランド・レスリーに接近していた。今や、手をのばせばアインランド・レスリーにふれることができた。

おれが地べたに膝をついたまま、アインランド・レスリーに躙《にじ》り寄ったのか。それとも、アインランド・レスリーが芋虫みたいに身をくねらせ、少しずつおれに近づいたのか。

「私に……力を、貸して……欲しい……私には……まだ……やり残したことが……きみにとっても、それは……不利益には、ならない……」

「信用できない、おまえの……おまえみたいなやつの、言うことなんか……」

「必要、ない……」

「あ？」

「いずれ、わかる……」

「何、言って――」

おれは立とうとした。そのときにはもう、アインランド・レスリーが割れ目みたいな口を開けて、その奥から血みどろの腕が飛びだしていた。血みどろといっても、その血は濃い褐色だった。古くなって腐っているかのようで、見るだに不快だった。腕といっても、かなり細かったし、太さは子供の腕くらいしかなく、長さもだいたいそれくらいだった。先に手のようなものを備えていたから、とっさにおれは腕だと見なしたのだ。

つかまる、とおれは思った。その腕はおれをつかまえようとしている。おれの直感は外れた。アインランド・レスリーの口から出てきた腕は、おれをつかまえるのではなく、おれの口の中に入りこんできた。

「――――――……！」

それは一気に食道を通り抜けて胃にまで達した。気道も圧迫され、ほぼふさがっていたので、おれは息ができなかった。両手でアインランド・レスリーの腕を、腕のようなものを掴《つか》み、引き抜こうとしたが、逆にどんどん奥へ、奥へと入ってきた。

「私はまだ、潰《つい》えるわけにはいかない」

アインランド・レスリーの声は、おれの中で響いていた。

「方舟《はこぶね》の謎を、私は解き明かしていない」

「――――……！」

「私を信用する必要などない。力を貸してもらうぞ、ハルヒロ」

「――――……！」

「心配するな。きみをないがしろにはしない。言ったはずだ。きみにとっても、不利益にはならない」

「――――……」

「きみは旅をつづけられる。私と共に。きっと、あの魔女とも会えるだろう」

「――――……」

〝――目覚めよ《アウェイク》。〟

何度、呼びかけただろう。おい。起きろ。目を覚ませ。目覚《ア ウ ェ イ ク》めよ。いったい何種類の呼びかけ方を試したことか。

この部屋は暗い。ただ、真っ暗じゃない。

硬く滑らかな床は削られた岩でも石畳でもない。だったら何なのか。そう訊《き》かれると返答に困る。ともあれ、その床に直線や曲線がぼんやりと光って浮かび上がっている。円や複数の図形を組み合わせたそれらが、具体的に何を示しているのか。これも答えようがない問いだ。

床で一人の人間が仰向《あおむ》けになっている。髪が長い。体形からすると男性。まだ若そうだ。二十歳前後だろう。おそらく、ニホン人だ。今、身じろぎした。ようやく目を開けた。

「……え？」

「起きたか」

声をかけると、ニホン人が上体を起こした。

「……誰──ジュンツァ？　アム？　ネイカ？　違う……？」

目を凝らして部屋の中を見回している。驚き、当惑して、うろたえているようだ。動揺しないほうがおかしい。

「おれは──残念ながら、ジュンツァ？　でも……アムでも、ネイカでもない」

なるべく刺激しないように、ゆっくり言うと、ニホン人は一つ息をついた。

「……だろうね」

「友だちか」

「何が？」

「ジュンツァ。アム。ネイカ。きみの友だちか」

「友だちっていうか……ううん、何だろ。仲間？」

「そうか」

「あんた……知ってる？　ジュンツァたちがどこにいるか。たぶん……近くにいるはずなんだけど」

「いや、悪いけど、おれは知らない」

「そうなんだ」

ニホン人はうつむいた。考えこんでいる。

何も覚えていないということはないはずだ。自分の名前くらいしか思いだせない。他のことは忘れている。そんな状態に陥るような処置はしていない。

おれとは違う。

昔のおれたちとは。

「立てるか」

そう尋ねると、ニホン人は顔を上げて、「……うん」とうなずいてみせた。

「いや。わからないけど。立てそう……かな」

「ここにいてもしょうがない。出よう」

「出る？　いいの？」

どうやらニホン人は思い違いをしているらしい。たぶん、拉致されたか何かして、ここに運ばれ、閉じこめられているとか、そんなふうに考えているのだろう。勘違いしてもしょうがない状況ではある。

「ここにいたいなら、かまわないけどな。おれはそろそろ行くよ。きみはどうする？」

「どうする……って――」

ニホン人は立ち上がった。身軽なようだ。若さだけじゃない。体を動かし慣れた者のしなやかさを感じる。

壁際まで歩いていって、そこでニホン人を待った。ニホン人の歩き方には特徴がある。戦士よりも狩人《かりゅうど》や盗賊に近い。むしろ、野獣に似ている。あまりニホン人らしくない。

「ここから出られる」

「……どういうこと？」

「ただ外に出ればいい」

壁に入ると、向こう側に抜けた。そこは螺旋《らせん》状の階段で、手すりがある。出てきたところには手すりがない。照明器具のたぐいは見あたらないのに、物がはっきりと見える。

仕組みはわからないが、不思議だとは感じない。きりがないからだ。何がどうなっていて、なぜこうなのか。どれだけ調べても、ほとんど突き止めることはできず、それどころか多くの場合、謎がさらなる謎を呼ぶ。

階段を数段下りると、ニホン人が出てきた。

「来たな。下りよう」

「……いや、あの――」

「何だ」

訊いてから、ニホン人が戸惑っている理由に思いあたった。そうか。これのせいか。目が合っている。ニホン人は顔を見ている。正確には、顔を覆っている面を。面。仮面。どう呼ぶべきなのか。わからない。見たくはないし、見せたくもない自分の顔を、ただ覆い隠してくれるだけの代物じゃない。それだけだったら、さすがに始終着けていたりはしない。この面は遺物《レリック》だ。様々な機能がある。便利だし、慣れてしまえば邪魔でもない。もう慣れてしまった。

素顔を隠している。正体不明の、見るからにあやしげな人物だとニホン人は思っていることだろう。

「ここ、どこなの？」

それでいて、恐れているような様子はない。このニホン人はやけに腹が据わっている。

「昔は〝杭《くい》〟と呼ばれていたらしい」

「くい？　棒のこと？」

「おれたちは、方舟の中にいる」

「はこぶね？　船……？」

「下りよう」

階段を下りはじめると、ニホン人はついてくる。軽快な足どりだ。

「ねえ、ちょっと」

「ああ」

「訊いてばっかりで悪いんだけど……あんた、誰？」

「おれか」

簡単な問いだと、その瞬間は思った。

「そうだな……」

どうしてか、出てこない。

おれは誰なのか。何者なのだろう。

「マナト」

ニホン人が言った。

おれの足が止まった。

「……マナト？」

「うん」

ニホン人は間違いなく、マナト、と発音した。

おれは振り返った。

「きみの名前──なのか？　マナト……？」

「だから、そうだけど。仲間内では、マットとかマナとかって呼ばれてるかな。でも、名前はマナトだよ。父さんと母さんにはそう呼ばれてたから」

「父さん……きみのご両親は？」

「死んだよ。とっくに。仲間もみんな、親はいなかった」

「きみは、いくつだ？」

「いくつ？　あぁ、年？　ええ……と、はっきりとはわかんないけど、十二とか？　十四だったっけ。十三かな」

「若いな。思ったより」

「適当だけどね。親が死んでから……三年？　四年？　くらいかな。それくらいは経《た》ったと思うんだけど。そこまでちゃんと数えないしな」

「……マナト」

「うん」

「おれの、知り合いに――」

　マナト。

　久しぶりだ。本当に？　久しぶりなのか？　独り言で、その名を口にしたことは？　あるかもしれないが、最近はないと思う。

「……ずいぶん前なんだが、偶然、きみと同じ名前の、友だちが……仲間がいたんだ」

「へぇ。そうなんだ。偶然」

「奇遇というんだ。こういうのは」

「きぐう？」

「思いがけない、不思議な巡りあわせのことだよ」

「奇遇か。初めて聞いた。あ。そうだ。あんたは？」

「名前か」

　おれは階段の手すりを摑《つか》んだ。なんだか、そうしないと座りこんでしまいそうだった。名前。おれの、名前。そんなものはどうだってよかった。おれの名を呼ぶ者などいはしないからだ。かといって、忘れてしまったわけじゃない。過去を忘れることなんて、おれにはできない。忘れ去るには、あまりにも重すぎる。

「ハル」

　おれは手すりを放した。

「そんなふうに、おれを呼ぶ人がいた」

「ハル」

マナトは呟くようにそう言った。

似ているだろうか。このニホン人は、あのマナトに。正直、わからない。おれは彼の面影を思いだせる。でも、おれの脳裏に浮かぶ顔は、本当に彼なのか。実物と違っていたとしても、確かめることはできない。声だってそうだ。

あのマナトはおれのことを、ハルヒロ、と呼んだ。おれは怖かったのかもしれない。このニホン人に、もし、ハルヒロ、と呼ばれたら、おれの中の彼の記憶が――彼の面差しや、彼の声音が、壊れて完全に失われそうな気がして、恐ろしかったのかもしれない。

「じゃ、そう呼んでいい？　ハルって」

「かまわない」

この若いニホン人を何と呼ぶべきなのか。あのマナトなら、決まってるだろ、と笑うだろう。そんな気がする。だって、それが彼の名前なんだよ？

「おれはきみをマナトと呼ぶ。問題ないか？」

「問題って」

マナトは笑った。あのマナトとは違う、もっとあどけない笑い方だった。

「ないよ。問題なんか。だって、マナトだし」

「そうか。下りよう、マナト。ここがどこなのか、知りたいだろう」

おれはふたたび階段を下りはじめた。何か自分の体が自分のものじゃないかのような感覚に襲われている。事実、おれの体がまったくおれのものだという保証なんてありはしないが、これはきっとそういうことじゃない。だったら、どういうことなんだ？

やがて螺旋階段を下りきって、おれはその向こうに入った。そこから出た、と言うべきかもしれない。

外だ。

日が暮れたあとか。それとも、日の出前だろうか。しばらく方舟《はこぶね》の中にいたから、そんなことも即座にはわからなかった。東の空がわずかに明るい。ということは、もうすぐ日が昇るのだろう。

暁だ。

おれは丘の上に立っている。

おれだけじゃない。

マナトも方舟から出てきた。

そういえば、かつておれたちは方舟のことを、開かずの塔、と呼んでいた。たしかに、外から見ると方舟は塔だ。最上部は崩落したままで、全体にびっしりと蔦《つた》が絡まっている。古びた塔でしかない。

「……え」

　マナトはきょろきょろしている。

「どこなの、ここ」

「きみがいたところとは、別の世界だ」

　おれは丘の斜面をいくらか下って、大きな白い石の前で立ち止まった。同じような墓石が、この丘にはたくさんある。

「グリムガルと呼ばれている」

「……別の、セカイ。グリム、ガル……」

　マナトは目を瞠《みは》って首を傾《かし》げた。

「どういう……え？　どうやって……こんなとこ、来た覚えないんだけど。別の世界って、何？　世界……ニホンじゃないってこと？」

「ニホンは、国だ。おれもかつて、そこにいた。何も覚えてないけどな。ニホンの話は聞いているから、まったく知らないわけじゃない」

「ハルも……ニホンの人？」

「そうらしい。ニホンから、このグリムガルに来た」

「だから……それ——どうやって？」

「おれにもわからない」

ちゃんと説明してやれたら、どんなにいいか。おれも知りたかったし、探ろうとした。うまくはいかなかった。

「きみと同じようにグリムガルにやって来た者たちは、とてもたくさんじゃないが、けっこういたんだ。みんな、わからないと言っていた。来る前のことは記憶にあっても、何かが起こったのか——何かしでかしたのか、とにかく、そのときのことは、誰も覚えていない。全員だ」

「……ちょっと待って」

マナトはしゃがみこんで、頭を掻《か》きむしった。

「じゃ、ハル以外にも、いるの？　同じような……ニホンの人が？」

「いた、と言うべきかもしれないいな」

「今は……いない？」

「久しぶりなんだ」

「何が？　久しぶりって」

「ニホンからグリムガルに渡ってきた者は、方舟のある部屋に転送される。そういう仕組みが方舟にはある。そういう装置がある、と言ったほうがいいか。おれたちのころは、数年ごとに、何人か……ときには十人以上、いっぺんに渡ってくることもあった。でも、だんだん頻度が低くなって、人数も少なくなっていった」

「久しぶりってことは……しばらく渡ってこなかった？」

「そうだ」

「どれくらい？」

「四十年以上――」

口に出してみると、あらためて愕然《がくぜん》とせずにはいられなかった。ニホンから渡ってきた者たちは、たぶん全員、自ら望んで来たわけじゃない。不幸な事故に出くわしたようなものだ。だから彼ら、彼女らには気の毒だが、おれにとってはある意味、同類だった。待ち望んでいたとは言わない。そんなことは言えない。でも、ニホン人たちの出現は、おれに何かをもたらしていた。表現するのは難しいが、生き甲斐《いがい》のようなものを。

「最後に渡ってきてから、五十年近く経ったか」

「五十年？　それって……長いよね？　人って、そんなに生きないでしょ。父さんと母さんだって、死んだとき、たぶんだけど、三十歳とかなってなかったよ。ハル、長生きすぎない……？」

「きみの親は早死にだと思うけど、おれは……そうだな、きみの言うとおりだ、マナト。たしかに、おれは長く生きすぎている」

「……五十年。その……五十年前？　グリムガルにニホンの人が渡ってきたとき、ハルは子供だった？」

「いや」

「だったら……ハルは何年、生きてるの？　だって……ニホンでは、三十年なんか生きたら、かなり長生きなほうだよ？　どうせみんな死ぬし、何年とか、何歳とか、真剣に数えてない」

「おれも真剣に数えるのをやめたよ、マナト。きみたちとは事情が違うだろうけど。だいぶ事情が違うようだ……」

　何かおかしい。何か？　明らかにおかしい。人が三十歳未満で死ぬ。もちろん、ありえないことじゃない。寿命じゃなければ。三十年生きたら長生きだというのは、どういうことだろう。

　そもそも、どうしてニホン人はグリムガルに渡ってこなくなったのか。おれは漠然とこんなふうに考えていた。ニホンのどこかで日常的じゃなくて例外的な、事故か、天変地異なのか、とにかく何らかの現象が発生して、その結果、グリムガルに人が送りこまれる。それが起こらなくなった。たとえば、ニホンの状況が激変したとか。もし、ニホンに住む人びとの寿命が急激に縮んだのだとしたら、それは大きな変化だ。人間はドワーフ族やエルフ族ほど長命じゃないが、七十年か八十年は生きられる。そのはずだ。いったい何が起こったら、寿命がその半分以下になってしまうのか。おれには見当もつかない。

「たかだか四十数年の間に……ニホンで何があったんだ。本当に、四十数年しか経《た》っていないのか？　なんだか、もっと……」

気がつくと、マナトが立ち上がっていた。深呼吸をしたり、大きく伸びをしたり、体を左右に曲げたりしている。

「……何をしてる？」

「何って」

マナトは足を広げて上体を思いきり反らし、前屈した。それを繰り返した。

「体、動かしてる。体さえちゃんと動けば、すぐには死なないし」

「……まあ――そういうものか」

「ハルも、長生きしてるわりに、身のこなしが軽いっていうか、いい感じだね。だから長生きなんじゃない？」

「どうかな、それは……」

「あのさ、何か食べられるものない？　森があるな。あっ。山がある。高いね！」

マナトが南にそびえる山並みを指さした。

「あれは天竜山脈だ」

そうか。たしか、ニホンにはあそこまで高い山はめったにない。ニホンから来た誰かが昔、そんなことを言っていた。

「竜が住んでいる。神に仕える者たちも、あの山には立ち入れない」

「リューって何？　獣？　食べられる？」

「……竜を食べるのは難しいだろうな。逆に食われるのがおちだ」

「へぇ。そうなんだ。でも、森には獣がいるよね」

「ああ。まあ……」

「そこまでやばいやつじゃなかったら、つかまえて殺しちゃえば、煮たり焼いたりして食えるでしょ。あと、キノコとか、山菜とか、木の実とか。森は森だし、山は山って感じだけど、ニホンとは色々違うのかな」

「腹が減っているなら、さしあたり食べられるものくらいは、おれが用意できる」

「マジ？　よかった。じゃ、なんとかなるか」

「……きみは、落ちこんでいないのか？」

「落ちこむ？　なんで？　生きてるのに？」

マナトは笑った。強がっているのか。そうは見えない。マナトは膝を曲げたり伸ばしたりして、首を回した。軽く跳ねた。その次の跳躍はかなり高かった。

「仲間のことは気になるけど、生きてるだろうし。生きてれば、また会えるかもしれないしさ。会えないかもしれないけど。どうしても会いたきゃ、会いに行けばいいし。行けないのかな？　無理だったりする？」

　おれは首を横に振るしかなかった。

「……すまないが、わからない。ただ、おれの知っている限り、ニホンに帰った者は一人もいないはずだ」

「そっか」

　マナトは勢いよく空気を吸いこんで、吐きだした。晴れ晴れとした顔をしている。

　十三歳くらいだと言っていた。まだ子供だ。でも、体つきからするとそうは見えない。細身だが、痩せているというより、極限まで引き締まっている。上背はおれよりあるだろう。なんだかちぐはぐだ。体はできているのに、顔立ちや表情は妙に幼い。

「まあ、意外と、グリムガル……だっけ？　ここのほうが居心地よかったりするかもしれないし。仲間も一緒だったら、もっとよかったんだけど。なんでここにいるのかもわからないんだから、しょうがないよ」

「……ポジティブなんだな」

　思わずおれは、ほんの少しだが、笑ってしまった。

「一つ、訊《き》いていいか、マナト」

「うん」

「ニホンは、西暦何年だった？　もし、質問の意味がわからなかったら、べつに答えなくていい」

「セーレキ……」

マナトはこめかみに指を当てた。

「西暦……二千百年？　二千百……曖昧だけど、母さんがそういうことを話してたか……新聞に書いてあったのかな。でも、かなり前だよ」

「二千百……」

おれは手で口を覆った。おれの顔は遺物《レリック》の仮面で覆われている。それなのに、ときどきつい、そんな仕種《しぐさ》をしてしまう。

「そうか。おそらく、グリムガルでもニホンでも、時間は同じだけ経過してる。この四十数年で、ニホンはずいぶん変わってしまったらしい――」

hard-core level.1　竜の乗り手

この日をずっと待ち望んでいた。

ヨリは曽祖母が大好きだった。心から愛していた。愛する愛するひいお祖母《ばあ》ちゃん。

もっとも、曽祖母のことを愛し、尊敬していたのは、ヨリだけじゃない。

曽祖母は一族の生き字引だった。大婆様《おおばばさま》とか、太母様とか、グレートマザーとか、ゴッドマムとか、人によって色々な呼び方をしていたが、曽祖母を、ひいお祖母ちゃん、と呼ぶことができるのは、ヨリが彼女の血を引いているからだ。

自分は、あの曽祖母の曽孫《ひまご》なのだ。

そう思うだけで力が湧いてくる。自分は無敵だと信じられる。ヨリにできないことなんてない。その気になれば何でもできる。できないわけがない。

一族に子が生まれると、決まって曽祖母が名前をつけた。もちろん、ヨリにヨリと名づけてくれたのも曽祖母だ。

ヨリは一族中、二人目のヨリだった。

一人目のヨリを、ヨリは直接知らない。曽祖母には息子が一人だけいて、その最初の娘がヨリと名づけられた。つまり、一人目のヨリは曽祖母の初孫だった。でも、一人目のヨリは、幼いうちに亡くなってしまったらしい。

もともと、曽祖母の一人息子がもし女の子だったら、ヨリになるはずだったという。曽祖母はヨリという名に思い入れがあった。ヨリはその名前を曽祖母から贈られた。だから、ヨリは特別なのだ。

愛する愛する曽祖母は、ヨリがお話をせがむと、ええよ、と笑って、おいで、と手招きし、膝の上にのせてくれた。周りの連中が、大婆様もさすがにもう年だから、とか、お体にさわったら大変なので、とか、余計な口出しをしても、曽祖母は一向に頓着しなかった。曽祖母がしてくれるお話は、どれもすさまじくおもしろかった。どのお話も大好きだし、しっかり、はっきりと覚えている。でも、ヨリがとりわけ気に入っているのは、グリムガルでの冒険譚《ぼうけんたん》だ。

昔々、曽祖母は天竜山脈の北にいた。曽祖母は一人じゃなかった。仲間がいた。曽祖母は仲間たちと一緒に、信じられない大冒険を繰り広げたのだ。

ヨリは曽祖母の独特な語り口を完璧に再現できる。グリムガルではいくつもの出会いがあり、数々の血湧き肉躍る戦いがあった。そして、つらい別れもあった。ヨリの曽祖父にあたる人は、曽祖母と冒険をともにした仲間の一人だったのだ。

曽祖母はその後、大いなる災厄に見舞われたグリムガルから脱出し、赤の大陸に渡った。幼い一人息子を守り、育てながらの逃避行については、あまり教えてもらえなかった。さしもの曽祖母も、とんでもなく大変すぎて、ろくに覚えていないのだと言っていた。

とはいえ、赤の大陸に辿《たど》りついてからも、曽祖母は気が休まる暇がなかったに違いない。

そやけどなあ、と曽祖母は笑った。楽しかったよ、いろんなことがあってなあ、と。

いろんなこと、と言えば、曽祖母は行く先々でものすごくもてたようだ。これは一族の間で語り草になっているのだが、曽祖母に言い寄った男女は数千、数万に及ぶという。でも、曽祖母は誰とも関係を持たなかった。曽祖父がどんなにかっこよくて、すばらしい人だったか、ヨリもだいぶ聞かされた。曽祖父をさんざん褒めそやしたあとに、曽祖母は必ずこう言うのだ。あの人がいてくれたから、みんないるんやからなあ、と。

曽祖母は本当に一途《いちず》な人で、そこもすてきだとヨリは思う。あこがれる。ヨリもそうありたい。というか、そうする。いつか愛する者ができたら、ヨリは絶対裏切らない。裏切らせない。ヨリは生涯その人しか愛さないし、その人にはヨリのことしか愛させない。

曽祖母は寛大な人でもあった。果てのない海よりも器が大きかった。昨日の敵は今日の友、という言葉を曽祖母はよく口にした。敵対する者と握手しなければならないときは、相手に手を出せとは言わず、自分から先に手を差しだした。柔軟だったが、とてつもなく意志が強かった。悲しいお話をするときも微笑《ほほえ》んでいた。怒ると一族中が震え上がるほど怖かったが、すぐにまた笑ってくれた。

――グリムガルにはなあ、忘れ物があるねやんかあ。それをなあ、とりにいかないといけないねん。ひいお祖母ちゃんの代わりに、ヨリが忘れ物、とりにいってくれるかあ？

曽祖母がヨリにそんなことを言ったのは一度だけだ。たった一度きり。あのときは曽祖母とヨリの二人きりで、周りに誰もいなかった。

もちろんヨリは、行くよ、と答えた。約束する、と言ったら、曽祖母は首を横に振った。約束はしなくていい、と。

――ヨリは、ヨリのしたいことをしたらいいよ。ひいお祖母ちゃんも、そうやって生きてきたんやからなあ。ヨリも、ヨリだけの人生を生きなさい。約束できるかい？

当然、ヨリは曽祖母と約束した。あえて曽祖母には言わなかった。曽祖母の忘れ物をとりにいく。それもまたヨリがやりたいことだ。曽祖母が好きで、大好きでしょうがなくて、曽祖母が誇りで、曽祖母が自分ではもう叶《かな》えられない願いだから、ヨリが代わりに果たす。これはヨリ自身の望みなのだ。

「キャランビット……！」

ヨリが竜穴《りゆうけつ》の入口から呼びかけると、奥のほうから、ビイイィィ、と答える声が響いてきた。竜穴は直径四メートルほどで、深さは二十メートル以上ある。天竜山脈の南面に位置する段々岳《だんだんだけ》の中腹には八つの竜穴があって、翼竜がそれぞれ一頭ずつ飼われている。

「ウーシャスカ……！」

隣の竜穴でも翼竜を呼ぶ声がした。ヨリがそちらを見ると、リヨもこちらに目を向けた。ヨリは血を分けたこの妹があまり好きじゃない。幼い頃はかわいくて仕方なかったし、今も大嫌いではないが、いつになってもつきまとってくるので、いいかげん嫌になってしまった。だいたい、一歳半下で、あんなに小さかったのに、にょきにょき背がのびて、もうヨリより頭一つ分ほども大きい。自分よりずっと大きい妹につけ回される身にもなって欲しいものだ。邪魔くさいし、うざったいし、気持ち悪い。

ヨリは竜穴に視線を戻した。その寸前にリヨが、あっ……という感じで少し口をあけた。リヨのことだし、それからがっくりと肩を落とすのだろう。そういうのもやめて欲しい。まるでヨリが何かひどいことをしているみたいだ。うざい妹にちょっと冷たくしているだけなのに。姉離れしろと、態度で示している。直接言ったこともある。何度もある。でも、リヨは聞かないから。ヨリの妹はいったれぽんぽんなのだ。ちなみに、いったれぽんぽんは、曽祖母がたまに使っていた言葉だ。度を過ぎてアレな者を評して、ほんとになあ、いったれぽんぽんやからなあ、といった具合に。今となってはヨリしか使わないかもしれない。そういうひいお祖母ちゃん語がいくつかある。わりと、けっこうある。とにかく、リヨはいったれぽんぽんなのだ。

竜穴の奥からキャランビットが這《は》いだしてきた。段々岳で飼育されている翼竜は、天竜山脈に住む竜の中では小型から中型、まあ、小さな中型くらいの体格だ。前肢に翼膜を持ち、飛行できる。首がやや長く、舌がやたらと器用だ。後肢はすっきりして見えるけれど、そうとうな脚力がある。

キャランビットは竜穴から顔を出すなり、赤紫色の舌でヨリを舐《な》めまくった。

「うぉう、キャランビット、あはっ、ちょっ、おい、ふふっ……」

ヨリはキャランビットの顎を手で押さえたが、舐めるのを止めようとはしなかった。翼竜の体表は鱗《うろこ》と羽毛の中間みたいなもので覆われていて、やわらかくも硬くもない、何とも言えない手ざわりが最高に心地いい。唾液はさらさらしていて、意外とまろやかな味がする。食事の直後でなければ、翼竜の口臭はきつくない。歯を磨かない人間のほうがよっぽど臭いくらいだ。ヨリは慣れているから、そう思うのかもしれないが。

出会ったとき、キャランビットは卵だった。ヨリは孵化《ふか》する前からこの翼竜を知っている。竜飼いに手ほどきを受けながら、五年かけてここまで育てたのだ。

「よーしよしよし、いい子だ、キャランビット。ヨリはおまえが大好きだ。ひいお祖母ちゃんの次くらいに好きだよ。ははっ。よせって。怒るなよ。しょうがないだろ。ひいお祖母ちゃんは、ひいお祖母ちゃんなんだから。でも、キャランビットは特別だよ。これからキャランビットは、ヨリを乗せて天竜山脈を越えるんだ。リヨもついてくるけどさ。いったれぽんぽんのリヨめ。めんどくさいな。ただ、まあ、キャランビット、おまえもわかってるとおり、ウーシャスカはいい子だよ。リヨはともかく、ウーシャスカが一緒っていうのは、悪くないかな。おまえもそう思うだろ。よーしよしよし――」

すべて、この日のためだった。

竜の飼育はすこぶる危険だ。竜飼いの見習いは五人に一人が幼竜に殺され、二人は子供の竜に殺される。残りの二人しか竜飼いになれない。一人前になってからも、命を落とす竜飼いは少なくない。竜を飼い馴《な》らそうなどという試みは所詮、無謀なのではないか。いまだにそんな意見が根強くある。それでも、甲斐甲斐《かいがい》しく世話をして育てると、一部の竜はこうやって人間に懐く。常に一から十まで、というわけではないにせよ、育ての親の言うことだけは聞いてくれる。だから、竜に乗りたければ、竜飼いになるしかないのだ。

歩いて天竜山脈を越えることはできない。途方もなく高い山が延々と続いているし、飼うなんてとうてい不可能な大型竜や、獰猛《どうもう》きわまりない竜、亜竜種、竜すら食らう斑熊《まだらぐま》、灰豹《はいひょう》といった、恐ろしい野獣たちの根城なのだ。かつては長大なトンネル、地竜大動脈道があったが、アラバキア王国が崩落させて不通になった。幻の種族ノームの手でも借りなければ、再度開通させることはできないだろう。

海路は現実的だが、赤の大陸から珊瑚《さんご》諸島、エメラルド諸島を経由した探査、入植事業は、いずれも失敗に終わった歴史がある。

曽祖母がグリムガル回帰を切望していたことは、一族の者なら誰もが知っている。それに、グリムガルに特別な思いを寄せているのは、何も一族だけではなかった。

一族がカンパニーと共同して天竜山脈の南に進出したのは、四十年以上前のことだ。天竜山脈の北はグリムガルだが、その南はグリムガルであってグリムガルじゃない。南方には獅子神王《ししんおう》オブドゥーが支配する十七の獣神族が盤踞《ばんきょ》し、四分五裂したアラバキア王国の残党が逃げ暮らしていた。

　そして、一族とカンパニーが王国の残党を吸収して獅子神王を打倒し、十三の獣神族と和睦を果たして、連合王国を成立させてから、二十有余年。

　ヨリはキャランビットの首をしっかりと抱いて、この愛《いと》しい翼竜を竜穴から引きずりだした。もちろん、キャランビットがあらがえば、ヨリが全力で引っぱってもなかなか動かしがたい。どうしても嫌なら、キャランビットはヨリの頭にかぶりつくだろう。それを怖がって身を硬くすると、竜は敏感に察する。竜には情愛というものがあるが、自らを恐れる者を愛することは決してない。竜飼いは竜を恐懼《きょうく》してはいけないし、侮ってもいけない。威圧したら抵抗されることを覚悟するべきだし、愛しても愛されることを期待してはいけない。たとえ食われても、その竜を愛し抜かなければならない。竜に身も心も捧《ささ》げる竜飼いだけが、竜に愛される。

　隣の竜穴の前では、リヨが早くもウーシャスカの背に乗っていた。妹がウーシャスカの卵を抱いてあたためはじめたとき、姉よりもずっと小さかったし、本当に不器用で、何もかもおぼつかなかった。正直、翼竜を育てるなんて妹には無理なんじゃないかとヨリは危ぶんでいたし、何回かやめさせようともした。でも、ついてくるなという命令以外なら、たいてい何でも姉の言うことを聞く妹が、がんとして譲らなかった。

ヨリはキャランビットに頭を下げさせ、屈《かが》ませて、持ってきた鞍《くら》をその背に装着した。

鞍にまたがって、そういえば、あれからだ、とヨリは思う。竜を育てはじめるのと同時に、妹は体を鍛えだした。素性の知れない男に師事して変な武術を学んだり、やたらと本を読んだり。それから、大量に食べるようになった。気がつくと、妹の身長は姉に追いついていた。すぐに抜かれた。よかったこともある。妹につけ回される時間が明らかに減った。ところが、ずっといないと思ったらいきなり現れたり、ヨリが自分一人の部屋で眠っていて目が覚めると、無駄に大きな体を窮屈そうに丸めた妹が添い寝していたりした。

「キャランビット」

ヨリは前屈みになって翼竜の首をそっと抱き、その耳許《みみもと》で囁《ささや》いた。

「おまえがいてくれれば、ヨリはそれだけでいい。何のかの言って、誰も本気で天竜山脈を越えるつもりがなさそうだし、ヨリとおまえだけで行くつもりだったんだけどな。ヨリは本当にそれでよかったんだ」

キャランビットが、クィィ、と甘ったるい声で鳴いた。オレンジ色と緑が混じったような、複雑な色合いの瞳がヨリを見つめている。ヨリは笑いかけて体を起こした。

「ヨリ！　先に！」

妹がそう言うと、ウーシャスカが前肢の翼を羽ばたかせながら斜面を駆け下りはじめた。飛行竜の中には垂直に離陸できるものもいるけれど、翼竜が飛ぶには助走が必要だ。

ウーシャスカが飛び上がった。

ヨリはキャランビットの首を軽く叩《たた》いて、フュッ、と短い口笛を吹いた。キャランビットが走りだした。竜の乗り手は、ただ振り落とされないように乗っているだけではだめだ。鐙《あぶみ》に足をかけ、腰を浮かす。竜の動きに合わせ、勢いを決して殺さないように、体をやわらかく使う。それでいて、不安定にならないように軸をぶらさない。走竜、鈍竜、翼竜など、竜種による違いだけじゃない。同じ竜種でも、竜それぞれに個性がある。竜を乗り手に合わせようとしてもうまくいかない。あくまでも、乗り手が竜に合わせるのだ。そうして初めて、竜のほうも乗り手に合わせてくれる。大事なのは鼓動と呼吸だ。竜の鼓動と息遣いをはっきりと感じることができていれば、自然と動きが合う。

翼竜が一際強く地面を蹴って、飛翔《ひしょう》しはじめるときの感覚が、ヨリは好きだ。その瞬間、キャランビットは全身の細胞が一斉に沸き立つような快感を覚えている。

何回も一緒に飛んでいるうちに、ヨリもそれを感じるようになった。

「よし、キャランビット、城だ。わかるよな。一回、城に行く。だから、そんなに高く飛ばなくていい。そうだ。さすがだ、キャランビット」

ヨリが言葉と手振りで指示しただけで、キャランビットは進路を南にとった。高度は三百メートル程度。行く手にリヨを乗せたウーシャスカがいる。キャランビットはウーシャスカに追いつきたいようだ。

「まあ、いいか。いいよ、キャランビット。追い越してやれ」

ヨリが声をかけると、キャランビットの羽ばたきが速まった。一羽ばたきごとに加速して、ウーシャスカとの距離が縮まってゆく。

ヨリとキャランビット、リヨとウーシャスカは、これから城に寄って式典に出ないといけない。そんなものは必要ないのだが、何せ、ヨリとリヨはあの曽祖母直系の子孫だ。連合王国では王族の一員ということになっている。というか、れっきとした王族で、王女だの姫だのと呼ばれる身分だったりする。このたび二人の王女だか姫だかが翼竜に乗って天竜山脈を越える旅に出るというので、じつはちょっとした騒ぎになっているのだ。さすがに黙って行くわけにもいかないから、連合王国のお偉方に挨拶くらいはしないといけない。立場上、ただ、行ってきます、と言って終わりというわけにもいかないので、式典のようなことを催すことになった。というか、なかなか大規模な式典が行われるらしい。

「めんどくさいけど、これが最後だと思って我慢してやるよ。なあ、キャランビット」

キャランビットが、ギャァ、と鳴いた。

ヨリは笑った。

もうすぐキャランビットはウーシャスカをとらえそうだ。

リヨがちらりと振り向いた。たった一瞬の眼差《まなざ》しでも、べったりとヨリに絡みついてくる。天竜山脈を越えてグリムガルに行けば、ようやく離れられると思っていたのに。

キャランビットがウーシャスカを抜き去った。

妹は置いていきたかった。

ヨリは曽祖母の忘れ物をとりにいく。曽祖母の悲願を果たす。それは絶対だ。ヨリが必ずやり遂げる。そのつもりでも、生きて帰ってこられる保証はない。だって、あのグリムガルに行くのだ。連れていきたくはなかった。ついてこられると困るから、突き放そうとしたのに。妹はまるで姉の目論見《もくろみ》を見抜いていたかのように、竜を育て、どんどん大きくなり、強くなった。

「わからず屋め。馬鹿なんだから。もう、しょうがないけど……！」

振り返らなくても、ヨリはわかっていた。ウーシャスカはぴったりとキャランビットの後ろについている。リヨはヨリの後ろ姿を見つめているだろう。妹は何があろうと姉を守ろうとする。あの小さかったリヨとは違う。姉が背中を任せられるくらいには、今や妹は頼もしい。

二人と二頭で、天竜山脈を越えてグリムガルへ行く。

そこで何が待っているのかなんて、ヨリは考えなかった。待っていたのはヨリのほうだ。ずっとグリムガルを夢見ていた。二人と二頭で、夢を、願いを、叶《かな》えるのだ。

『灰と幻想のグリムガル』

新章開幕――。

Grimgar of Fantasy and Ash

New Chapter Opening

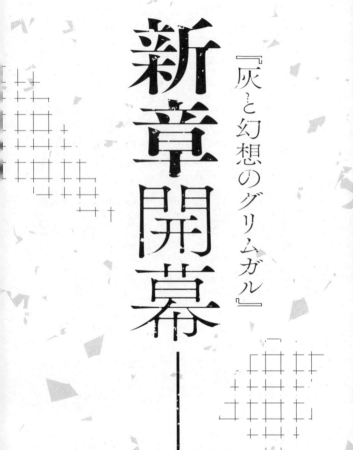

あとがき

　しばらく時間が経《た》ってしまいました。その間にいろいろなことがありました。この小説に関して言うと、担当編集者が代わりました。それから、じつはもう少しで終わらせるつもりでいたのですが、思うところがあってハルヒロにもっとがんばってもらうことにしました。

　僕が書く小説の主人公はだいたい大変な目に遭うのですが、ハルヒロはその中でもかなりきつい人生を送る羽目になっています。膝を屈しても、這《は》いつくばっても、完全に動けなくなってしまっても、彼はまた歩きだします。小説ばかり書いてそこそこ楽しく適当に暮らしている僕からすると、尊敬に値します。

　物語がまた大きくうねりはじめましたし、次巻はさして間を空けずにお届けしたいと願いつつ、担当編集者の川口さんと白井《しらい》鋭利《えいり》さん、ＫＯＭＥＷＯＲＫＳのデザイナーさん、その他、本書の制作、販売に関わった方々、そして今、紙の書籍であれ電子書籍であれ、本書を読んでくださっている皆様に心からの感謝と胸一杯の愛をこめて、今日のところは筆をおきます。またお会いできたら嬉《うれ》しいです。

十文字《じゅうもんじ》　青《あお》

作品のご感想、
ファンレターをお待ちしています

あて先

〒141-0031
東京都品川区西五反田 8-1-5 五反田光和ビル4階
ライトノベル編集部
「十文字 青」先生係／「白井鋭利」先生係

OVERLAP

灰と幻想のグリムガル level.20
かくて星は落ち時が流れた

発　　行　2024年4月25日　初版第一刷発行

著　　者　十文字 青

発 行 者　永田勝治

発 行 所　株式会社オーバーラップ
〒141-0031　東京都品川区西五反田 8-1-5

校正・DTP　株式会社鷗来堂

印刷・製本　大日本印刷株式会社

Printed in Japan　ISBN 978-4-8240-0739-1 C0193